LE JOUR D'AVANT

DU MÊME AUTEUR

Le Petit Bonzi, Grasset, 2005.
Une promesse, Grasset, 2006 (prix Médicis).
Mon traître, Grasset, 2008.
La Légende de nos pères, Grasset, 2009.
Retour à Killybegs, Grasset, 2011 (Grand Prix du roman de l'Académie française).
Le Quatrième Mur, Grasset, 2013 (prix Goncourt des Lycéens).
Profession du père, Grasset, 2015.

SORJ CHALANDON

LE JOUR D'AVANT

roman

BERNARD GRASSET
PARIS

Photo de la bande : © JF Paga

ISBN : 978-2246-81380-4

À la mémoire des 42 mineurs morts à la fosse Saint-Amé de Liévin-Lens, le 27 décembre 1974.

1.

Joseph, mon frère

(Liévin, jeudi 26 décembre 1974)

Joseph, serré tout contre moi. Lui sur le porte-bagages, jambes écartées par les sacoches comme un cow-boy de rodéo. Moi penché sur le guidon, main droite agaçant la poignée d'accélération. Il était bras en l'air. Il chantait fort. Des chansons à lui, sans paroles ni musique, des mots de travers que la bière lui soufflait.

Les hurlements de notre moteur réveillaient la ville endormie.

Mon frère a crié.

— C'est comme ça la vie !

Jamais je n'avais été aussi fier.

*

J'avais conduit la mobylette de Jojo une seule fois avant cette nuit-là. En rond dans notre cour de ferme, comme un cheval de manège empêché par sa longe. Il avait acheté cette Motobécane pour remplacer la vieille Renault qu'il n'utilisait plus. Il ne réparait pas sa voiture, il la ranimait. Et la laissait vieillir le long du trottoir.

9

— On s'en servira le dimanche.

À vingt-sept ans, mon frère avait aussi abandonné son vieux vélo pour le cyclomoteur.

— La Rolls des gens honnêtes, disait-il aussi.

Contre une pièce de monnaie, je frottais les chromes, j'enlevais la boue qui piquetait les fourches, j'essuyais les phares, je graissais le pédalier. J'avais le droit de ranger les outils sous la selle. Tout le monde l'appelait «la Bleue». Mon frère l'avait baptisée *la Gulf*, comme la Porsche 917 conduite par Steve McQueen dans *Le Mans*, un film que Jojo m'avait emmené voir en français au Majestic.

Steve McQueen jouait le pilote automobile Michael Delaney.

— Chez nous, Michael Delaney se dit Michel Delanet, m'avait expliqué mon frère.

J'étais sidéré. Delanet et moi avions le même prénom.

Steve McQueen était le héros américain de mon enfance. Je l'avais vu dans *Les Sept Mercenaires*, *La Grande Évasion*, *Bullitt*. J'imitais son sourire dans la glace, sa façon de froncer les sourcils. Au collège, lorsque quelqu'un me provoquait, je fermais les lèvres, comme lui. Je lui empruntais un peu de sa moue. Mon frère jurait que Steve McQueen et moi avions la même ombre sur le visage. Et que mon silence ressemblait au sien.

— C'est fou, il a tes yeux, avait-il encore murmuré.

Le Mans était un film étrange. Aucun scénario, une musique énervée. Cela ne ressemblait pas à du cinéma. Sauf le début. Une minute de silence, juste avant la course.

La voiture n° 20 de Michel Delanet était à l'arrêt. On venait de refermer sa portière. Plus un bruit dans l'habitacle. La foule grondait mais nous n'entendions rien. Le pilote avait recouvert sa bouche et son nez d'une écharpe blanche. Il avait enfilé son casque, bouclé sa ceinture et fermé son regard. Sa main droite était posée sur le volant. Il détendait ses doigts en gestes lents. Son cœur battait. Nous l'entendions. D'abord lointain, comme un tambour de marche. Puis cognant fort, martelant, se rapprochant plus près jusqu'à frapper nos tempes. J'avais serré la main de mon frère dans l'obscurité. Je me souviens. Ces cris du cœur ressemblaient à mes terreurs de nuit.

Le Mans n'avait pas plu aux corons. Une semaine après sa sortie, le Majestic était passé à autre chose. Mon frère avait demandé à l'ouvreuse si l'affiche était à vendre. Elle venait de l'enlever de la vitrine. Elle a hésité. Il lui a souri. J'ai punaisé le poster au-dessus de mon lit. Le soir, avant d'éteindre ma lampe de chevet, je regardais Michel Delanet, son casque à la main, mes lèvres et mes yeux. Sur un papier collant, j'avais écrit *Gulf*, et je l'avais plaqué contre le garde-boue de la mobylette.

*

Enfant, Joseph s'était rêvé coureur automobile. Il s'imaginait mécanicien de stand, intégré au ballet des changeurs de pneus. Puis pilote au cœur d'une grande équipe. Et champion, enfin, nous douchant au champagne depuis la plus haute marche.

11

Mais mon père n'y a jamais cru.

— Les écuries abritent le bétail, pas les voitures, disait-il.

Notre pays parlait de terre et de charbon, pas de circuit automobile. Comme les paysans d'ici, il espérait que son fils reprenne la ferme et craignait que la mine l'enlève.

Alors mon frère a passé son certificat d'études primaires, son brevet. Il est entré au lycée professionnel, réparant le tracteur de notre ferme à la nuit en se chronométrant, comme s'il s'affairait dans un paddock de Formule 1. Mécanicien, il est devenu apprenti dans un garage de Lens. Un an de perdu, dira-t-il plus tard. Jamais il n'a foulé l'asphalte d'un circuit automobile. Jamais il ne s'est approché d'un podium. Notre père avait raison.

Et comme tous les gars d'ici, la mine a fini par le dévorer.

Il passait chaque jour devant la fosse Saint-Amé. Sur le chemin de l'atelier, il voyait les hommes se presser aux portes de métal, entrer, sortir, marcher ensemble et sans un mot. Il pensait à un peuple à part. À une armée de simples gens. Lui démontait des filtres à air et réglait des carburateurs. Eux fouillaient la terre pour éclairer le pays, chauffer les familles, produire le ciment, le béton, goudronner nos routes. Lui colmatait une fuite d'huile, eux travaillaient à notre confort. Il s'était imaginé sur une ligne de départ, il s'est retrouvé penché sur les moteurs. L'enfant glorieux était mort. Le héros avait renoncé. Il ne jouait même plus au mécano de *Grand Prix* en changeant des plaquettes de frein.

Au soir, les mains honteuses de cambouis, il garait son vélo devant le portail de la fosse 3bis et levait les yeux vers le ciel. Les molettes des chevalements tournaient lentement. Elles racontaient le minerai qui monte au jour et les hommes qui descendent au fond. Il avait appris à imiter le souffle des beffrois d'acier. Il s'était entraîné, le regard rivé aux poulies. Il jurait que ce vacarme était l'un des plus difficiles à reproduire. Et l'un des plus beaux.

— N'importe qui peut imiter le chant du coq. Mais le chant du travail, c'est une autre histoire, disait Jojo.

Et plus les mois passaient, plus son imitation était parfaite. Ce n'était pas le tapage qu'on pouvait entendre au pied de la machinerie, mais le souffle qui enveloppait la ville. C'était la mine de loin. Pas son cri, sa rumeur. Ce bruit sourd qui courait les toits, les portes closes, la cuisine à l'heure du repas lorsque l'homme était rentré. C'était la musique des jours sans histoire, celle qui fredonnait en surface qu'au fond, tout allait bien. Le silence des molettes était le signe du drame, de la grève. Il précédait les sirènes qui glaçaient la nuit.

Jojo m'avait appris son truc. Patiemment, il m'avait montré comment étonner les chanteurs de coqs. D'abord, il fermait les yeux. Gonflait ses joues, à peine. Puis une plainte de métal montait, un râle mécanique, un grincement de gorge et de dents. Il s'était amusé à chanter le bruit du chevalement au comptoir de « Chez Madeleine », comme une bonne blague, entre deux galopins de bière. Au comptoir, des clients avaient applaudi. Peu à peu, son numéro était devenu une attraction, même chez les mineurs. Et j'en étais fier.

13

Un dimanche, deux gars de la fosse ont demandé à mon frère s'il savait aussi imiter le vacarme de la cage d'extraction au moment de la remonte, le grincement des crémaillères, la morsure brutale du pic de veine, le cognement du marteau pneumatique, le cri du contremaître qui exige un dernier mètre avant la fin de poste.

J'étais là, dans les jambes de mon frère. Je jouais avec d'autres gamins pendant que les pères jetaient les dés. Jojo venait d'avoir vingt ans, j'en avais six. Ces ouvriers ne se moquaient pas de lui. Ils fréquentaient son garage et riaient à son numéro de comptoir. Mais ils ne comprenaient pas pourquoi un tel gaillard ne venait pas les aider à extraire le charbon.

— C'est comme ça la vie, leur a répondu mon frère.

Il a dit qu'il ne savait rien de la mine, à part un parent qui y avait laissé sa jeunesse dix-sept ans plus tôt. Mort le 16 mars 1957 à la fosse 3 de Lens. Leur fosse à eux. Celle du coin de la rue. Liévin, Lens, notre fosse commune.

— Un marin peut aussi bien mourir en mer, a souri le plus âgé.

Il a expliqué à Jojo que la Compagnie des mines de Lens avait besoin de bras. Il pourrait apprendre le métier au Centre de formation, après ses heures de travail. Il serait à l'école de la taille. On lui enseignerait tout. Percer, abattre, charger. Il voulait être ouvrier qualifié ? Monter en grade ? Se sentir utile au pays ?

Mon frère observait le mineur. Et il me surveillait. Nous chahutions dans la rue, sur le trottoir, bousculions les parties de cartes. Nos cris d'enfants énervaient les lanceurs de fléchettes. Il m'a rappelé d'un geste.

14

— On s'en va? j'ai demandé à Joseph.

Il portait son costume du dimanche et son front du lundi.

Il a posé la main sur mon épaule.

— On va y aller.

Au vieux mineur, il a expliqué qu'il n'avait pas le courage de tout recommencer. Il lui a dit qu'imiter la respiration d'un chevalement n'était pas descendre à la fosse. Et aussi qu'il ne savait même pas ce qu'on y faisait, à la mine.

— Il est déjà tard, a-t-il ajouté.

Et puis j'étais là, à attendre. Son petit frère, qui s'ennuyait avec son fond de menthe à l'eau. Son «tiot» Michel qui aurait bien fait une autre partie de baby-foot si le fils du patron, un sale gosse aux cheveux blonds, ne hurlait pas aux gamins qui passaient sa porte:

— Ici, c'est chez moi, pas chez vous!

Et qui volait la bille de bois pour les empêcher de gagner.

Nous allions prendre congé. Joseph a remercié les abatteurs de charbon. Vraiment. C'était chic de lui avoir donné du temps.

— Tu as raison, fils. N'écoute pas ces mineurs! a lancé un type en costume.

Son compagnon de comptoir nous a regardés en riant.

— Et sauvez-vous vite, avant que sainte Barbe vous emporte!

Joseph ne les connaissait pas.

— Lucien Dravelle, a souri l'homme cravaté.

— On m'appelle Mainate, a répondu l'affalé du zinc.

15

J'avais déjà entendu ce nom dans les corons. Le mainate, un passereau qui imitait la voix humaine. Et un garçon d'ici qui parlait trop.

Mainate était maçon. Et Dravelle, contremaître à la fosse 3bis de Liévin-Lens. Deux amis. Le premier avait un teint de vent marin. L'autre la peau grise.

Une vie au fond, une autre à l'air.

Lucien Dravelle a voulu offrir un dernier galopin à Jojo.

— Levons not'verre en l'honneur ed'vot'bière! a proposé Mainate.

Jojo a refusé d'un sourire et d'un geste. Il s'est penché vers moi.

— Allez. On s'en va.

Nous marchions vers la porte.

Le jeune mineur s'est placé en travers.

— C'est comment ton nom, déjà?

— Joseph.

Verre à la main, l'autre a penché la tête sur le côté.

— Tu n'as pas de train d'engrenages dans l'automobile?

Mon frère a souri. C'était sa spécialité.

— Et les pignons? Les crémaillères? La denture droite, tu connais aussi, alors?

— Quel rapport avec votre métier?

Le jeune ouvrier conduisait une haveuse, qui saignait la veine avec force. Le plus vieux surveillait le godet des chargeuses.

— Un mineur aujourd'hui, c'est un mécanicien, a répondu l'aîné.

— C'est Germinal robotisé, a rigolé son copain en nous ouvrant la porte.

Jojo a serré les mains tendues, longuement. Comme on conclut un pacte.

Lorsque nous sommes sortis, Mainate a fait un geste victorieux, sa bière à bout de bras.

— Et une nouvelle recrue pour les Charbonnages de France. Une!

Quelques jours plus tard, Joseph se décidait pour la mine.

*

Toute notre enfance, mon père nous avait répété que le charbon était fini, que les puits appartenaient à l'histoire du pays. Qu'ils seraient comblés, les uns après les autres. Mon frère lui répondait que la terre aussi, était morte. Les villes l'encerclaient, la dévoraient, les hommes y faisaient pousser des briques. Il n'y aurait plus de paysans, jamais. Lui, Jean Flavent, sa femme, leurs oncles et leurs cousins, ces laboureurs de glaise, allaient disparaître les uns après les autres. On ferait venir les betteraves d'ailleurs, le chicon, la pomme de terre. Ni leurs vaches ni leurs poules ne nourriraient plus leurs familles.

Mon frère venait de nous annoncer son départ. C'était le soir. Le repas était terminé.

Chez nous, personne ne grondait jamais. Même Braf, le malinois belge, ne montrait pas les crocs. Notre colère, notre désarroi étaient faits de silence et de simples regards. Ma mère m'avait permis de rester à table. Elle voulait que les questions de mon père et les réponses de mon frère me servent de leçon. À mon âge, je pouvais tout comprendre. L'autre homme de la maison nous quittait. Mon père perdait deux bras, et l'épaule sur laquelle il avait espéré se reposer. Son grand fils avait bien réfléchi. Aux mains d'argile et au cambouis, il préférait le masque de charbon. Aucun d'entre nous n'a élevé la voix.

Papa a quitté des yeux sa tasse de chicorée. Il a pointé sa cuillère vers le portrait de Philippe Flavent, son frère, tué à la fosse n° 3. Victime du grisou avec dix copains, parce que les salopards de surface avaient exigé qu'ils accélèrent la cadence.

Depuis des jours, lui et les gars se plaignaient de la poussière. Mais les ingénieurs leur avaient demandé d'augmenter le rendement. Il fallait que la taille atteigne 2,50 mètres par poste. Alors les mineurs ont été contraints au rabiot. Et à l'imprudence. Le boutefeu a allumé ses explosifs sans respecter les consignes de sécurité.

— C'est comme ça que ton oncle est mort.

Mon père regardait son grand fils. Il laissait de longs silences ajouter à l'émotion. Il buvait son jus de racines, parlait entre deux gorgées tièdes. Mourir pour le profit de la Compagnie nationale des Houillères ? C'est ça que tu veux, Jojo ? Crever comme ton oncle à vingt et un ans, les lunettes coulées sur le visage et les doigts soudés par la chaleur ? Suer dans les entrailles de la terre pour engraisser les planqués du carreau ? Passer tes jours à percer la nuit ? C'est ça ton rêve, mon fils ? Et si tu tombes à la fosse, tu auras gagné quoi ? Qui te rendra hommage ? Deux écharpes tricolores venues d'une autre ville, un sous-ministre arrivé de Paris, un discours honteux sur le mauvais sort, trois fleurs payées par le syndicat et une garde d'honneur de copains qui n'oseront même pas regarder votre pauvre mère en face ?

«Votre mère», avait dit mon père. Il me parlait aussi.

Il allait de mon frère à moi. Ses fils, son monde. Il savait qu'un jour, son petit dernier serait tenté de passer la porte. Que moi aussi, j'aurais le choix entre la terre et la houille.

— Tu sais quoi ? disait mon père. Tu n'iras pas au charbon, tu iras au chagrin. Même si tu ne meurs pas. Même si tu survis à la poussière, aux galeries mal étayées, à la berline qui déraille, à la violence du marteau-piqueur, à la passerelle glacée quand tu reviens au jour. Même si tu prends ta retraite sur tes deux jambes, tu ramèneras cette saloperie de charbon avec toi. Tu auras laissé du cœur au fond. Tu seras silicosé, Joseph. Tes poumons seront bons à jeter dans la cuisinière pour allumer le feu. Tu seras empoisonné. Tu seras à moitié sourd, à moitié mort. Comme les cousins de maman, comme les vieux qui se traînent à l'ombre des terrils, en crachant la mine qui les dévore. Et tu sais quoi, Jojo ? Personne ne la reconnaîtra, ta maladie. À la visite médicale, devine ce que les médecins conseillent aux mineurs qui toussent ? D'arrêter de fumer. Ils trafiquent leur bilan de santé. Si tu es silicosé à 20 %, ils inscrivent 10 % sur ta fiche. Et tu sais pourquoi ?

Mon frère regardait notre père, droit contre le dossier de sa chaise.

Il ne savait pas, non. Il a secoué la tête.

— Pour que tu puisses redescendre, voilà pourquoi. Bon pour le service, le mourant !

Ma mère s'est levée. Braf le chien s'est étiré sous la table. Elle a rempli les tasses de ses hommes. Puis elle a rapproché sa chaise de la mienne et m'a enlacé. Je tombais de sommeil. J'ai posé la tête sur son épaule. Elle caressait mon cou.

— Et si le gars meurt, il faut prouver que c'était la silicose. Il faut le déterrer. Il faut l'autopsier. Il faut l'emmerder une dernière fois pour que ses poumons dégueulent la vérité. Tout ça pour que les Houillères acceptent de payer trois francs de pension à sa veuve.

Mon père observait notre oncle dans son cadre de deuil. En habit d'apparat, casque blanc sur la tête et bleu de travail repassé.

— Tu as vu la poussière de charbon qui recouvre la ville, Jojo ?

Il a hoché la tête.

— Tu sais qu'il faut laver une salade de jardin cinq fois avant que l'eau soit claire ?

Oui, il savait.

— Tu as remarqué que même les pigeons des mineurs sont couverts de suie ?

Il jouait avec sa fourchette.

— Tu les as vus les vieux mineurs ?

Mon frère n'a pas répondu.

— Tu les reconnais ?

Jojo tête basse, notre père penché vers lui. Un pêcheur et son confesseur.

— Dis-moi que tu les reconnais quand tu les croises dans la rue. Dis-le.

Mon frère a haussé les épaules. Oui, bien sûr qu'il les reconnaissait. Tout le monde savait, aux pas heurtés d'un homme, qu'il avait passé sa vie à la taille. On l'identifiait à sa respiration de poisson échoué sur la grève, à ses tremblements, ses gestes lents, son dos saccagé, ses yeux désolés, à ses oreilles mortes.

— Et aussi à sa fierté, a ajouté mon frère d'une voix douce.

Notre père a été surpris. Il a regardé son fils, avec peine. Fierté contre fierté. Il avait perdu. Il le savait. Lorsque Joseph avait mon âge, il l'emmenait à la terre comme on visite une cathédrale. Les sillons fraîchement creusés, les racines de pleine terre, les pousses délicates quand la pluie tarde. Et puis les arbres, les fleurs, les papillons de printemps. Il disait que protéger tout cela était la dignité de l'homme. Mais ce soir-là, il s'est levé de table sans un mot. Lourdement, comme un mineur brisé par les étançons du puits. D'un même pas douloureux. De la paume, il a effleuré l'épaule de ma mère. Il est passé derrière moi, a posé ses mains sur mes épaules. Il le faisait depuis toujours avec ses fils. Puis il a caressé les cheveux de mon frère, comme s'il voulait le protéger des blessures à venir.

— Un mineur voit son sang tous les jours, a dit mon père.

Et puis il est sorti. Il a rejoint ses champs, Braf le chien dans ses pas. Chaque soir, avant de chercher le sommeil, il contemplait son labeur comme on veille un enfant.

Quelques semaines plus tard, mon frère a fait sa valise. Il ne voulait pas être nourri par un père qu'il n'aiderait plus. Nous nous sommes embrassés dans la cour. Il m'a pris dans ses bras, puis notre mère, notre père. Ils se sont étreints comme on prend congé pour la journée.

— C'est comme ça la vie, a rigolé Jojo.

Non, lui a répondu mon père. Il partait pour une autre vie que la nôtre.

Mon frère est monté sur son vieux vélo. Il a évité Braf, slalomé entre les poules en sifflant « ce n'est qu'un au revoir ». Lundi prochain, il viendrait me voir après l'école.

Il a quitté Saint-Vaast-les-Mines et roulé droit devant, vers les terrils jumeaux de Loos, notre horizon d'enfants. En secret, il avait déjà trouvé Sylwia, sa presque femme, et un appartement. Deux pièces en soupente que les Houillères lui loueraient pour presque rien. Il aurait peu de trajet à faire pour aller rejoindre son poste. C'était payant pour le patron, c'était pratique pour l'ouvrier. La Compagnie a accueilli ce fils de paysans. Le charbon avait gagné, la terre était défaite. Joseph Flavent, mon frère, est devenu mineur à vingt ans.

*

Cette année 1974, Sylwia et Joseph avaient fêté Noël à la ferme. Et ma mère m'avait permis de passer quelques jours chez eux à Liévin, pour le nouvel an. J'avais une chambre dans leur nouvel appartement.

— Le palace du galibot, disait Joseph.

Il m'avait donné le nom des enfants qui travaillaient au fond, avant-guerre.

Les mineurs de la fosse 3 et 3bis avaient débauché du 21 au 26 décembre, jour de la Saint-Étienne et fête des Polonais. Mon frère était au repos. Le 26, après dîner, deux de ses copains sont passés finir une bouteille avec lui.

— Pour la Saint-Étienne! ils ont crié, en tapant du poing sur les volets.

C'étaient des fils de mineurs, venus des bassins houillers de Katowice pour creuser les veines du Pas-de-Calais. Ma belle-sœur a protesté. Elle connaissait trop bien les hommes de son pays. Ils entrent, ils s'installent, ils oublient de rentrer chez eux. Ou bien s'endorment roulés en boule sur un trottoir gelé. Et puis son mari devrait se lever à 4 h 30 pour descendre au fond. Il avait déjà bu de la bière à table, ce n'était pas raisonnable.

— Pour la Saint-Étienne, s'est excusé mon frère en les laissant entrer.

Eux aussi étaient de service le lendemain à Saint-Amé. Alors, promis juré, ils feraient vite.

Elle a soupiré, est allée dans la cuisine préparer la musette de son homme, avec la gourde et les tartines pour la pause du matin. Puis elle est montée se coucher.

J'allais rejoindre ma chambre.

Jojo a posé un doigt sur ses lèvres en souriant.

— Reste un peu avec nous.

Les gars sont entrés mais ne se sont pas assis. Mon frère a sorti quatre petits verres du buffet. Un Polonais les a remplis de liqueur de cerise. Puis il a bu la moitié de mon godet avant de me le tendre. Nous étions debout, quatre hommes dans la nuit du 26 décembre 1974, à célébrer dignement le premier martyr de la chrétienté.

— *Na Zdrowie*, ont dit nos visiteurs.

— À l'vôte, a répondu mon frère.

Nous avons bu tête en arrière, d'un coup, en cercle et sans un mot de plus, comme les pauvres qui vident une bouteille à l'abri d'un parc public.

Et puis les Polonais sont repartis, en titubant sur le pavé mouillé.

J'ai rejoint mon frère à la porte, qui regardait le brouillard les prendre.

Le froid mordait ma nuque comme un chiot.

— On promène *la Gulf* avant de se coucher?

J'ai sauté de joie. Un tour dans la nuit? C'était inespéré. Joseph avait déjà enfilé son manteau.

— Tu vas mettre mon casque, il a dit.

C'était un Bell, un Jet 500 blanc sans visière qu'il avait transformé en chapeau de mineur, avec une lampe frontale fixée par un caoutchouc noir et sa batterie passée dans la ceinture.

— Voilà le lampiste! rigolaient ses copains, l'hiver, lorsqu'il arrivait à la fosse 3bis de Liévin, avec sa lumière jaune pâle qui clignotait dans l'obscurité.

Mais ce soir-là, le lampiste c'était moi. Le casque était trop grand. Mon frère m'avait coiffé d'un vieux béguin avant de l'enfoncer. Il m'avait aussi prêté ses lunettes de moto et noué une écharpe blanche sur le nez. Avant de sortir, je me suis regardé dans le miroir de l'entrée. Le casque, les lunettes, l'écharpe blanche.

— Michael Delaney! avait ri Jojo.

— Michel Delanet, j'ai répété.

L'alliance du coureur automobile et du mineur de fond. Il a allumé la lampe frontale.

— Un aller-retour jusqu'à la fosse, et dodo.

J'allais m'asseoir sur le porte-bagages, mais Joseph m'a pris le bras.

— Non. Ce soir, c'est Michael Delaney qui conduit.

Il avait chuchoté. De la rue, les chambres nous entendaient et il ne voulait pas réveiller Sylwia. J'étais heureux. Jamais je n'avais été plus fier que cette nuit-là. J'allais conduire mon frère. J'allais le promener dans la ville. Il allait serrer ses grands bras autour de ma taille, se coller à moi, poser son front contre mon dos. S'il le voulait, il pourrait même fermer les yeux, dormir un peu, rêver peut-être. Il y aurait un avant et un après cette promenade de nuit.

Mon frère a poussé la mobylette jusqu'au carrefour, pour ne pas inquiéter la rue. Il n'avait ni casque ni gants. Sous son blouson de toile grise, une chemise à fines rayures, un col roulé, son écharpe noire. J'ai fait démarrer le cyclomoteur. Il s'est assis lourdement derrière moi. Et puis nous avons filé en direction de la mine. La tempête de Noël avait cessé mais le vent soufflait toujours en rafales. Le sol était luisant de verglas. Je roulais en évitant les écorchures de pavés. Liévin dormait. Un cri au loin, le klaxon d'une voiture qui prend congé. Les fenêtres étaient noires. Personne n'assistait à mon triomphe. J'ai heurté légèrement le trottoir, traversé une flaque de pluie, osé un coup de klaxon. Les corons renvoyaient le bruit de notre engin. Ce n'était pas le ronflement d'un moteur 2 temps, mais le grondement d'un V8. Il rugissait. J'étais Michel Delanet. En tête du circuit de Monaco, dans la chicane de Beau Rivage. Les ruelles, les courettes, les maigres jardins, les boyaux d'impasses, les briques à l'infini, les palissades, les clôtures, les volets clos, tout résonnait de notre puissance.

J'ai tourné devant l'église Saint-Amé, l'école de mon enfance, laissant derrière nous les hauts murs, les grilles rouillées, la fosse. Mon frère a regardé la porte de fer, le chevalement. Il s'est raidi. Il avait cessé de chanter. Un instant, j'ai pensé qu'il avait peur de redescendre au fond de la terre. Après toutes ces années, j'en suis maintenant certain. Il a frissonné. Il m'a enlacé plus fort, ses mains sous mes aisselles.

Je me suis dégagé.

— Non ! Pas de chatouilles !

— Regarde la route, tiot galibot !

Et puis il a ri. Son beau rire de grand frère.

2.

La salle des pendus

En remontant du fond, avant de remettre leurs vêtements civils, Joseph et ses camarades passaient par la salle de bains. Il avait toujours prononcé ce mot sans jamais le décrire.

— Les journalistes parisiens appellent ça « la salle des pendus ».

Un dimanche de printemps, j'ai pu la visiter. J'avais imaginé des lavabos blancs, des baignoires, des serviettes rangées sur des étagères, mais c'était un hangar, un vestiaire suspendu. Les douches? Rien à voir avec celles des ingénieurs. Elles longeaient trois murs de l'immense pièce. Un carrelage blanc sale couvrait la brique jusqu'aux fenêtres. Des dizaines de robinets de laiton étaient alignés, arqués en col-de-cygne et actionnés par des vannes. Ni pommeaux, ni flexibles, ni rideaux. De simples jets. Et des caillebotis pour protéger le carrelage du sol.

— Où sont les savons? j'ai demandé.

Jojo a ri. Il faisait partie du groupe de mineurs qui guidaient les écoliers. D'autres élèves ont ri, et je leur en ai voulu. Leurs pères leur racontaient, moi je ne savais rien.

— C'est une très bonne question, galibot, a répondu mon frère.

Il s'est tourné vers les autres.

— Qui peut me dire où sont les savons ?

Des dizaines de doigts tendus vers le plafond.

— Les pendus ! Les savons sont avec les pendus, m'sieur !

Des centaines de vêtements étaient suspendus à des crochets, tapissant la charpente sous le plafond immense. Au bout de leurs chaînes, les habits pendus. Des coutils ouvriers, des pantalons de ville, des enveloppes vides qui attendaient les hommes. Les bleus et les vestons alignés côte à côte, comme une armée de spectres.

Il a sorti un jeton de sa poche et nous l'a tendu.

— Faites passer.

— C'est une taillette de lampe, a dit un garçon.

J'étais vexé. Je connaissais, bien sûr. Chaque soir, après son poste, Joseph la posait dans le cendrier de l'entrée, avec la monnaie qui dormait dans ses poches. Dessus, était gravé « 1916 ». Son matricule, hérité à l'embauche, qu'il perdrait le jour où la mine ne voudrait plus de lui. Ce numéro était devenu l'autre nom de mon frère.

— Un gamin avec moi !

Trente mains levées. Il m'a gentiment désigné.

Nous avons longé les bancs, au milieu de centaines de chaînettes et de cordes qui tombaient du plafond comme des haubans de marine, retenues à hauteur d'homme par des taquets numérotés. Mon frère nous a montré le sien, 1916. Nous étions sous son vestiaire. Il a libéré sa chaîne d'un geste d'habitude et l'a glissée entre mes mains.

— Allez petit, dévale mes loques!

J'ai donné du mou. Ce n'était pas lourd. J'avais l'impression de ramener un drapeau le long de son mât. En descendant, le pendu de mon frère se balançait doucement. Il grinçait. Les enfants suivaient la manœuvre, front levé.

— Pendre les vêtements, c'est économiser de la place, a expliqué mon frère.

Comme ses collègues, il s'était habillé en mineur pour nous recevoir. Bleu, bottes, foulard autour du cou, casque sur la tête. Et moi, j'affalais ses vêtements de ville.

Ils étaient répartis sur quatre crochets, réunis en leur centre par un vide-poches cabossé. À l'intérieur, un peigne, un miroir et un savon.

— Le savon!

J'ai brandi le morceau, poli comme un trésor.

— La première chose qu'on fait en remontant, c'est descendre son linge et se nettoyer.

Retrouver sa casquette, son béret, sa chemise propre, ses chaussures de cuir pour sortir dans la rue. Une fois habillé, le mineur renvoyait au plafond ses vêtements de travail. À vérifier les fripes qui pendaient, on savait si un gars était au charbon ou au repos.

Après ses huit heures, l'ouvrier rendait sa lampe de casque et récupérait sa taillette. Le lendemain matin, il l'échangeait contre une batterie chargée. Un jeton de trop à la lampisterie, c'était un homme resté au fond de la mine.

*

29

Une fois par semaine, pour gagner mon argent de poche, je nettoyais les ongles de mon frère. Dans la cour de la ferme, avec une brosse et du savon noir. Il s'asseyait dos au mur, sur le banc de pierre. Il fumait, les yeux fermés. Et je prenais mon tabouret. Après sa toilette, je lustrais *la Gulf*. Parfois même, lorsqu'elle était passée dans la boue, je décrassais les catadioptres et les rayons des roues.

Un soir, après ses ongles, je lui ai demandé comment il se lavait le dos, sous la douche.

— Un copain s'en charge. C'est comme ça la vie, a-t-il répondu.

En colonie de vacances des Houillères, au Nouvion-en-Thiérache, on se lavait en slip. Certains, même, savonnaient leur maillot de peau. Mais lorsque les mineurs se douchaient, ils étaient nus, en file au milieu de la rigole, et celui de derrière nettoyait le dos de celui de devant. Lorsqu'il m'a raconté cette scène, mon frère a ri. Il a dit que ma bouche ouverte aurait pu gober toutes les mouches du pays.

— Mais, tout nu? j'ai insisté.

— Ah non, quand même pas. On garde nos casques!

Au rire de ma mère, j'ai compris qu'ils enlevaient leur casque aussi.

*

J'ai quitté le lycée à seize ans. Le garage de Liévin, qui avait embauché mon frère avant la mine, m'avait pris comme apprenti, par compassion et en mémoire de lui. Comme sur les circuits auto, j'avais des pneus à changer, des moteurs à interroger, mais mon cœur d'enfant avait cessé de battre. La mort de Joseph m'avait fané. Ma jeunesse était vieille.

Un an après son fils, mon père nous a quittés. Et ma mère m'a élevé avec ce qu'il lui restait de force. Sur le mur, il y avait trois portraits crêpés de noir. Celui de mon oncle, celui de mon frère, celui de mon père. Nous n'étions plus que deux à table, une minorité de vivants. Ce n'était plus une ferme mais un cimetière. Avec deux cadres vides qui attendaient notre heure.

Maman s'est fait aider à la ferme, puis elle a abandonné notre domaine à ses cousins. Elle refusait de vivre entourée de fantômes. Elle est partie vieillir à Cucq, chez sa grande sœur. Deux veuves noires traînant le pas à Stella-Plage, en soupirant le temps où elles couraient les dunes : deux gamines qui jouaient entre les roseaux de sable et les vagues mourantes. Qui guettaient sur la plage le vendeur rougeaud de chocolats glacés, son coffre pendu autour du cou. Ma tante m'avait proposé de la suivre. Sa maison était assez vaste pour abriter trois chagrins. J'ai préféré louer une chambre chez le vieux mécanicien pour qui je travaillais.

Sa fille vivait en Angleterre. Elle avait ouvert une boulangerie française, à Newcastle. Sa chambre d'enfant était vide et son père me l'a proposée. Il a posé un verre pour ma brosse à dents, sur le rebord du lavabo. Et il m'a fait une place à table, avec un couvert, une assiette, une serviette pour dîner en famille. Il s'appelait Carlier, je n'ai jamais su son prénom. Même sa femme l'appelait Carlier. Je pense toujours à lui quand je croise un brave homme.

J'ai été émancipé après la mort de mon père, à l'âge de dix-sept ans.

Et je suis resté chez Carlier jusqu'à ma majorité.

Un soir, au dîner, je lui ai annoncé que je partais travailler à Paris. Il a secoué la tête. Il n'aimait pas l'idée que le métro me perde.

— T'es pas bien ici?

Il parlait peu, ne montrait rien. À l'atelier, ses mains guidaient les miennes. Il n'avait pas de mots mais il savait les gestes.

— Tu as honte de nous?

Nous étions à table. Il épluchait ma pomme avec son vieux couteau. Il était triste comme s'il perdait un fils. Il ne voulait pas que j'abîme mes mains ailleurs que dans le cambouis. J'ai sursauté. Honte? J'ai fait une chose que je n'avais jamais faite avec personne depuis mon père. J'ai quitté ma chaise, je suis passé derrière lui et j'ai posé mes mains sur ses épaules. Il continuait d'éplucher la pomme. Il faisait tourner le fruit sur lui-même, autour de son pouce, pour que la spirale de peau rouge soit entière et parfaite.

— Honte de vous?

Sa femme a souri.

— Honte des ouvriers, il veut dire.

Carlier était mécanicien, il se disait simplement ouvrier. Très jeune, il avait connu la mine, puis l'usine après son accident, et n'avait rien porté d'autre qu'un bleu de travail.

Il s'est retourné, m'a tendu la pomme.

— Adam et Eve, s'est amusée sa femme.

Je n'avais pas honte. Moi aussi, j'étais un ouvrier. Pour toujours. Paris ne changerait rien, je le savais. Mais il fallait que je quitte le bassin. Je ne voulais pas d'un horizon de terrils. De l'air âcre des cheminées. Je ne pouvais plus passer devant les grilles de la mine, croiser les gars sur leurs mobylettes. Baisser les yeux face aux survivants. Entendre le souffle des chevalements que seul mon Jojo avait le droit d'imiter. J'étais épuisé des hommes à gueules de charbon. Je ne supportais plus de voir leurs mains balafrées, entaillées, leurs peaux criblées à vie d'échardes noires. Les regards harassés me faisaient de la peine. Même le dimanche, même nettoyés dix fois, les cous, les fronts, les oreilles racontaient la poussière de la fosse.

Et mon frère disparu.

3.

Cécile, ma femme

(Paris, vendredi 21 mars 2014)

À l'aube, Cécile est partie sans que je lui aie tout dit.

Ma femme m'avait demandé de rentrer à la maison. Elle voulait quitter l'hôpital et s'éteindre chez nous. Son généraliste avait protesté. L'hospitalisation à domicile dérangeait ses habitudes. Il ne nous a parlé que de lui.

— On dirait qu'il panique, avait souri ma femme.

Le médecin était jeune. C'était la première fois qu'une patiente lui demandait d'accompagner sa fin. Pendant un an, il l'avait suivie et réconfortée sans jamais rien promettre. Puis l'avait convaincue d'entrer à l'hôpital. Qu'elle veuille en sortir pour Noël? Il comprenait, bien sûr. À l'heure du crépuscule, Cécile n'espérait plus. Elle voulait oublier les odeurs d'éther, de Javel. Oublier les échos de couloir, les toux lointaines, les râles de l'aube, les claquements de mules, les coups frappés par une femme de ménage contre une porte qu'elle ouvrait sans attendre. Elle voulait s'éloigner des murs sans images, des fenêtres sans voisins, des draps qui n'étaient pas les siens. Elle voulait déserter le jardin de mourants où nous marchions à petits pas. Elle réclamait son intimité, ses repères, ses rituels, nos traces. Elle voulait fermer les yeux en murmurant son identité.

— Mais toi, auras-tu la force? m'a-t-elle demandé.

Et je lui ai dit oui.

Depuis des mois, j'arrivais à l'hôpital le matin et j'en repartais le soir, coupable de l'abandonner. Je sortais de sa chambre au moment de la toilette et des soins. Je déjeunais avec elle, assis au pied de son lit. L'après-midi, je sommeillais dans le fauteuil pendant qu'elle dormait. Parfois, j'enlevais mes lunettes, je m'allongeais à ses côtés et nous regardions murmurer la télévision. Elle n'était plus ma femme, mais la chambre 306. Je n'étais plus son mari, mais un visiteur. J'avais à peine le droit de tapoter ses oreillers ou d'approcher un verre d'eau de ses lèvres.

Je gênais la bonne marche de la maladie.

*

Sa vie entière, Cécile avait vécu aux côtés de mon inquiétude. Michel Flavent, le désastre. Des drames minuscules m'empêchaient de respirer. Des soucis, partout et tout le temps. Des montées d'angoisse comme des reflux de bile. Je trouvais qu'avril ressemblait à novembre et que le vendredi soir empestait le lundi. Sur chacune de nos photos je montrais ce même regard déchirant. Ma femme brillait, mes lèvres n'étaient qu'une ombre. Mes derniers sourires remontaient à l'enfance. Après Jojo, je n'ai plus ri. J'ai repoussé la joie à coups de pied, à coups de poing. J'ai défié la mort, partout, tout le temps. J'ai bravé la charogne qui rôdait autour de moi.

Lorsque Cécile est tombée malade, mon inquiétude animale s'est changée en tourment.
— Je suis désolée pour tout, elle a murmuré.
— C'est comme ça la vie, j'ai répondu.
Elle disait que j'étais peu doué pour le bonheur. Elle a compris que j'étais bon pour la bataille. De vaincu, je suis devenu guerrier. Aux premières lueurs de ce malheur à deux, j'ai accompagné le combat de ma femme. Je n'avais plus qu'elle à protéger. Pour cela, j'ai refermé ma mémoire, mes souvenirs, ma rancœur. J'ai imploré Jojo de me laisser en paix. Qu'il cesse de me torturer, le temps que ma femme trouve le repos. J'avais décidé de vivre d'autre chose que de regrets. D'effacer la mort de mon frère et l'enfant que nous n'aurions jamais. J'ai aussi promis d'oublier mes remords.

J'aurais de la volonté pour deux. Je l'ai dit à Cécile. Rentrer à la maison était mon cadeau.
Au printemps, j'ouvrirais les fenêtres comme on abat les murs. Le soleil inonderait son lit de lumière. Elle voulait se remettre à l'aquarelle. Je lui ai promis de broyer moi-même ses pigments préférés. D'élever une martre rouge pour en faire un pinceau. De courir la Chine, où mûrit en secret le coton à papier. Elle riait encore à mes sottises. J'étais pathétique, elle me trouvait magique et elle applaudissait.
J'avais décidé d'adopter son rythme, comme une mère de nouveau-né. Dormir quand elle dormait, dîner

lorsqu'elle dînait, écouter sa respiration pour entendre son sommeil. Et aussi, je penserais à moi. Il le fallait. Pour survivre à tout cela, pour ménager ma vigueur, ma tête, lui rendre la force qu'elle m'avait offerte pendant des années. Je me donnerais une heure par jour. Sortir, marcher, lire un journal, boire une bière en terrasse, acheter quelques fleurs qui lui diront je t'aime. Je ne me plaindrais de rien. Je ferais taire mes maux.

Elle m'a regardé, du sourire plein les yeux.

— Tu ferais ça, toi?

— Bien sûr, je le ferai.

Et bien sûr, je l'ai fait.

— C'est comme ça la vie, aurait dit Joseph.

*

Les premières semaines ont été difficiles. Le matériel médical, les visites, ces inconnus dans la maison en avaient fait un hôpital. Cécile ne s'en plaignait pas, elle ne se plaignait de rien. En souriant, elle avait dit que le support de perfusion et la desserte à médicaments se mariaient mal avec le bleu de nos rideaux.

J'étais devenu un «aidant». Je n'aimais pas ce mot. Parfois, je le comprenais comme aidant à vivre. D'autres fois, je l'entendais comme aidant à mourir. Nous avons fêté Noël à deux, elle dans son lit, moi dans mon fauteuil. Il n'y avait plus de différence entre la chambre 306 et notre appartement. J'avais acheté un sapin, qu'elle a aimé comme une enfant.

Une nuit d'angoisse, j'ai appelé les urgences. Cécile avait de la fièvre, sa respiration m'inquiétait. À chaque bouffée d'air, des plaintes montaient de sa poitrine, des grognements, des voix ricanantes, comme une assemblée de succubes me préparant au pire. J'avais essayé de lui laver le nez, la gorge, mais l'air ne passait pas.

Trois nuits plus tard, une dame est venue s'installer chez nous. Je dormais sur le canapé-lit du salon, elle sommeillait dans la chambre d'amis.

Cécile ne mourait pas. Elle s'éteignait comme une fleur se fane. Elle avait des vertiges, des nausées. Son généraliste lui conseillait de beaucoup dormir, alors elle dormait beaucoup. Le matin, je fermais les rideaux pour empêcher le jour de mordre. Les nuits, je regardais ses yeux s'agiter sous ses paupières closes. Je lui prenais la main. J'avais tapissé les murs de nos photos, d'affiches touristiques, de paysages paisibles. Elle avait souhaité des bords de mer, des forêts profondes, la lumière qui découpe la montagne au matin. Elle m'avait demandé de retrouver ses archives d'institutrice, de choisir les plus beaux des dessins d'enfants. Au plafond, j'avais aussi invité des animaux. Des oiseaux, une biche, une famille de lapins filant vers le terrier. Elle observait ces éclats de vie sans un mot. Dans un angle de la chambre, j'avais collé la photo d'un petit macaque qui bâillait, comme un enfant au réveil. En le découvrant, ma femme avait ri.

— Il est irrésistible!

Et elle n'a plus rien ajouté.

Mais lorsque son regard errait, le bâillement du singe lui offrait encore un sourire. Cécile tenait tête à cette chienne de mort. Je ne savais plus où elle était. Elle ne réagissait pas, ne me répondait plus. Certains soirs, elle avait du mal à tenir sa tête et à suivre mes gestes. Mais lorsque ses yeux accrochaient les miens, nous étions enlacés. Comme lorsque nos mains se broyaient. Son corps contre le mien, ses doigts sur mes lèvres, mes doigts sur sa nuque. L'instant ne durait pas. Quelques secondes à peine. Elle observait cet homme aux cheveux gris qui retombait dans son fauteuil. Lorsque je cachais une larme dans mes mains, elle était avec moi. Elle ne regardait pas, elle voyait. Ses yeux d'un autre monde. Leur terrible beauté. Sur son visage, rien ne souffrait. Elle avait le front en repos, les mains abandonnées, les lèvres empêchant son dernier souffle. Elle me contemplait. D'un seul battement de cils, elle encourageait son bonhomme fragile. Arrivée à sa fin, elle me donnait encore le bonheur et la force.

*

Un mois avant la mort de Cécile, je suis redescendu au parking. J'ai ouvert mon box, baptisé «1916», et je l'ai soigneusement refermé derrière moi.

Ma femme n'aimait pas cet endroit.

— Un mausolée, avait-elle dit en y pénétrant pour la première fois.

Elle y était peu venue. Un soir, elle avait même refusé de m'y rejoindre. Elle disait que cet endroit puait la mort. Que mon malheur venait de là. De ces souvenirs sinistres qui me hantaient depuis la fosse 3bis. Ces livres sur la mine, ces études sur le grisou, ces centaines d'articles de presse classés par thème et glissés dans des chemises noires. Au début, elle ne savait pas ce que je faisais de ce local. Nous n'avions pas de voiture et mon camion n'y entrait pas. Je lui avais simplement parlé d'un lieu à moi, un établi, un atelier, un endroit d'homme pour ne pas perdre la main. Les murs aveugles étaient en briques de mon pays. Je les ai couverts d'étagères. Puis j'y ai installé deux armoires métalliques chinées dans une brocante, un lit de camp, un bureau à tiroirs et un fauteuil en rotin acheté en 1966 par mon frère chez les communistes de Lens, à la Coopérative centrale du Pays minier. Dans un angle de la pièce, il y avait aussi un réfrigérateur, encastré sous un évier. J'avais l'eau courante, trois lampes, un radiateur pour l'hiver.

Ensuite, j'ai collé mes photos d'enfance. Celle de Jojo habillé en mineur, que j'avais fait agrandir en poster après la mort de notre mère. Celle de Steve McQueen, le coureur automobile du film *Le Mans*. Les deux affiches avaient la même taille. Elles régnaient sur le mur du fond. Elles deux, rien de plus. Michel Delanet casque à la main, Joseph Flavent casque sur la tête. Un pilote, un mineur. Deux chevaliers. Mon frère et moi.

Les briques d'en face étaient constellées de petites icônes. L'entrée de la fosse Saint-Amé, les terrils jumeaux de Loos, des gueules noires découpées dans des dizaines de livres comme autant d'images pieuses. Et aussi une gravure de sainte Barbe, patronne des mineurs, la montrant affligée, aux côtés de la tour où son père allait la décapiter.

41

Partout sur les étagères et le dessus des armoires, des pièces de musée. De vieilles lampes de fosse en laiton, avec leurs mèches à huile de colza. Des barrettes, ces vieux chapeaux de fond en cuir bouilli. Des casques blancs modernes avec lampes frontales. Un panneau dessiné, montrant un ouvrier sanglant qui recommandait aux hommes de bien attacher les berlines sur les plans inclinés. Un cahier de délégué des mines datant de 1898, que j'avais acheté sur Internet. Et puis des outils d'abattage, une rivelaine à deux pointes, une masse, une hache. Les œillères d'un cheval mort d'épuisement au fond. La gourde d'un galibot. Une roue de berline. La cage d'un canari détecteur de grisou. Le foulard gris d'une trieuse de cailloux. Des taillettes de Lens et de Bruay.

*

— C'est ça ton atelier? avait dit Cécile en entrant dans le box pour la première fois.

Elle regardait tout ça comme on découvre un vieux grenier, une malle de souvenirs. Elle n'était pas à l'aise. La mine rongeait mon sang, pas le sien. Un autre mal la dévorait, que nous ne savions pas encore. Ma femme était parisienne depuis plusieurs générations. Elle avait du gris à l'âme mais peu de noir. Du Nord, de notre bassin, de ses souffrances, elle ne connaissait que l'histoire de mon frère. Le martyre de Joseph Flavent, assassiné par les Houillères à l'âge de trente ans. Pour elle, le pays minier tout entier n'était rien d'autre que ce visage sur mon mur de parking. Ces yeux, cette forme de nez, ces cheveux clairs, cet ovale qui ressemblait au mien. Debout à la porte du box, elle n'avait pas osé entrer. Ce musée était trop lourd pour elle. Elle pensait que ces reliques faisaient mon cœur de pierre.

Elle avait raison. Je lui disais que ce local était une bibliothèque, un centre d'archives, un bureau de travail, mais c'était un tombeau. Je l'avais creusé avec colère et à mains nues pendant toutes ces années. J'y avais enfermé mes effrois de charbon. Il était rassemblé là, le peuple du fond de la terre. Elle était là, notre armée noire. Son histoire, ses espoirs, ses peines, ses drames, ses rares joies hantaient cette pièce. Les mines de France avaient fermé les unes après les autres. En 1978, quatre ans après la catastrophe de Liévin, la fosse Saint-Amé a cadenassé ses grilles, et le puits 3bis a été comblé. Cinq ans plus tard, le chevalement du 3 a été abattu comme un vieux chêne. Un éclat de son béton armé m'a servi de presse-papier. Mais le gibet métallique 3bis a été conservé. Pour le tourisme, pour la mémoire, pour ajouter aux larmes des crocodiles parisiens. Il a même été inscrit aux Monuments historiques. C'était le 16 mai 1992, jour de mes trente-quatre ans. J'en ai pleuré. J'ai écrit une lettre à la Direction régionale des Affaires culturelles pour demander si la mort de mon frère était une œuvre d'art. En 2012, le chevalement était inscrit au Patrimoine mondial de l'Unesco. Quel patrimoine? j'ai demandé à l'organisation. Ouvrier? Industriel? Culturel? Le carreau de fosse a été reconverti en zone industrielle, cerné par les voies rapides. Le 27 décembre 1974 a été oublié.

Qui se souvient que ce mirador métallique est planté dans le sang?

Personne ne m'a jamais répondu.

— Ferme les yeux, j'ai demandé à Cécile.

Elle m'a regardé. Elle a fermé les yeux. J'ai éteint les lumières. Allumé le projecteur pour inonder le plafond derrière elle.

— Voilà, j'ai dit.

Elle est revenue à moi sans comprendre. Elle a suivi mon regard. Elle a poussé un cri.

Mains sur la bouche, les yeux immenses.

— Mon Dieu, qu'est-ce que c'est?

Suspendus à un crochet, les vêtements de mon frère. Son blouson de toile grise, sa chemise à fines rayures, son col roulé, son écharpe noire, les chaussures montantes et les chaussettes qu'il portait avant de descendre au fond, le jour de la catastrophe. Sa femme avait récupéré le vestiaire à l'hôpital, quatre jours après sa mort. Un miraculé avait été désigné pour redescendre à la salle de bains et rassembler les habits des copains manquants. Il avait ramené les vestiaires un à un, chaîne à chaîne. Ensuite, avec quelques gars, il avait confectionné des paquets funestes, enveloppant les vêtements dans des pages de journaux. Chaque famille endeuillée avait reçu ce cadeau de fin année. Mais Sylwia n'avait jamais ouvert le colis de son homme. Elle n'avait ni détaché la corde ni déchiré le papier.

Elle l'avait rangé au fond d'une étagère, posé sous les draps frais. Lorsqu'elle est retournée dans son pays, maudissant la France, la terre entière, quittant la famille et le coron 3 de Liévin comme on crache sur le pavé, elle m'a demandé si je voulais ce fardeau. En mémoire de mon frère, de son mari, pour que jamais je n'oublie l'injustice qui leur avait été faite.

Des années, j'ai laissé le vestiaire de Jojo dans une valise, avec ses photos. Paquet fermé, comme au premier jour. Et puis j'ai eu envie de lui rendre hommage. Hommage aux disparus, à la classe ouvrière, aux pauvres bougres restés par le fond tandis que la surface fêtait l'année nouvelle. J'ai voulu lui élever un monument.

Après la fermeture de la fosse 3, des lambeaux du fond se sont retrouvés sur les étals des brocanteurs. À Lille, j'ai acheté un vestiaire de mineur en bon état. Il venait de Lens. Avec son vide-poches, ses quatre crochets, la chaînette fixée à sa taillette avec un cadenas. Il serait le socle de ce mémorial terrible, effrayant et un peu ridicule. À mon retour, ce mot m'a fait renoncer. Ridicule. Il m'a obligé à réfléchir encore. Revenu auprès de ma femme, dans notre quotidien paisible, j'ai trouvé l'idée folle. J'en ai eu presque honte.

En 2004, apprenant qu'un survivant de 1974, responsable de l'outillage, sauvé de la déflagration par une porte métallique, venait de recevoir la médaille de la Ville de Liévin pour le trentième anniversaire de la catastrophe, j'ai serré les poings. Une vie : une médaille. Une rondelle de ferraille pour un cœur brisé. C'était indigne, dégueulasse. L'idée d'hommage à nouveau m'a hanté. J'avais décidé de combattre le mépris des vivants.

Avec notre appartement parisien, nous avions acheté une cave et un box dans le parking de la résidence.

La cave ne pouvait être le lieu de ma mémoire. Des portes aux planches ajourées, une odeur de pisse, un sol de terre battue, l'humidité crasse. Le box, lui, avait quelque chose d'une sépulture. Même ses briques étaient funèbres. Notre parking portait le numéro 19. À la peinture blanche, j'ai ajouté un 16 pour compléter le matricule de mon frère.

Ici serait honoré Joseph Flavent, mineur de charbon.

Plus tard, j'ai fixé un piton fermé au plafond du local. J'ai ouvert le paquet de vêtements. La chemise était propre, les chaussettes aussi. Le pantalon avait déjà été porté. J'ai installé les reliques de son martyre sur les crochets. Dans le vide-poches, j'ai placé son savon, son peigne et son miroir. Je suis monté sur un tabouret, j'ai passé la chaînette dans l'anneau et monté le vestiaire comme on hisse les couleurs.

Chaque fois que je venais au box, je saluais ses reliques de la main. Ce n'était ni tragique, ni forcé, ni théâtral. Un salut de frère à frère dans la demi-obscurité.

Je savais que Cécile ne comprendrait pas. Elle a secoué la tête, une main sur ses lèvres. Je lui ai raconté la salle de bains, le savon frottant le dos du voisin, l'héroïsme de ces hommes qui avaient lutté contre la terre, l'air, l'eau et le feu, quatre éléments mortels à la fois. Ma volonté de célébrer cette solidarité. Et de leur rendre les honneurs.

— C'est morbide, a murmuré ma femme.

Je n'ai pas aimé ce mot.

— On dirait un pendu.

C'en était un, oui. Jojo le sacrifié. Joseph l'assassiné.

Il avait quitté la salle des pendus de la fosse Saint-Amé pour un panthéon à sa mesure.

Cécile a eu un geste las. Elle ne se sentait pas bien. Elle voulait remonter au jour.

— Je n'aime pas cet endroit parce qu'il te fait du mal, a-t-elle murmuré.

Depuis, ma femme avait évité le box. Parfois même, elle me retenait d'y aller. Elle avait remarqué les bougies éteintes le long des murs. Elle craignait que ce caveau me rende fou. Elle ne savait pas que j'y venais pleurer, prier, étudier les plans de ma revanche.

Et puis le temps avait passé. Mes certitudes avec. J'avais même du mal à fredonner les chevalements de Saint-Amé. Peu à peu, j'ai cessé de descendre. Je disais descendre, comme un mineur de fond. Je n'ai plus acheté de reliques. Je n'ai plus cherché ni pelle ni pic à veine sur les sites de vente en ligne. Je n'ai plus tapé «catastrophe de Liévin 1974», ni «mines de charbon», ni plus rien qui me faisait du mal. J'ai comblé doucement le puits 1916.

Mais avec la maladie de Cécile, la rage est remontée. Mon cœur battait pour elle, ma raison renonçait. Mon corps s'est mis à hurler, comme les veuves qui pleuraient les drames de l'aube. Chaque semaine annonçait des jours plus difficiles. Ma femme luttait. Je bataillais. Mais ma tête était retournée à la fosse. Lorsque le médecin cherchait une veine dans le bras de ma femme, je pensais à mon frère creusant violemment la sienne. Taille de sang, taille de charbon. J'étais empoisonné. Je ne lui ai pas dit.

Ni à elle, ni aux autres. Je suis retourné au box en cachette. Mes heures de liberté se passaient au fond. Je caressais les objets, sentais les cuirs, la rouille, serrais une gaillette de houille entre mes doigts en suivant le pendu tremblant dans l'éclat des bougies.

J'attendais que Cécile s'en aille, pour quitter tout ce que nous avions bâti.

*

Sa dernière nuit, ma femme a mal dormi. Elle a geint, comme un animal. J'ai demandé à la garde-malade d'aller se coucher. J'ai pris sa suite à 5 heures. Je ne me suis pas assis dans le fauteuil, mais sur le rebord du lit. J'ai posé les doigts sur son front. J'étais là. Pas ailleurs. Ni dans les rues de Liévin le jour du grand malheur, ni sur les marches de l'église après lui avoir demandé sa main. Aucun souvenir ne venait dégrader cet instant, ni l'ensoleiller, ni l'apaiser. Mes tempes battaient au rythme de son souffle. Sa peau était froide comme le marbre. Elle respirait à peine. Je l'aidais. Doucement, j'ai approché mes lèvres de sa bouche entrouverte. Son haleine, la mienne. Le baiser des gisants. J'ai fermé les yeux. Elle a ouvert les siens. J'ai senti sa présence derrière mes paupières. Je les ai ouvertes lentement, pour ne pas l'effrayer. Nous étions là, comme ça. Moi penché sur elle, elle tendue vers moi. Je la sentais tranquille. Sans peur dans le regard. Un cristal sans colère. Sans surprise. Sans tristesse.

À l'aube, la mort serrait Cécile entre ses bras.

4.

La catastrophe

(Liévin, vendredi 27 décembre 1974)

Je me suis réveillé aux aguets, à 4 h 30 du matin. Lorsque je dormais à Liévin, Jojo entrait dans la chambre pour m'embrasser. Tous les mineurs disaient adieu à leurs enfants avant de redescendre. Et les grands aux petits. Cette caresse ne me réveillait pas. Ce sont les pas de mon frère qui brisaient mon sommeil au matin. Jojo poussait *la Gulf* dans notre rue, pour la démarrer au carrefour. Ses brodequins traînaient lourdement sur les pavés disjoints.

La veille, Sylwia lui avait préparé sa gourde d'eau, teintée de quelques gouttes de chicorée. Par 710 mètres de fond, il fait plus de 30°C. Lorsqu'il a le goût d'une infusion, le liquide tiède est buvable. Dans sa musette, elle avait aussi glissé son «briquet» pour la pause, trois tranches de pain de mie salées, poivrées et tartinées de saindoux, avec un oignon blanc et une mandarine. Quand je restais chez Joseph pour la nuit, il remontait toujours avec un reste de casse-croûte dans sa musette. Ce cadeau était pour moi. Un quignon revenu du fond, un peu mou, un peu humide, aux odeurs de travail et qui crissait sous les dents. Je le mangeais assis sur le trottoir, adossé au chambranle de la porte d'entrée. Tout le monde savait, en voyant la miche blanche dépasser du papier froissé, qu'un gamin grignotait son «pain d'alouette», comme l'appelaient les anciens. Les enfants le guettaient au retour du mineur. Ce n'était ni un goûter ni un repas, mais un moyen de partager sa journée au fond. Un délice et une fierté. Mordre dans ce pain voulait dire que le père était rentré, que le frère avait repris sa taillette de lampe. Que les hommes étaient en sécurité sous leur toit.

J'ai attendu que la mobylette démarre, que Jojo donne un coup d'accélérateur pour me rendormir lourdement. Après notre promenade avec *la Gulf*, j'avais eu du mal à trouver le sommeil. Le fond d'alcool à la cerise, peut-être. Le bonheur d'avoir conduit mon frère dans la nuit. Le trouble de l'avoir senti inquiet, lorsque nous sommes arrivés aux abords de la mine.

Joseph n'aimait pas la fosse 3bis de Saint-Amé. Il en parlait avec ses copains, avec sa femme aussi. La veille, les Polonais avaient invoqué sainte Barbe pour qu'elle les protège. Cette mine était épuisée. Elle devait fermer. Les hommes finissaient d'exploiter les dernières veines et installaient une taille hydraulique dans le quartier «Six-Sillons», pour en finir avec le puits. Il était poussiéreux de charbon, grisouteux, tous les mineurs le disaient. Il était mal ventilé, peu humidifié. Un dimanche, «Chez Madeleine», un gars avait expliqué qu'un mineur qui marchait devant toi faisait un nuage comme une voiture dans le désert.

Le 27 décembre, personne n'était redescendu depuis cinq jours. Les arrosettes n'étaient pas passées au fond. L'atmosphère était irrespirable.

La première image que je garde de la catastrophe, ce sont les gens de la cité du 3bis, sur le trottoir devant chez eux. Des femmes étaient en robe de chambre, des enfants avaient passé un gilet sur leur pyjama. Lorsque je m'étais réveillé, vers 7 heures, Sylwia n'était pas là. Sur la table, elle avait laissé pour moi une tartine de beurre, et du lait tiède dans la casserole. Lorsque je dormais chez mon frère, j'ouvrais la porte d'entrée avant de prendre mon petit déjeuner. Et j'observais l'étroite rue depuis la table familiale. À la ferme, nous n'avions que le bruit des poules, le chant des oiseaux et le silence.

— La vraie vie, disait mon père.

Ici, un autre monde entrait. Un chœur de voix, de rires, de cris lointains, de moteurs crachotants, d'objets raclés sur les pavés. J'adorais le vacarme des autres.

Mais ce matin, c'était le silence. Même les chevalements s'étaient tus.

Je me suis levé, ma tartine en main. À droite, à gauche, partout dans les ruelles, des femmes parlaient à voix basse. Des hommes sombres remontaient vers la mine par la grande rue. La ville ne respirait plus. Les corons semblaient prostrés. Il pleuvait, il faisait froid. L'odeur des cheminées était écœurante. Du trottoir en face, une jeune femme m'a fait signe.

— Sylwia est là?

De la tête, j'ai répondu non. J'ai eu peur. Rien ne ressemblait à un jour qui se lève. Une sirène d'ambulance frappait la ville plus haut. J'ai refermé la porte. Je me suis assis. J'ai posé le pain sur la table et serré mes poings entre mes cuisses.

Vingt ans après la mort de Joseph, j'ai parlé de cette journée à Cécile. Je venais tout juste de la rencontrer. Elle enseignait aux enfants, j'étais chauffeur routier. Elle était tombée amoureuse de mes blessures, et moi de son intelligence. Un soir d'été, au Café de la Paix, je lui ai expliqué d'où je venais. Le Nord, la mine, mon frère. Je lui ai dit que tout cela était lourd, mais que c'était mon socle. Et qu'elle devrait le supporter. Elle a répondu qu'elle détestait les êtres sans histoire. Elle venait d'en quitter un. Je venais d'en lasser une. Elle m'a écouté comme l'un de ses élèves, ses yeux plongés dans les miens. Découvrant un monde qu'elle ne soupçonnait pas. Une beauté, une fraternité, une grandeur. Elle souffrait pour moi. Mais elle était fière. Elle prenait sa place dans mon cœur de charbon.

— Personne ne t'avait encore rien dit? m'a demandé Cécile, quand je lui ai raconté.

Personne, non. Sur le trottoir en face, la femme a tourné la tête. Les autres regardaient ailleurs. Chacun était seul avec son inquiétude. J'avais seize ans. J'étais perdu. J'avais froid. J'ai mis autour de mon cou l'écharpe blanche de Michel Delanet.

— Et tu n'as pas pensé à allumer la radio?

Non plus. Je suis resté assis dans la cuisine, jusqu'à ce que Sylwia passe la porte.

C'est comme ça, par la radio, que ma belle-sœur avait été prévenue de la catastrophe. Le journaliste disait qu'il y avait eu un accident dans une mine de Liévin. Ou de Lens. Il ne savait pas trop. «Information contradictoire», disait-il. Il n'avait pas compris que les fosses 3-3bis mordaient sur les deux villes. Lorsque Sylwia m'a demandé de mettre mon manteau et de la suivre, les corons bruissaient des premiers chiffres : deux morts et six blessés.

Et du mot grisou, le nom de l'assassin.

Nous avons marché vers Saint-Amé. J'avais gardé l'écharpe blanche, remontée sur mon nez. Sylwia serrait son foulard sur sa tête à deux mains. Plus nous avancions vers la fosse, plus la ville nous faisait cortège. Des personnes âgées, des copains du lycée, des femmes, des hommes. Notre professeur de maths a débouché d'une rue avec sa famille. J'ai vu sa fille pour la première fois. Nous marchions vite. Un curé nous a dépassés. Les volets s'ouvraient sur notre passage, les portes. Une vieille femme s'est signée derrière sa vitre close. Dans le triste matin, il n'y avait que le bruit de nos pas. Quelques pleurs de bébés. Pas un cri, pas un mot, pas une plainte. Le bétail qui monte à l'abattoir.

Sylwia m'a donné la main.

Il y avait du monde devant le puits. Au fond du boyau de briques et de terre battue qui menait aux portes métalliques, le silence était effrayant. Elles étaient fermées, les portes. Protégées par les gardes des Houillères et des agents de police. Je connaissais de nombreux visages.

Mon père était là, ma mère, des cousins. Sylwia avait pris son vélo pour aller les prévenir. Quatre morts, maintenant. Des blessés ? Nombreux. On ne savait pas. Personne ne savait. Les molettes du chevalement se mettaient en marche, s'arrêtaient, repartaient. Je revoyais Jojo imiter leur bruit, le dimanche « Chez Madeleine ». Je ne savais pas qu'elles remontaient les cadavres les uns après les autres.

— Vous n'aviez toujours pas de nouvelles ?

Aucune. Chaque fois qu'un mineur remontait, qu'il franchissait le portail, mes parents l'entouraient. Flavent ? Ça ne lui disait rien. J'ai décrit mon frère à un gars noir de suie. « On se ressemble tous, gamin », il m'a répondu. « En bas on ne voit rien, ça brûle encore », a toussé un autre rescapé. Un agent a rassuré ma mère. Les sauveteurs étaient au fond. Ils travaillaient. Le mieux serait de rentrer à la maison, d'attendre, de ne pas bloquer la route aux ambulances, de laisser passer les secours.

— Vous avez quelqu'un de manquant ? a demandé un journaliste.

Il s'est approché de mon père, un carnet à la main, suivi d'un photographe. Depuis quelques minutes, ces deux-là faisaient le tour des inquiétudes. Mon père s'est retourné sans répondre. Le type n'a pas insisté.

— Charognard, a murmuré un homme, en crachant sur le sol.

Lorsque la lourde porte s'est ouverte une première fois, les flashes ont éclairé la brique. La police nous a repoussés doucement. Deux mineurs portaient un brancard. Puis un autre. Des blessés avaient déjà été évacués vers les hôpitaux de Lens et de Liévin. La foule bruissait de onze morts. Une femme s'est effondrée. Elle a été transportée à l'écart par deux hommes, cigarette aux lèvres. Il faisait de plus en plus froid. Le vent soufflait en rafales. Crachin à l'extérieur, salive à l'intérieur, mon écharpe était trempée. Des coups aux portes. Le policier s'est écarté. Grincement, claquement du métal. Un nom de mineur s'est échappé de la foule. Prononcé dix fois, de groupe en groupe, comme un ordre qui s'étend.

— Mon Dieu, il est mort! a hurlé une femme.

Elle a quitté la cohue silencieuse en courant, suivie par sa fille en larmes. Tout le monde s'est écarté. Elles se sont enfuies au loin, comme si elles tentaient d'échapper à un brasier. Un homme les a rattrapées, les a prises dans ses bras. Et les a ramenées toutes les deux.

Un autre nom a été chuchoté. Un couple tremblant est passé derrière le cordon de police. À cet instant précis, j'ai entendu Flavent. Le nom de mon frère, mon nom, notre nom à tous. Je n'ai pas pu bouger. Ma mère m'a tiré par le bras. Le portail s'est entrouvert pour nous laisser passer. Sur le carreau, il y avait des corps, dormant sur des civières, recouverts de toiles de lin. Des hommes marchaient en rond, entraient, sortaient sans un mot. Les molettes soufflaient leur terrible ballade. La cage charriait les vivants et les morts.

— Madame Flavent?

Ma mère et Sylwia ont répondu ensemble. Oui, Flavent. C'est nous. Nous tous ici. Ces deux femmes, ce vieux paysan, ce garçon tête basse.

Le garde des Houillères nous a dit que Jojo allait. Qu'il remonterait avec les sauveteurs.

Mon père a respiré bruyamment. Il lui a tapoté la poitrine à deux doigts. Il n'était pas menaçant. Il l'a remercié. Mais il a dit à cet homme que son fils ne redescendrait jamais.

— Il était encore vivant? m'a demandé Cécile.

Oui, il l'était.

Après les grilles, nous nous sommes jetés dans les bras les uns des autres. Jamais je n'avais vu mon père pleurer. Il remerciait le ciel comme s'il venait de lui faire un cadeau. Mon cœur chavirait. Ma mère et sa belle-fille restaient enlacées. Puis mon père a jeté aux chevalements un regard de colère. Ils étaient devenus des potences. Il avait la bouche mauvaise. Je savais ce qu'il pensait. Cette saloperie de mine avait bien failli tuer un autre Flavent. Elle se gavait d'hommes, la mine. Elle avait faim de nous. Jamais elle ne nous laisserait en repos. Mon père a montré le poing aux policiers. Et eux? Qu'est-ce qu'ils faisaient là, eux? Ils avaient peur de quoi? Qu'on accroche un contremaître aux grilles? Qu'on saccage le bureau des ingénieurs? Qu'on trace une croix de goudron sur la maison du directeur de la mine? Qu'on oblige le chef de siège à descendre faire ses huit heures au fond, assoiffé, inquiet, martyrisé par le bruit des machines, disloqué dans une veine, couché sous le charbon à col tordu, avec les rats qui nous disputaient notre pain d'alouette?

— Pour l'instant, on ne dit rien à personne, a commandé mon père.

Il avait pris la tête de notre maigre troupeau. Des cercueils arrivaient. Nous avons repassé la porte dans l'autre sens, obligé la foule à s'écarter. Nous étions enchaînés, les bras des uns sur les épaules des autres. Nous avions retrouvé nos visages de pierre. Les gens cherchaient à lire ce que nos regards taisaient. Mort? Vivant? Blessé? Nous avons remonté les corons, soudés, sachant qu'il nous faudrait porter le deuil de tous les autres. Un soulagement féroce me labourait le ventre. Mon frère était vivant. Nous étions nous, les deux, à nouveaux réunis. Il ne descendrait plus. Les mineurs juraient qu'un rescapé ne retournait pas à la fosse. Il finissait sa carrière à la lampisterie, à compter les taillettes sans ramener la sienne à la maison.

Sur le chemin, nous avons croisé neuf corbillards. « Allez! On compte les voitures rouges », disait souvent mon frère en terrasse. Je comptais les voitures noires.

Ma mère a décidé qu'elle resterait à Liévin avec moi en attendant Joseph. Mon père est retourné à Saint-Vaast en voiture, raccompagné par un cousin.

Sylwia a préparé du café. Elle a allumé la radio. À midi, on parlait de douze morts. Pour passer le temps, maman repassait les vêtements de son fils. Sylwia avait protesté. Mais elle a insisté. Puis tenu à préparer le déjeuner. Elle avait mis un couvert pour Jojo.

Elle l'espérait autour de la table, mais il n'est pas venu.

Nous ne savions pas si la mine allait fermer pour la journée ou rester ouverte. Personne ne nous avait dit dans quel quartier avait eu lieu l'explosion. On fait quoi, en cas de grave accident ? On arrête tout ? On débauche ? On ramasse les gravats et on continue ? Ma mère pensait que son fils aidait les sauveteurs. C'est pour cela qu'il n'était pas encore arrivé. Elle se répétait la même phrase en boucle. Le garde avait dit que Jojo remontait avec les sauveteurs, pas qu'il était blessé. Remonter avec les sauveteurs ne voulait pas forcément dire sur un brancard. Joseph avait mis ses bras à leur service, elle en était certaine. Il avait fait ses huit heures et maintenant, il devait aider les malheureux. Sylwia, elle, pensait qu'il était devant la fosse, à discuter avec les autres. À faire l'appel des amis manquants.

— Et toi ? Tu pensais quoi, toi ?

C'était difficile à avouer, après toutes ces années, lorsqu'on connaît la fin de l'histoire, mais j'étais certain qu'il lui était arrivé malheur. Je suis resté longtemps sur le pas de notre porte, guettant le coin de la rue, à attendre l'apparition victorieuse de *la Gulf*. Puis nous sommes passés à table. J'ai très peu mangé, vidé la carafe d'eau. J'avais soif. Mes lèvres collaient, une langue de carton. J'avais de la poussière de charbon plein la gorge. Je savais qu'il n'était pas mort, je le sentais en fermant les yeux. Mais je craignais qu'il soit à la peine.

À 19 heures, Sylwia est retournée seule à la mine. Il fallait que quelqu'un reste à la maison pour recueillir les nouvelles. La rue disait maintenant que 42 lampes manquaient à l'appel. Les premiers hommes en noir étaient arrivés dans la ville. Le ministre de l'Industrie, le préfet, des personnalités qui n'étaient jamais venues nous visiter du vivant de nos hommes.

Un garde de la mine a sonné en face, chez la dame qui m'avait appelé, le matin. Il est resté avec elle quelques minutes, porte close. Il est ressorti en remontant son col. La femme est restée sur le seuil, le regardant partir, grise comme un spectre, ses enfants dans les jambes. Elle a croisé mon regard. Elle s'est mise à pleurer. Et puis elle est rentrée.

Joseph était blessé. Il avait été transporté en début d'après-midi à l'hôpital de Bully-les-Mines. Sylwia est allée à la ferme, conduite par une amie. Elle voulait prévenir mon père elle-même. Et ma mère a décidé que je resterais encore au coron. Alors je suis resté.

Je n'ai pas desservi les restes du déjeuner, comme j'avais l'habitude de le faire. Ni rangé l'assiette de mon frère. Ici et là, dans les rues, on entendait des plaintes. Quelqu'un a pleuré devant notre maison, en maudissant la vie. Je me suis figé. Une voix inconnue. Un désespoir de femme. Elle ne venait rien nous annoncer. C'était un drame de passage, une affliction qui rentrait chez elle en s'attardant chez nous. J'ai bouché mes oreilles, jusqu'à ce que le cri aille cogner à d'autres portes.

Je répétais que mon frère était vivant. Que c'était le principal. Blessé, cela ne veut rien dire. Mort, ça veut dire quelque chose, mais blessé. C'est comment, blessé? C'est quoi? Elle est où, cette blessure? À la jambe? À la main? Au bras? Il a la tête ouverte ou l'œil un peu abîmé? Dans

59

la maison en face, il y a un mort. Et un autre, à trois rues de là. Le père de Freddy est mort, mon meilleur copain de classe. Son nom de famille a été prononcé sur le carreau. Alors que la nuit tombe, partout il y a des morts. Jojo n'est pas parmi eux. Il est seulement blessé. Blessé, c'est un mot triste pour dire qu'il est vivant.

Le lendemain, mes parents sont allés visiter mon frère à l'hôpital. Ils voulaient le voir, avant de m'y emmener. Lorsqu'ils sont revenus, ma mère m'a pris dans ses bras et s'est mise à pleurer. Il était très abîmé. Il n'avait pas parlé. Pas ouvert les yeux.

— Il sait que vous êtes venus ?

— Je ne crois pas, a répondu mon père.

En fin de matinée, nous sommes allés à l'hôtel de ville de Liévin nous incliner devant les disparus. Sur les portes de la fosse, chapelle ardente la veille, un responsable avait écrit à la craie : « LES CORPS DES VICTIMES SONT À LA MAIRIE. » Et cette phrase glaciale : « LES OUVRIERS DE LA FOSSE 3 DOIVENT SE PRÉSENTER À LA FOSSE 4 POUR Y ÊTRE OCCUPÉS. VOIR LE PLACEMENT DU PERSONNEL QUI EST AFFICHÉ À LA LAMPISTERIE, FOSSE 3. » Un ordre brutal qui révoltait la foule des passants. La ville avait décroché les guirlandes de fête. Chez les mineurs, les sapins de Noël avaient été arrachés des salons. Ils mouraient dans les jardinets, sur les trottoirs. Aidée d'un ami, Sylwia avait retiré les lumignons qui clignotaient en rouge le long de la gouttière.

J'aimais bien le vitrail de l'hôtel de ville, ces belles gueules d'hommes revenant du fond. Mais aujourd'hui, il m'écœurait. La foule faisait la queue dans le grand escalier. Devant les cercueils alignés, les gars enlevaient leur casquette, les femmes joignaient les mains. Les policiers étaient au garde-à-vous. Ils portaient leurs épaulettes blanches de cérémonie. J'ai fait comme tous les autres, j'ai posé trois doigts sur un cercueil en murmurant quelques mots. Des gens me regardaient. Ils se sont demandé qui était ce jeune homme habillé de noir, penché sur le bois. Un fils? Un proche? Je n'osais pas croiser leurs regards. Je me sentais déplacé, obscène. J'étais frère de vivant.

Sur la place, dans les rues autour, les journalistes guettaient notre désespoir. Il y avait des larmes sur les joues, des poings serrés, du désarroi, mais aucun mot de trop. Dans certains regards, la résignation faisait peine.

— Pourquoi le Ciel nous a infligé ça? a demandé un vieux au curé qui ajustait son étole.

Un ouvrier, contraint au ramassage des corps, racontait à voix basse que les hommes étaient tombés en avant, les mains sur le visage, les poumons implosés. Deux gars avaient été soudés par l'explosion. Ils s'étaient protégés dans la mort. Il a fallu les détacher de force pour les coucher dans leurs cercueils. Des femmes pleuraient, des enfants. Une fillette appelait «papa» une photo crêpée de deuil. Les compagnons de la garde d'honneur n'ont même pas essayé de retenir leurs larmes. Ce matin, le pays faisait cohorte à 115 orphelins.

Pour une caméra de télévision, un journaliste a évoqué la fatalité. Puis il a tendu son micro à un homme en habit de ville, casque blanc sur la tête et lampe frontale éteinte.

— Quelle fatalité, ballot ? a grondé un mineur avant de lui tourner le dos.

Le journaliste est resté un moment sidéré, micro tendu vers celui qui partait. Puis il a repris ses esprits, froncé les sourcils et lâché d'une voix solennelle :

— La dignité des gueules noires est tout entière contenue dans cette réponse.

5.

Tu frères encore

(Paris, mardi 25 mars 2014)

Cécile a été incinérée.

J'étais contre, mais c'était sa volonté. Je voulais que son corps dorme en terre contre le mien. La glaise grignote, le feu dévore. Brûler ma femme, c'était comme l'offrir au grisou.

Nous en avions parlé souvent. Le soir de notre première rencontre, avant même un timide baiser, la mort est venue ricaner entre nous. Elle s'était installée en face, sur la banquette rouge du Café de la Paix. Elle était là, la chienne, qui attendait que je raconte mon frère, mon père et mon oncle à Cécile.

— C'est bizarre de parler de crémation à un premier rendez-vous, m'avait-elle dit.

Elle buvait un verre de vin blanc, j'avais commandé une bière. Je l'ai regardée. Visage de marbre clair, taches de rousseur, cheveux or et cuivre en élégant carré. Cette façon de froncer les sourcils, de chercher ses mots, de pointer la langue en coin de lèvres pour masquer sa gêne. Une rougeur, parfois, des joues au front. Et ses mains. Pâles et fines, mains d'artiste, de modeleuse d'argile, de dentellière. De longues mains sculptées par Camille Claudel.

Bizarre de parler de la mort, oui. Dans les bars, les bals, les rues, les usines, les bureaux, dans les fêtes de village, les soirées, les dîners entre amis, les mariages, les files d'attente des magasins, les campings de vacances, les jardins publics, les sorties de cinéma, devant les couchers de soleil, partout les amoureux se promettaient la vie.

Et moi, je lui parlais déjà de notre fin.

J'ai partagé la fosse 3bis avec elle. Rejoindre mon existence, c'était accepter ce fardeau. Je lui ai dit que Joseph était mort au feu. Comme mon oncle. Avant que la terre ne les accueille, ils avaient été martyrisés. Les flammes, c'était leurs visages fondus. Elle avait posé sa main sur la mienne. Elle comprenait.

Après toutes ces années, Cécile avait alors accepté l'idée d'être mise en terre. Pour moi d'abord. Puis pour elle, lorsque la maladie a décidé de mettre fin à nos jours. Nous avions imaginé un trou pour deux, dans un cimetière parisien. Avec une pierre de granit et nos noms enlacés. Ou quelque chose de plus grand pour nous abriter. Au cimetière du Montparnasse, elle m'avait emmené voir la tombe de Tatiana Rachewskaïa, une jeune Russe suicidée par amour en 1910. À sa mémoire, le sculpteur roumain Constantin Brancusi avait élevé le plus triste baiser du monde. Deux êtres de pierre, fondus l'un dans l'autre pour l'éternité. Assis face à face, jambes scellées, pieds soudés, le visage de l'un écrasé contre le visage de l'autre. Leurs bouches ne faisaient qu'une. Deux captifs. Cécile avait déjà vu cette même étreinte en Irlande lorsqu'elle était adolescente. La réplique en tourbe d'une statuette celtique, vendue aux touristes de Cork. Sa mère la lui avait offerte en cadeau. Alors elle l'avait installée sur sa table de nuit, avant d'en faire un presse-papiers puis un objet qu'on abandonne, au matin d'un déménagement.

— Tu nous imagines nous embrassant pour l'éternité ?

Et puis, aux premiers froids de l'hiver, la mort rôdant, elle a une nouvelle fois refusé l'idée de la tombe. Elle m'a avoué ne pas vouloir que son corps se décompose. Elle avait peur qu'il ramollisse, qu'il rende son eau, qu'il soit attaqué par les bactéries, gonflé par les gaz. Que les larves de mouches et les insectes nécrophiles s'en délectent. Que son ventre soit vert. Que ses yeux soient opaques. Elle ne voulait pas finir en saleté.

Alors j'ai accepté les flammes.

Elle me l'a fait promettre, et j'ai tenu parole.

*

Il n'y a pas eu de musique funèbre pour pleurer ma femme. Aucun de ces hymnes aux regrets, proposés sur catalogue avant la remise de l'urne et la poignée de main. Ni l'*Adagio pour cordes* de Barber, ni l'*Hallelujah* de Cohen. Le jour de la cérémonie, j'étais venu avec *Jojo* de Jacques Brel, sa chanson préférée.

— J'aime chacun de ses mots, disait-elle.

Elle me l'avait fait écouter quelques jours après notre rencontre. Et nous nous l'étions passée en boucle le reste de notre temps, lorsque la tristesse nous prenait, ou le bonheur, ou le doute. Après une bouteille de soif, avant de nous résoudre au lit, elle dans son fauteuil, moi debout devant la chaîne. Elle posait sa joue contre sa paume, je tanguais doucement sur mes jambes, comme un marin à quai souffrant du mal de terre.

Avant Cécile je ne connaissais pas cette chanson. Un soir, elle a sorti ce disque de son coin de bibliothèque. Elle m'a demandé de m'asseoir et de l'entendre. Elle m'a dit que Brel rendait hommage à son ami Jojo, mort en septembre 1974. Mais que ses paroles chantaient aussi mon frère, tombé au champ d'honneur moins de quatre mois plus tard.

Elle était près de la chaîne. J'avais les yeux fermés, mes lunettes à la main. Elle se balançait doucement. Je ne savais pas encore que sa place serait désormais la mienne, debout dans le salon. Et qu'elle serait assise dans ce fauteuil jusqu'à la fin de nos jours, me demandant à la nuit de lui passer *Jojo*.

Je ne rentre plus nulle part,
Je m'habille de nos rêves
Orphelin jusqu'aux lèvres
Mais heureux de savoir que je te viens déjà

Cécile savait. Elle devinait que chacune de ces notes, chacune de ces phrases feraient de moi un enfant de seize ans. Le gamin qui recherchait son frère dans le regard des autres. Elle avait rempli mon verre. Je l'ai levé vers elle. J'avais les larmes aux yeux. J'aimais d'elle tout ce que son cœur disait de moi. Merci pour ton amour, pour ta patience, pour le cadeau de ta présence. Merci d'être là, à me regarder m'abîmer sans sourire. Merci pour ta pudeur, ton élégance. Merci de me comprendre et de me respecter.

Six pieds sous terre, Jojo, tu frères encore

Merci de serrer mon Jojo dans tes bras.

La cérémonie fut brève. Et douce comme un regret. Après *Jojo*, ce fut le silence. Jusqu'au bout, le silence. Dans la salle, sur le parvis, dans l'allée de graviers. Silence dans nos regards, nos étreintes, nos bras ballants. Pas même un mot de circonstance. Les amies de Cécile étaient là, vieilles institutrices tout habillées de digne. Jacky, mon patron. Une poignée de collègues. Quelques-uns de nos proches, aussi. Personne de ma famille. Je n'avais plus personne. Pas même Sylwia, retournée vieillir en Pologne en maudissant la vie. Seuls de vagues cousins, que l'on disait restés à l'ombre des terrils.

Après la mort de ma femme, je n'avais plus que moi.

*

J'étais propriétaire de notre appartement et d'une modeste assurance vie. Nous avions un compte bancaire commun, peu d'économies mais pas un sou de dette. Cécile a profité cinq ans de la retraite. Ouvrier depuis toujours, il me restait quatre ans avant de baisser les bras. Depuis la maladie de ma femme, je n'acceptais plus les missions à l'étranger. Mon semi-remorque faisait des rondes entre Marseille et Paris. Ma feuille de route avait été aménagée. Plus de trente ans de loyauté avaient poussé Jacky Delgove, mon patron, à la compassion. J'étais passé de 182 heures de travail par mois à 140, et des frontières lointaines aux courtes distances, mais le travail était fait. Et mon Scania restait légendaire sur les aires de repos, chez les concessionnaires automobiles, les garagistes et les casses.

Je l'avais baptisé «Steve le Camion», avec ce nom en lettres rouges, collé sur le bas du pare-brise. Et les routiers m'appelaient «McQueen», à cause du portrait de l'acteur que j'avais fait peindre à mes frais sur la bâche.

— Tant qu'on voit le logo Delgove, avait lâché mon patron.

L'idée lui plaisait. Quoi de plus naturel que le visage d'un coureur des 24 heures du Mans sur le camion d'une société de transport de pièces détachées automobiles? Dans notre quartier, un tagueur peignait des vitrines de commerçants pour quelques francs. Quand je lui avais proposé de travailler sur une bâche bleue en PVC et polyester de 8 mètres de long sur 3 mètres de haut, il avait ouvert de grands yeux. C'était légal? Oui, ça l'était. Comme son dessin à la bombe sur le rideau de fer du bar-tabac de ma rue.

— Mais c'est qui, Steve McQueen?

Alors je lui ai photographié mon vieux poster et prêté le film de 1971. Il n'avait pas aimé. Mais le portrait était superbe, exécuté à l'aérosol avec une laque flexible destinée aux toiles de camions. Lorsque mon patron a vu l'œuvre pour la première fois, il a sifflé entre ses lèvres. Il a enlevé sa casquette de toile et applaudi. Mon idée était devenue la sienne. Depuis toutes ces années, il me protégeait. Nous avions le même âge. C'était devenu un ami. Il était d'Arras, il connaissait la brique, la bière, la mine. J'étais entré à son service comme mécanicien, quelques années après être arrivé à Paris. Un jour, je lui ai montré la taillette de Jojo. Depuis 1974, c'est avec elle autour de mon cou que je racontais la mort de mon frère à tous ceux qui n'avaient rien connu du drame. En partageant cette piécette devenue médaille pieuse au bout d'une chaîne dorée. Cette rondelle de métal, abandonnée à la lampisterie, qui avait hurlé que le matricule 1916 n'était pas remonté.

Le patron en avait été ému.

C'est comme ça que je suis devenu routier.

Ma vie entière, Liévin a été mon mot de passe. Et la mort de mon frère un sauf-conduit.

*

J'ai mis mon passé en vente. Notre appartement, les meubles, tout ce que nous avions et dont je n'avais plus besoin. Pour le box, j'ai hésité. J'ai dormi trois nuits sur le lit de camp. J'ai réfléchi longtemps. Dans la lumière des bougies, mes yeux caressaient les anciens casques de mineurs, les lampes à flamme nue. Et j'ai décidé de ne pas m'en séparer. Je quittais les murs, je gardais le mausolée. Je conservais cette cachette, mais j'en emmenais quelques fragments avec moi. J'ai décroché le vestiaire de Joseph. Je l'ai rangé dans ma valise de jeunesse. Le crochet, la chaînette, le cadenas. Le savon, son peigne, son miroir, son casque et ses vêtements civils.

J'ai aussi décollé une vieille image. L'équipe de la fosse 3, photographiée à la fin du XIXe siècle. Les hommes étaient sur cinq rangs, coiffés de la barrette. Tous avaient leur lampe à huile Mueseler accrochée à l'épaule. Certains portaient le pic. Les sabots. Assis devant, un galibot pieds nus. Douze ans peut-être. Un regard de vieux. Sur sa cuisse, une bouteille de graisse pour les berlines. Ils revenaient du fond. Noirs de poussière, tristes de fatigue. Aucun ne souriait. Pas un. Un peloton de soldats revenus de l'enfer.

J'ai roulé l'affiche du film de Steve McQueen. Le petit singe qui faisait rire Cécile. J'ai enveloppé une masse et un casque de mineur dans un morceau de drap. Les neuf cahiers de coupures de presse, de réflexions et de témoignages que j'avais commencé à remplir à l'âge de seize ans, le soir du 27 décembre 1974. Et aussi le bloc de houille que Joseph m'avait offert après sa toute première descente. Une gaillette brillante et grasse, grosse comme mon poing de gamin, qui tenait désormais dans ma paume.

Puis j'ai ôté du mur la photo de Lucien Dravelle, découpée dans un journal il y a quarante ans.

6.

Lucien Dravelle

Depuis la mort de Joseph, jamais je n'avais prononcé le nom de Dravelle, un petit-chef de Saint-Amé. Je l'avais rencontré «Chez Madeleine», avant que mon frère rejoigne le fond. Ni ma mère ni Sylwia ne le connaissaient vraiment. Le seul qui ait parlé de lui, c'était Jojo. Il disait que Dravelle était contremaître, mais qu'il connaissait le front de taille aussi bien qu'un abatteur. Il était dur mais juste. Il écoutait ses hommes. Pour Joseph, Dravelle était un mineur.

— Contremaître, c'est un mot trop gentil. À la fosse, on dit *porion*, je te rappelle. Et c'est ce salaud de porion qui décide de vos primes, lui répondait mon père.

— Et moi je te répète que c'est un homme bien, insistait Jojo en souriant.

Le 31 décembre 1974, jour de la cérémonie aux victimes de la fosse 3bis, Dravelle plastronnait sous la pluie. Les mineurs étaient vêtus pour la garde d'honneur. Bleus raides et neufs, casques, foulards blancs, tout avait été prêté pour l'occasion. Six gars par frère tombé. Au milieu

71

des roses blanches, des croix de bois, des cercueils drapés de noir, bouleversés par la marche funèbre jouée par l'Harmonie des Mines et le glas de Saint-Martin, ils pleuraient.

Dravelle, lui, était en costume et sans larme. Au premier rang des personnalités locales, il semblait inspecter les survivants, comme le médecin du travail écoutait leurs poumons.

Pour la cérémonie, il aurait dû se ranger avec ceux de Saint-Amé. Au milieu des habits de travail, des familles. Il aurait pu vivre cette épreuve avec le petit peuple, mais il avait choisi les autres, les gens importants que les projecteurs éclairaient. Le chef de fond s'était glissé parmi les cravatés, les galonnés, les médaillés, les écharpes tricolores. Il était jeune, pourtant. À peine plus âgé que Joseph. Pour moi, c'était un salaud de chef. Et ce n'était plus un ouvrier.

J'étais face à lui. Ma mère me tenait par l'épaule. Laissez-passer à la main, nous faisions enclos avec nos morts devant la mairie de Liévin, avec notre désarroi, entourés par la police, les gardes des Houillères, les directeurs, les ingénieurs, les agents de maîtrise, les comptables, les chefs porions. Nous n'étions pas protégés par la ville, c'est la ville qui se préservait de nous. Les familles des tués, les blessés, les copains survivants, les enfants épargnés, tous cachés de la foule par de grands auvents noirs. La direction des Houillères ne voulait pas que le pays nous voie. Elle avait fait ériger une muraille entre nos souffrances et les regards.

— Notre deuil a été confisqué, a craché mon père.

Il était resté loin derrière, coincé par les grilles avec les simples gens.

Et Sylwia n'avait pas quitté la chambre d'hôpital où Jojo se mourait.

— S'ils pouvaient parler, nos disparus, ils ne crieraient pas vengeance! Non. Ils ne crieraient pas vengeance, venait de dire notre maire.

— Qu'est-ce que tu en sais, toi? a marmonné quelqu'un derrière moi.

Chirac arrivait. Le président Giscard d'Estaing ne s'était pas déplacé. Pour la cérémonie, il avait envoyé son Premier ministre. De lui, on ne devinait que les photographes.

C'était la première fois que je voyais quelqu'un qui venait de Paris.

Il était en retard. Il rentrait du Sénégal. Visage bronzé contre gueules noires.

Il a parlé. Nous l'entendions à peine. Il a évoqué «la responsabilité de tous ceux qui dirigent et contrôlent le charbon». La responsabilité. C'était dit. De vieux mineurs ont approuvé. Ma mère allait applaudir. Au loin, dans la foule, une banderole silencieuse:

IL N'Y A PAS DE FATALITÉ, ON VEUT LA VÉRITÉ.

Tandis qu'un maître de cérémonie, en habit et cape noire, virevoltait avec importance, les caméras de télévision ne fixaient que Chirac. Elles ne nous voyaient pas. Nous n'étions pas le sujet, seulement le décor. Et puis il est reparti. Ministres, sénateurs, préfets, maires, pas un pour lui indiquer le chemin de la fosse 3bis. Personne pour lui souffler à l'oreille qu'il aurait dû descendre. Une minute, rien qu'une. Pour voir à quoi ressemblait une tombe par ici.

73

Lorsque les mineurs ont emporté les cercueils vers les voitures, ma mère m'a entraîné à l'écart. Les tués allaient être emmenés loin des discours, dans une terre qui les reposerait. Ils passaient de la fosse 3bis aux fosses creusées dans les cimetières de Liévin, de Lens, de Grenay, de Loos-en-Gohelle, de Bully, d'Avion, de Mazingarbe, de Douvrin, de Vendin.

La vie, la mort, d'un trou à un autre.

Ma mère a pleuré. De corons en corons, nous croisions notre propre détresse. Les gens venus de loin y étaient retournés. Les corbillards séparaient les copains pour toujours. La multitude meurtrie s'éparpillait en douleurs minuscules. Une femme et ses enfants, un vieux couple enlacé, un groupe de frères, des anciens privés d'air, une humanité saccagée retournant à son deuil sans plus personne pour la pleurer.

Bien plus tard, j'ai appris qu'à l'heure même où mon père nous conduisait à l'hôpital des mines de Bully, le gouvernement publiait les promotions de fin d'année dans l'ordre de la Légion d'honneur. Le directeur général des Houillères du bassin du Nord-Pas-de-Calais venait d'être élevé au grade d'officier.

*

Je n'ai pas reconnu Jojo. Avant d'entrer dans la chambre, ma mère m'avait prévenu.

Il y avait deux lits dans la pièce. J'ai hésité. D'un côté, un visage entièrement bandé, un bras levé, prisonnier d'une attelle. De l'autre, une figure gonflée et noire. Je suis resté au milieu, en regardant mon père sans un mot. J'allais ressortir, il m'a pris le bras. Il m'a conduit à Joseph. Le visage noir, c'était lui.

Son grand corps était plâtré. Je ne voyais rien de sa chair, à part ce visage ravagé. Ses paupières gonflées pendaient sous ses yeux clos, son nez était brisé, ses lèvres fissurées. Des pansements de gaze recouvraient ses joues orange, barbouillées de désinfectant. Sa tête était bandée. Son front, jusqu'aux sourcils. Il avait un tube dans la bouche, un tuyau dans le bras. Son nez, son menton, son cou, ce que je voyais de lui était balafré, criblé d'esquilles noires. Le charbon s'était infiltré dans les chairs, il était incrusté sous la peau comme des éclats de grenade. Ma mère m'a proposé un siège. Pour quoi faire? Je n'ai pas voulu rester. Au chevet de mon frère, Sylwia me regardait. Tous m'observaient. Je n'ai pas compris ce qu'ils attendaient de moi. C'était comme s'ils me jugeaient. Je me suis dit qu'ils m'en voulaient. D'être debout, de respirer. Ils me reprochaient d'être en vie. Je suis resté un long moment mains jointes devant moi. Je ne savais plus quoi faire de mon regard.

Alors ma mère m'a tiré par le bras.

Elle m'a aidé à sortir dans le couloir, puis dans le hall, puis sur le chemin qui menait à la grille. Mes genoux claquaient à chaque pas. Elle m'a dit de m'asseoir, contre le muret de briques. D'attendre ici que mon père revienne. J'en avais assez vu pour aujourd'hui. Elle m'a tourné le dos, reprenant le chemin qui menait à l'accueil, et puis s'est retournée, est revenue vers moi. Il n'y avait que nous dans le froid de décembre.

— Tu vas me faire une promesse, a murmuré maman.

J'étais assis, elle penchée au-dessus de moi.

Je n'ai pas répondu. J'ai attendu, mon cœur noyé dans le sien.

— Ne fais jamais d'enfant, Michel. S'il te plaît. C'est trop de souffrances.

Et puis elle est retournée voir son fils, sans écouter ce que mes yeux disaient.

*

Jojo ne s'est pas réveillé. Je ne l'ai pas revu. J'accompagnais ma mère à l'hôpital, mais je restais assis contre le mur, à attendre son retour. Depuis l'accident, je n'étais plus retourné à Liévin. Je ne voulais pas dormir dans le palace du galibot, guetter pour rien la mobylette au petit jour. Je ne voulais plus repasser devant les portes de Saint-Amé. Je ne voulais plus entendre les molettes des chevalements. Je ne voulais plus voir la cuvette bleue et la brosse abandonnées qui me servaient à nettoyer ses ongles.

— Je suis certain qu'il se les passe au charbon pour te faire plaisir, plaisantait ma mère.

Mon frère est parti sans ouvrir les yeux, le 22 janvier 1975, vingt-six jours après ses 42 camarades.

Jamais plus, le bruit de *la Gulf* à l'heure du déjeuner.
Le tintement des pièces dans le vide-poches de l'entrée,
sa taillette claquée sur le bois de la table. Le sourire de
mon frère, sortant mon pain d'alouette de sa musette. Sa
façon de se laisser tomber sur le canapé du salon, tapant le
coussin de la main pour me dire de le rejoindre. Sa voix,
ses yeux, ses belles histoires de frère. Ses promesses pour
le dimanche suivant. Prendre sa vieille Renault 8 et aller
casser la croûte au pied des terrils. Moi en short, torse nu,
fouillant les déchets de la mine avec ma pelle d'enfant et
lui me guidant de fossile en fossile.

— Tu sais pourquoi on a déjà vu des pommiers sur des
crassiers, galibot ?

Non, je ne savais pas. Mais lui savait pour deux. Et il
m'apprenait et il m'expliquait, et il prenait le temps de répé-
ter les choses. Alors ? Pourquoi Jojo ? Comment un pom-
mier peut-il pousser dans les déchets et les roches stériles ?
Il m'a raconté. Ici, là, une femme avait ajouté une pomme
au briquet de son mineur. À la pause, il avait mangé le fruit
assis par terre, puis jeté le trognon dans une berline pour la
surface, avec la terre, les cailloux et les déblais.

— C'est comme ça la vie, m'a-t-il dit.

Au printemps, il m'emmenait à Vimy.

— Dans vingt minutes on est au Canada, disait-il en
riant.

Le mémorial d'avril 1917 était considéré comme territoire canadien. Les deux ailes du monument, gigantesques,
répondaient aux terrils jumeaux de Loos. La première
fois, mon frère m'avait montré la campagne façonnée

par la guerre. Les creux de bombes, les crêtes d'obus. Il m'avait expliqué les arbres, enlevés aux forêts canadiennes et replantés ici pour honorer leurs morts. Un arbre, un homme. Plus de onze mille, tombés sur les collines de l'Artois. Il était grave, je m'amusais. Il me laissait courir au milieu des tranchées. C'était déjà un homme, moi encore un enfant. Peu à peu, comme la nécropole de Lorette, Vimy était devenu notre terrain de jeux. Un cimetière où riaient les vivants.

Avant même de quitter le lycée, j'ai su que je ne voudrais plus de tout ce ciel sans lui.

7.

La lettre de mon père

Mon père n'avait jamais beaucoup parlé. Jamais écrit, non plus. Mais il est parti en nous laissant une lettre, pliée en quatre et glissée dans la poche de son pantalon.

Un an après la mort de son fils, jour pour jour, il s'est levé de table, comme à son habitude. Il a caressé le dos de ma mère, posé ses mains sur mes épaules, et puis il est sorti contempler son labeur, Braf le chien dans ses jambes. Il craignait les gelées. Le matin, il s'était promené dans les champs de betteraves. Un genou enfoncé dans le sol, il avait longuement écrasé les mottes glacées entre ses paumes, comme s'il préparait la terre pour les semis d'avril. Le soir, il avait décidé de visiter ses vaches, à l'attache dans l'étable. Et vérifier la ventilation du poulailler. Il est sorti comme ça. Sans un geste de plus que ses grosses mains sur nous. J'ai aidé ma mère à desservir la table. J'ai essuyé la vaisselle et je suis allé me coucher. Michel Delanet regardait le mur d'en face. J'écoutais la nuit dans notre maison.

*

Après la mort de Joseph, nous n'étions que nous, mon père, ma mère et moi. Sylwia était retournée vivre dans sa famille à Jaworzno, en Pologne. Comme les endeuillées du 27 décembre, elle avait touché des aides pour survivre. Le fonds de solidarité des mineurs lui avait versé 21 000 francs. Et les Houillères, une « rente accident » de 18 000 francs par an, alors que Joseph en rapportait 26 000 à la maison. Quelques semaines après la mort de son mari, Sylwia a appris qu'elle était enceinte. Elle se retrouvait seule, sans homme et le ventre plein. Alors elle s'est effondrée. Plusieurs fois, elle est venue à la ferme en pleurant. Depuis la catastrophe, la rue s'était renfermée. Et les corons avec. Sur son passage, des voisines parlaient à voix basse. Madame Joseph Flavent était devenue « la Polonaise ». On disait que son homme n'était pas mort au fond. Pas vraiment. Il était décédé ailleurs et des jours après. Parti en rupin dans les draps blancs d'un hôpital. Ni étranglé par la poussière, ni brûlé par le feu comme les autres, mais d'un arrêt cardiaque sans importance. D'ailleurs, certains ne le comptaient même pas dans le nombre officiel des victimes. Pour lui, rien n'avait existé. Ni Premier ministre, ni écharpe tricolore, ni hommage de personne. Enterré comme un anonyme, par sa pauvre famille et trois gars dévoués. L'injustice ajoutée à la douleur.

Le temps du deuil était terminé. Soulagées d'avoir échappé au pire, des femmes crachaient leur poison. Après la catastrophe, de braves filles étaient retournées à leur mineur, à son maigre salaire, à la peur d'être réveillées par un porion tout enveloppé de mort. Ces douairières en noir leur faisaient presque envie. Elles avaient été dans la lumière. Leurs noms récités à la radio. Les voilà maintenant qui touchaient de l'argent pour simplement pleurer. Elles vivaient de la mort de leurs hommes. Logement gratuit, charbon offert. Les journaux disaient que Giscard d'Estaing avait fait un chèque de sa propre main. Le chanteur Serge Lama avait offert son cachet aux éplorées. Le Lion's Club du Nord, le Secours populaire, des associations, des syndicalistes, des intellectuels, de simples gens émus avaient glissé un billet pour les soutenir.

— Elles ont touché des millions, grinçaient les corons.

Un jour qu'elle marchait dans la rue, Sylwia a entendu le pire : «Veuve joyeuse!»

Elle venait d'acheter une boîte de tabac pour mon père. Comme les autres femmes, c'était des pièces qu'elle comptait, pas des billets. Mais elle avait quitté sa gabardine sombre pour un manteau bleu. Et souligné son œil d'un trait de crayon fin.

— Mais c'est monstrueux! avait murmuré Cécile quand je le lui avais raconté.

Une fin de semaine, après la mort de Joseph, une autre femme de victime est entrée «Chez Madeleine». Elle avait entendu de vilaines choses dans son dos. Elle est allée au juke-box, l'a débranché brutalement, jeté la prise par terre. Et puis elle s'est figée au milieu de la salle.

J'étais là, ma mère et Sylwia aussi, ce jour de février.

— Vous voulez savoir? elle a dit.

Elle brandissait une feuille comme le garde champêtre son avis à la population.

— C'est sa dernière fiche de paye. Elle est datée du 10 janvier!

Elle a lu le document à voix haute, en tremblant. Après chaque ligne, elle regardait le silence d'en face. Des femmes, des hommes de la fosse 3, des enfants. Elle criait presque.

Des garçons jouaient au billard. Elle a pris la boule blanche, l'a claquée sur le tapis vert.

— Écoutez-moi quand je vous parle!

Sur son salaire de décembre 1974, les Houillères avaient enlevé trois jours à son homme.

— Trois jours! Et vous savez pourquoi? Parce qu'il est mort au fond le 27. Voilà pourquoi. «Absence non garantie», c'est écrit là! Pas justifiée, ça veut dire. Il lui a manqué trois jours pour finir le mois. Il était mort, merde! C'est pas justifié ça?

Sa sœur est entrée dans le café, un foulard sur la tête et un châle dans les mains. Elle la cherchait dans la rue. Elle l'a enveloppée d'un geste ample. Lui a parlé doucement.

— Viens Louise, on s'en va.

L'autre l'a repoussée du coude.

— Et vous savez aussi ce qu'ils ont retiré de sa paye? Hein? Vous voulez savoir?

Elle a regardé les enfants, les femmes, les hommes. Tous étaient silencieux. Mais elle n'a pas pu. Elle n'avait plus de mots. Son papier dans les mains, comme un mouchoir froissé, elle s'est mise à pleurer. Et s'est laissé emmener par sa sœur sous la pluie du dimanche.

Au bas de la fiche de salaire, en plus des trois jours dérobés, la direction avait retenu le prix du bleu de travail et des bottes que l'ouvrier mort avait endommagés.

Alors Sylwia n'a pas pu. Elle n'a plus résisté. Un matin, elle est venue nous voir à la ferme, les deux mains sur son ventre. Elle partait. Elle quittait le bassin, la mine, le coron. Elle quittait la famille et la France pour se réfugier chez les siens. Elle nous laissait tout. Ce que Joseph et elle avaient amassé en quelques années. Elle partait avec deux sacs et un enfant peut-être. Ma mère l'a prise dans ses bras. Mon père l'a embrassée comme sa fille. Je me suis blotti contre les seins lourds. Ma famille se déchirait. Mon rêve s'était enfui.

Non, je ne serai pas mineur. Jamais. Je venais de le décider. Depuis des années, en secret, sans que tu le saches, Jojo, sans en parler aux parents, à Sylwia, aux copains, j'avais imaginé de te rejoindre au fond. Tu aurais protesté. Tu avais peur pour moi, Jojo. Mais je t'aurais parlé. Je t'aurais convaincu. Nous aurions persuadé maman, papa, calmé les frayeurs de l'une et la fierté de l'autre. Elle me voulait étudiant, il m'espérait aux champs. Mais vous auriez accepté. Je le sais. J'aurais quitté le lycée à dix-sept ans, je serais entré en formation comme toi, à l'école de la taille. J'aurais été ton apprenti, puis aide-mineur, puis homme.
Je ne serai pas mineur. C'était fini.
J'allais devenir garagiste, puis chauffeur routier.

*

83

Mon père est mort en paysan. Après avoir attaché Braf à sa niche, il a enserré son visage avec un linge et s'est pendu dans la grange, corde passée au-dessus d'une poutre. C'est moi qui l'ai trouvé, à 6 h 30, en aidant ma mère pour la traite. Elle a hurlé, les mains devant la bouche. Elle n'a pas pleuré. Elle répétait «Mon Dieu, Mon Dieu», comme on chasse un mauvais rêve. J'ai couru chercher l'escabeau derrière le bûcher. Je tremblais. Maman tenait mes jambes, j'étais bras levés. Couper la corde, défaire le nœud. Je ne savais pas quoi faire. Je me suis mis à pleurer de rage. Papa était raide, glacé. Il avait passé la nuit-là accroché comme un vestiaire de mine. À la hachette, j'ai frappé la poutre, entaillé la corde, éclaboussant ma mère de fils tressés et de copeaux de bois.

Mon père est tombé dans nos bras. Lourdeur de son corps mort. Sa tête a frappé le ciment.

Sylwia n'est pas rentrée pour l'enterrement. Quelques paysans étaient de la veillée, quelques amis aussi. Une cérémonie sans parole. Ma mère pleurait dans la cuisine avec sa sœur. Déjà, toutes les deux parlaient de Stella-Plage, où maman serait tellement mieux qu'ici. La ferme irait aux cousins. Ils étaient là, les céréaliers, mesurant à grands pas leur futur domaine. Cela faisait longtemps que ces trois-là s'intéressaient à notre terre.

Dans son pantalon, mon père avait laissé une lettre. Un mot pour moi.

«Michel, venge-nous de la mine.»

L'écriture était belle. Ma mère a lu le message, me l'a tendu sans un mot. Je ne crois même pas qu'elle m'ait regardé le prendre. Sa main, la mienne et ce mort entre nous. Puis elle m'a tourné le dos, comme après m'avoir fait promettre de ne pas avoir d'enfant.

Ce jour-là, Jojo, à cet instant, Cécile, j'ai su que je ne partirais jamais. Je m'éloignais du chevalement, mais j'y reviendrais un jour. Plus tard, bien après, quand tous ceux qui avaient à mourir seraient morts. Quand tous seraient rangés au fond d'un cimetière. Quand vous ne serez plus là, ni les uns ni les autres, ni les amis, ni les ennemis, ni les connaissances, ni personne pour m'aimer, me protéger ou me juger.

8.

La quête

J'ai toujours voulu comprendre ce qui s'était passé à Saint-Amé. Le jour de la catastrophe, devant le portail fermé, j'écoutais ce que la rue en disait. Par petits groupes, des hommes parlaient de la fosse 3bis en jurant qu'elle était signalée comme dangereuse depuis longtemps. Tout le monde savait. Un gars noir de suie remontait du fond. C'était un sauveteur. Je lui ai décrit mon frère. J'espérais des nouvelles.

— Flavent, j'ai dit.

Il a haussé les épaules. Je l'ai suivi, qui se frayait un chemin dans la foule.

— En bas on ne voit rien, ça brûle encore, avait murmuré son copain.

D'autres gars venaient de les rejoindre.

— Saloperie de 3bis, a craché un homme.

— Saloperie de ventilation tu veux dire, a répondu un autre.

Je m'étais réfugié dans ma chambre. «Ventilation», il fallait se souvenir de ce mot. Depuis le collège, sur un cahier noir à fines spirales, je collais des vignettes de voitures de course. Les copains collectionnaient les étoiles du foot, je découpais des photos de moteurs. J'ai arraché les pages une à une, soigneusement. J'ai écrit «Ventilation», en haut à gauche de la feuille blanche, que j'ai souligné au stylo rouge.

Ce mot a été le premier de ma quête.

Alors que je n'ouvrais aucun journal, je me suis mis à les découper tous, ou à les recopier. J'emportais mon cahier «Chez Madeleine», pour lire *La Voix du Nord*. Assis à table, je relevais les mots importants, les phrases des enquêteurs, les déclarations des mineurs.

— Tu fais quoi avec tout ça, ptit faiseux ? m'avait demandé la patronne.

— Il cherche le nom de son frère, a répondu ma mère.

Comme Cécile bien des années après, maman n'aimait pas me voir feuilleter ces pages tristes. Recopier les titres gras, découper ces photos grises. Le lendemain de la catastrophe, *Nord Matin* avait publié une vue de la fosse. Notre ville était dans le journal. Je me suis cherché dans la foule, au milieu des foulards de femmes et des cheveux mouillés.

— T'as ta photo en première page ! avait lancé un homme à un autre qui entrait.

Aucun des deux ne souriait. C'était une mauvaise nouvelle.

Dans ce premier cahier, j'ai tout jeté comme ça. Les informations, les commentaires, les éditoriaux, les certitudes des uns, les doutes des autres. Je ne suivais aucune logique. Je voulais savoir, mais pas encore comprendre.

Arrivé à Paris, j'allais tout reprendre à zéro. Les questions sur les pages de gauche, les réponses sur les pages de droite. Mais dans ce premier cahier de jeune homme, tout était confus. Je n'analysais pas, je collectais. Comme avec Jojo, lorsque nous disputions les empreintes fossiles aux terrils, je ramassais sans comprendre. J'abattais le charbon, je ne le triais pas. Houille, graviers, terres, déchets, tous les sédiments du drame, jetés en vrac dans ma berline de papier quadrillé.

Lorsque Jojo nous a quittés, j'avais déjà rempli dix pages de mon cahier. «Coup du sort», «Sens du devoir», «Sacrifiés pour la patrie», «Héros du travail». Mais aussi d'autres expressions, qui ne prendraient leur sens que bien des années plus tard, comme «Culte du rendement», «Envoyés à la mort», «Personne n'est censé mourir au travail».

*

Un matin de février 1975, j'ai croisé des inconnus, rue Victor-Hugo. Une dizaine de jeunes qui distribuaient des tracts aux passants. Une fille m'en a tendu un. Je l'ai regardé. Je me suis figé. J'ai manqué d'air. Comme si quelqu'un m'étranglait à deux mains. Jojo était dessiné sur la feuille. Pas lui, pas exactement, mais presque. Son casque blanc sur la tête, sa lampe-chapeau, son poing fermé, sa bouche ouverte qui criait la colère. «*Le mineur accuse*», disait le tract. Il était signé «*Front Rouge*» et appelait à la création d'une «*commission populaire d'enquête*». J'ai regardé les garçons, la fille. Je ne les connaissais pas.

Aucun d'entre eux. Ils avaient des têtes à venir d'ailleurs. La fille, surtout. Elle était belle.

J'ai traversé la rue. J'ai inspiré très fort et je me suis dirigé vers elle.

Aujourd'hui encore, je ne sais pas pourquoi.

— Madame?

La jeune femme m'a regardé en souriant.

— Mon frère est mort à la catastrophe.

Son visage a glissé. Son sourire s'est éteint. Elle a rangé ses tracs sous son aisselle et m'a tendu la main. Je l'ai prise. Des yeux, elle cherchait ses camarades.

— Ivan? Momo?

Les types se sont approchés.

— C'est le fils d'un mineur de la fosse 3, a-t-elle dit gravement.

Elle gardait ma main prisonnière.

— Le frère, j'ai murmuré.

— Vlad?

Ils ont appelé un troisième gars. Puis un quatrième. J'étais coincé sur le trottoir, entouré par une cour d'honneur. La fille avait lâché ma main. Ivan avait mis la sienne sur mon épaule, comme mon père le faisait. Il a dit qu'il avait besoin de moi pour faire éclater la vérité. Qu'il avait besoin de nous tous, les gens d'ici. Il y aurait un procès populaire. Il faudrait des centaines de témoignages.

— Mais je n'ai rien vu…

Il m'observait, il a souri. Bien sûr que je n'avais rien vu. Évidemment. Seuls les morts et les survivants avaient vu. Eux seuls savaient. Ceux qui ne pouvaient plus parler et ceux qui en seraient empêchés. Mais je pouvais raconter mon frère. Ce que c'était, qu'être mineur. L'oppression de l'ouvrier. Son lever, dans le tout petit matin…

— À 4 h 30, j'ai dit.

Son lever à 4 h 30, il a repris. Partir dans la nuit, descendre dans des cages en fer comme un troupeau d'animaux, creuser la roche des heures durant, couché dans un boyau, les bras levés, les oreilles brisées, sans masque, sans lunettes, sans aucune protection, sans rien qui fait la dignité de l'homme.

Il parlait doucement, levait parfois les yeux, observait les passants qui nous évitaient.

— Continue la distribution, a-t-il commandé à celui qui s'appelait Momo.

L'autre s'est éloigné.

— Tu veux savoir la vérité?

Mes yeux lui ont dit oui. Je regrettais déjà mes paroles de frère. J'étais effrayé par ces inconnus, la façon qu'ils avaient de me souder à eux. Tous me touchaient. Devant, derrière, sur les côtés. Je sentais leur impatience. Je n'avais plus de place pour reculer.

— Il a été assassiné, ton frère!

J'ai ouvert de grands yeux. J'ai secoué la tête.

— Mais non. Il est mort dans la mine à cause du grisou.

Le gars a eu un rire mauvais.

— Et tu ne savais pas que le grisou avait des complices?

Je respirais mal. Je voulais m'en aller. L'impression d'être tombé dans un piège.

La fille a remarqué mes yeux, mon visage, le tremblement de mes bras.

— Tu ne vois pas que tu lui fais peur, là?

L'autre a eu l'air surpris. Elle a repris la main qui pendait le long de mon corps.

— Ce que veut dire Ivan, c'est qu'il n'y a pas de fatalité. Ça n'existe pas, la fatalité. Les patrons appellent ça le profit.

Je la regardais sans répondre.

—Tu as entendu parler du juge Pascal?

J'ai hoché la tête. J'avais découpé son portrait dans le journal. Un bonhomme à bonne tête de grenouille. Il remontait de la 3bis, barbouillé de charbon, un casque de mineur sur la tête.

— Eh bien le petit juge a dit que rien ne fonctionnait dans la fosse. Même la ventilation était défectueuse.

«Ventilation», le premier mot de mon cahier.

— Tu appelles ça comment, toi? La fatalité?

J'ai encore secoué la tête. Ces gens me faisaient peur.

— C'est quoi ton nom? m'a demandé la fille.

Et j'ai répondu: Michel Delanet.

— Écoute-moi, Michel, il y a une réunion demain à l'adresse qui est sur le tract.

J'ai regardé. Je connaissais. Une rue derrière l'hôtel de ville.

— Tu viendras?

Je ne savais pas. J'étais trop jeune pour avoir une voiture, je ne conduirais jamais plus de mobylette. Je me déplaçais en car et en stop. Lens n'était pas très loin de Saint-Vaast, mais quand même. À 21 heures, un samedi.

— Tu viendras? a répété Ivan.

Oui, j'ai dit. Je n'ai pas promis. J'ai accepté. Pour que le cercle se détende. Pour qu'ils s'écartent. Pour que je puisse reprendre ma route de lycéen. Il m'a prévenu. Ce ne serait pas encore le tribunal populaire, mais une simple réunion préparatoire. Ils entendraient des mineurs, des veuves, des familles de victimes.

— Et moi ? j'ai demandé.

— C'est comme tu veux. Spectateur ou témoin. C'est toi qui décideras.

Sur le trottoir en face, un homme a crié.

— Vous voulez qu'ils ferment la mine ? C'est ça ?

Il a froissé le tract entre ses doigts et l'a jeté à ses pieds.

— C'est vous qui nous donnerez du boulot quand les Houillères auront baissé le rideau ?

Une femme marchait devant. Elle est revenue sur ses pas, l'a pris par le bras.

Le type a continué.

— Hein ? Les Parisiens ! On joue les ouvriers entre deux cours à la fac ?

Ivan a brisé le cercle. Lui et Vlad ont marché dans sa direction.

La femme a entraîné son homme, l'air mauvais.

— Mais viens donc ! Que fouteu d'bren ch'ti-là !

Un troisième militant remontait le trottoir.

Le gars a donné un coup de pied dans le tract en boule.

— Laissez tomber ! a crié la fille à ses copains.

Ils se sont arrêtés au milieu de la rue. L'autre a hurlé sans se retourner.

— Crétins de gauchistes !

— Fasciste ! a répliqué Momo.

Avant de disparaître au coin de la rue, le type s'est dégagé de la femme, s'est retourné et nous a fait un doigt d'honneur.

— Raté min fiu! Je suis mineur, communiste et je t'emmerde!

Il a ri.

En rentrant à la ferme, j'étais encore essoufflé. Je n'arrivais pas à retrouver mon calme. Je me suis enfermé dans ma chambre et j'ai collé le tract sur une pleine page de mon cahier.

— On t'attend samedi, Michel, a encore dit la fille alors que je m'en allais.

Sous le dessin du mineur en colère, j'ai écrit : « *Tribunal populaire* ».

Et « *témoin* ».

*

Tout ce que les gars disaient depuis des mois était vrai. Le grisou avait tué les mineurs, avec un coup de poussière pour propager le feu sur des centaines de mètres de galeries. Le juge avait fait autopsier deux victimes. Elles étaient mortes asphyxiées. Oui, la fosse 3bis était dangereuse. Dans les procès-verbaux, un ouvrier témoignait qu'il s'était déclaré malade en décembre pour ne plus redescendre au quartier Six-Sillons. Il ne comprenait pas qu'on ait pu y installer un transformateur électrique brûlant dans une niche non ventilée. Une veuve avait aussi témoigné que son mari hésitait à descendre parce que l'air était irrespirable. Un ventilateur avait été enlevé huit jours avant la catastrophe. La fosse n'avait pas été arrosée, ou trop peu. La poussière de charbon recouvrait tout. Le sol, les murs, le dessous des machines. Il suffisait d'une étincelle pour transformer une galerie en lance-flammes.

Les taffanels, les pare-feu avaient été installés, mais aux mauvais endroits. Ces planches de bois, chargées de calcaire et de schiste broyés, étaient placées en hauteur et en équilibre sur des tuyaux. Au moindre souffle, les arrêts-barrages basculaient, les scories ininflammables étaient pulvérisées et étouffaient les flammes. Mais rien de tout cela n'avait fonctionné.

Avec les articles de presse, les tracts, les affiches, j'avais commencé à collecter des témoignages. Les mineurs qui s'étaient plaints au travail rapportaient les mots de leurs chefs.

— Ici tu n'es pas à l'école, tu es à la fosse!

Et aussi:

— Si on appliquait strictement le règlement, on ne travaillerait que deux heures et vous seriez payés en conséquence. C'est ce que vous voulez?

Je ne suis pas allé à la réunion du samedi, proposée par la fille. En mars 1975, un tribunal populaire s'est tenu au cinéma Apollo de Liévin. Je n'y ai pas témoigné. Je n'ai jamais cherché à revoir les Maos mais j'avais gardé tout ce qu'ils avaient écrit dans *Libération*. Sur «les calculs criminels des Houillères», «l'oppression des mineurs», «la politique énergétique de la bourgeoisie française», «le procès de la société capitaliste». En lisant la presse, j'avais aussi appris qu'après la mort de 16 mineurs de Fouquières-les-Lens, en février 1970, des militants de la Gauche prolétarienne avaient attaqué à la bombe incendiaire les bureaux de la direction du personnel des Houillères, à Hénin-Liétard. Et que ceux qui avaient été dénoncés après cette action avaient été acquittés par la Cour de sûreté de l'État. J'ai cherché dans les journaux le nom des accusés. Il n'y avait ni Ivan, ni Vlad, ni Momo. Ils étaient trop jeunes à l'époque. Ou ils avaient échappé à la police. Arrêté un an après, un des gauchistes qui avait participé au raid dira que l'attaque était illégale mais légitime.

« Illégale mais légitime ».

J'ai noté la formule au bas d'une page de mon cahier.

Les maos étaient venus, ils avaient levé le poing et ils étaient repartis, laissant derrière eux la plaque : « 42 MINEURS ENVOYÉS À LA MORT ». Je savais que cela n'irait pas plus loin.

Le 5 juin 1975, le juge Pascal avait inculpé le chef du siège 19 de Lens pour « homicide et blessures involontaires ». Les ingénieurs et les agents de maîtrise s'étaient mis en grève pendant 24 heures. Les syndicats avaient parlé de lampiste.

Le 25 juillet, Pascal était dessaisi pour fautes de procédure.

Et cinq ans plus tard, le lampiste jugé à Béthune.

Avant de conduire « Steve le Camion », j'avais travaillé dans deux garages parisiens. C'est un gars de l'atelier qui m'avait montré l'article de *L'Huma* qui annonçait le procès. Il n'y avait pas grand-chose dans le reste de la presse. La fosse 3bis n'intéressait plus personne. Le copain savait pour la mort de Jojo. Tout le monde savait. C'est même la première chose que je racontais de moi en montrant la taillette pendue à mon cou. Le copain croyait me faire plaisir en m'annonçant la date de l'audience, mais il se trompait. Cinq ans après la mort de Joseph, un pauvre type tout seul allait se retrouver sur le banc des accusés.

Je suis allé à Béthune le 3 novembre 1980. La salle du tribunal était coupée en deux. Les gens de la mine d'un côté. Veuves, anciens mineurs, retraités, silicosés avec le juge Pascal. Et la Compagnie des mines de Lens de l'autre. Lucien Dravelle était là aussi. L'agent de maîtrise souriait dans le public, côté patrons.

Le procès devait durer six jours, je n'y suis resté qu'une heure. Ni la force, ni le courage.

J'avais commencé mon troisième cahier à la mort de mon père, en février 1976. Il était noir et mat, comme les deux premiers. Sur la page de couverture, à l'intérieur, j'ai collé la dernière lettre de papa.

« Michel, venge-nous de la mine. »

J'ai terminé mon neuvième cahier avec le jugement du tribunal correctionnel de Béthune, le 23 janvier 1981, soigneusement recopié dans *Nord Éclair*. Pour le tribunal, jamais la mine n'avait été mise en situation de risque. Les Houillères ont été déclarées civilement responsables mais la « faute inexcusable » n'a finalement pas été retenue. Et ses deux grands patrons, simplement relaxés. Le chef du siège 19, lui, a été condamné à 10 000 francs d'amende et 1 000 francs de dommages et intérêts, versés à trois syndicats.

« 42 morts = 10 000 francs.
Une ligne dans un bilan comptable. »

Ce fut la dernière phrase de mon neuvième cahier.

9.

Retour à Saint-Vaast-les-Mines

(Vendredi 12 décembre 2014)

«À LOUER: Saint-Vaast-les-Mines. Maison de ville meublée sur rue principale proche de toutes commodités. Entrée, salon, cuisine, salle de bains, WC indépendant. 1 chambre. Grenier aménageable pour 1 autre chambre. Courette de 47 m². À 10 min. du centre-ville.» Une pleine façade de briques rouges, lourde, compacte, avec deux fenêtres sur rue, minces comme des meurtrières. J'ai imprimé l'annonce, trouvée sur Internet, et l'ai collée à gauche, sur la page de garde de mon dernier cahier.

Le propriétaire vivait à Lille, un cafetier du boulevard Vauban. Ce bien était un héritage. Une grande maison qui avait été coupée en deux. L'homme avait presque mon âge mais son nom ne me disait rien. Nous n'avions pas été à l'école ensemble, ni au café, ni nulle part ailleurs dans le Nord.

— Fils de mineur? je lui ai demandé au téléphone.

Il a ri.

— Ah non! Il n'y avait pas que des mines par ici. Enfant de commerçants.

L'annonce m'intéressait. Je lui ai demandé si je pouvais visiter la maison. Bien sûr. Évidemment. Cela faisait deux ans qu'elle était en vente. Comme d'anciens corons de la rue. Alors le cafetier avait décidé de la louer.

— Les temps sont durs, a glissé le vendeur.

Il voulait savoir pourquoi un Parisien s'intéressait à Saint-Vaast. Je lui ai répondu ce qui me passait par la tête. Ma mère était en maison de retraite à Lens, je me rapprochais d'elle.

— Votre famille est du coin?

À mon tour, j'ai ri.

— Non, pas du tout. Nous venons du Beaujolais mais elle était institutrice à Cucq.

Après sa retraite, elle est restée dans la région.

Qu'est-ce qui m'avait pris? Pourquoi le Beaujolais? De cette terre, je ne connaissais que le nom du Saint-Amour, un vin que je n'avais jamais bu.

— Mais je vis à Paris maintenant.

— Ah c'est ça! Quand vous avez parlé des mines je me suis dit: tiens, un touriste!

Son rire, une fois encore.

Sa mère avait les clefs. La maison d'à côté, la même à l'envers. Mur de forteresse et créneaux minuscules. Je devais la prévenir de mon arrivée, elle me ferait visiter.

— Avez-vous une idée du temps que vous resterez parmi nous?

Non. Aucune.

— Jusqu'à ce que maman s'en aille, j'ai répondu.

— Oh! Oui, bien sûr. Pardonnez-moi.

Silence embarrassé.

— Je peux vous poser une question?

J'ai demandé s'il était possible de payer en liquide.

— Le dépôt de garantie?

— Non, les 540 euros de location mensuelle.

Nouveau silence.

— Écoutez... Je ne sais pas si cela se fait. Je demande conseil, d'accord?

D'accord. Bien sûr. Mais il me fallait cette maison-là.

— Quand comptez-vous venir la visiter?

— En début de semaine.

L'homme était ravi. Il bloquait l'option jusqu'à ma réponse. Et il espérait qu'elle serait positive. J'avais tout pour le rassurer : chauffeur routier en retraite s'occupant de sa vieille mère. Pas d'enfant, pas de bruit, pas de problème.

— Alors à très bientôt, monsieur... désolé, mais je n'ai pas retenu votre nom.

— Delanet, Michel Delanet.

Je n'ai pas attendu. Le lundi, je suis passé voir Jacky à la société Delgove. Il n'était pas là et cela m'arrangeait. «Je pars quelque temps. Ne m'en veux pas. Après Cécile, je suis perdu. C'est plus difficile que je ne le pensais. Il faut que je me retrouve. Je t'enverrai un arrêt maladie. Merci de tout ce que tu as fait pour moi. Amitié. Michel.»

J'ai laissé le message à un copain, dans une enveloppe fermée.

Et puis j'ai pris la route du Nord.

101

Il y avait longtemps que je n'étais pas revenu au pays. J'étais abonné à *La Voix*, et seul le journal me le racontait. Mais à Saint-Vaast, il ne se passait rien. Les noces de diamant d'un couple de vieux agriculteurs, une mère retrouvée ivre sur la voie publique avec son bébé, la mort d'un vieux facteur. Je me suis garé près de notre ferme, sur le remblai, face au chemin qui menait au puits. Je n'ai rien retrouvé. Le toit de belles tuiles était une couverture de zinc. L'étable avait été détruite, les poulaillers aussi. De notre maison, ils avaient fait un hangar de stockage, planté dans les champs de maïs. Et l'hiver transformait cette immensité en sillons d'herbes jaunies. La terre de mon père n'avait pas survécu à sa mort. Les cousins avaient mutilé le domaine. Puis ils l'avaient bradé. Une partie noyée sous les céréales, l'autre divisée en quatre maisons d'hôtes pour Anglais de passage. En remontant dans la voiture, je revoyais mon père, inquiet du départ de ses fils, ses fuyards, ses petits traîtres. Je me suis arrêté dans une ornière boueuse, les mains sur le volant. J'entendais sa voix grave, restée en moi comme un reproche.

— Les hommes ne savent plus que faire pousser des briques.

J'ai regardé mon enfance dans le rétroviseur. L'horizon de betteraves avait disparu. Les pyramides de Loos avaient verdi comme des collines idiotes. Braf le chien ne m'avait pas suivi jusqu'à la route en piaffant. Rien ne restait de moi.

Une femme âgée m'a ouvert la porte sans sourire.

Les murs de la maison étaient vert d'eau, avec des coulées grises et jaunes sous les fenêtres. Traces de cadres, têtes de pointes, autocollant arraché à moitié.

— Il faudrait qu'il passe un coup de barbouille, quand même, a-t-elle lâché.

Elle a ouvert les volets blancs qui donnaient sur la rue. Il pleuvait.

— Au premier, on a le soleil.

Le sol des pièces du bas était en linoléum, imitation carrelage. Il y avait de la moquette orange sur les marches d'escalier et dans la chambre. Le grenier n'était pas aménageable. Le propriétaire avait laissé quelques meubles de campagne. Une grande table, des chaises dépareillées, une desserte en bois peint. Dans la chambre, un lit étroit, une armoire massive. Au plafond, les ampoules étaient nues. Mais il y avait partout des lampadaires. Et des voilages aux fenêtres. La cuisine était équipée. Cuisinière à gaz, réfrigérateur et machine à laver le linge. La salle de bains m'a paru très étroite, mangée par une baignoire sabot. Un rideau de douche pendait. Les robinets fonctionnaient, la douche. Il y avait un chauffage électrique dans chaque pièce. Tout était sombre et triste. J'ai ouvert la fenêtre de la chambre, qui donnait sur une courette cernée par des murs de briques. Pas d'arbre. Des restes de mauvaises herbes, des orties, quelques buissons étouffés par les ronces, le souvenir d'un rosier disparu. Une table de jardin en métal bleu, deux chaises renversées, un tuyau d'arrosage oublié, une pelle contre le mur. La pluie cognait la terre. Il faisait froid. J'ai respiré en grand. Je découvrais mon ciel. Je retrouvais décembre.

— Cela me plaît beaucoup, j'ai dit.

Elle a eu l'air surpris.

— C'est vous qui voyez.

Elle me plaisait aussi. Silencieuse, maussade, ses cheveux gris relevés dans une charlotte de bain. Elle avait enfilé des mules râpées et passé une robe de chambre sur sa robe. Il était onze heures, elle était habillée comme au lever du jour.

Dans sa poche, une lettre qu'elle m'a tendue.

Monsieur Delanet
D'accord pour des paiements en liquide.
Si vous acceptez la location,
merci de remettre à Madame Liénard 540 euros
de caution plus deux
mois de location (si vous vous installez le 1ᵉʳ juin),
ou une somme en
relation si vous emménagez avant.
Je vous remercie de votre confiance.
Très cordialement.

C'était signé Aimé Liénard.

J'ai interrogé la femme du regard.

— Mon fils, a-t-elle dit simplement.

J'ai emménagé à Saint-Vaast quatre jours après. Ma vie tenait dans mon coffre de voiture.

— C'est tout ce que vous avez ? m'a demandé la vieille.

— Ce n'est qu'un pied-à-terre, je lui ai répondu.

Elle est sortie lorsque je me suis garé. Mêmes mules, même charlotte, même robe de chambre. Sans un mot, elle m'a regardé porter mes sacs et mes valises dans la maison. Malgré le froid, il fallait aérer, ouvrir les fenêtres en grand, la porte. L'hiver habitait chaque pièce. Les murs avaient été vaguement repeints. L'odeur de solvant frais se mêlait au moisi.

— Vous n'allez pas laisser la voiture là, quand même?

Garée sous ma fenêtre, elle dérangeait sa porte. Je l'ai avancée de quelques briques.

— Et puis vous savez, on entend tout par la cloison, a-t-elle prévenu avant de rentrer chez elle.

Je n'étais pas encore allé en ville. Je suis passé partout sans regarder ni voir. Avant Liévin, je voulais occuper Saint-Vaast.

J'ai punaisé l'affiche du *Mans* face à la porte d'entrée. Le poster de mon frère en gueule noire. Et juste à côté, la vieille photo de Lucien Dravelle. J'ai rangé ma valise d'enfance au-dessus de l'armoire, avec la masse de mineur. Puis accroché le casque sur le mur, à un clou qui dépassait. Et collé le singe face au lit.

— Il est irrésistible, avait ri Cécile en le découvrant.

Mes vêtements tenaient sur trois étagères. Mes cahiers à spirale sur la quatrième, et je conservais le dixième près de moi, dans le tiroir de ma table de chevet.

J'ai hésité. Sortir maintenant? Demain? J'ai tapé «Chez Madeleine» sur mon téléphone. J'ai inspiré en grand. Le café existait toujours.

J'ai conduit sous la pluie. Je me suis arrêté avant d'entrer en ville, au bord d'un champ en sommeil. J'ai cueilli un épi de blé. J'ai roulé, tourné à droite, à gauche, comme la veille de la catastrophe, lorsque je conduisais Jojo en riant, jambes écartées sur sa mobylette. Le froid était le même, le vent. Le jour tombait, les briques luisaient comme à la nuit. Les maisons n'avaient pas changé, mais un bitume noir avait remplacé les pavés. Lorsque je suis arrivé au chevalement, je tremblais. La potence avait été repeinte en gris touriste, molettes figées. Un chien pissait contre l'acier. J'ai pensé à une reconstitution. Une maquette pour enfants. Sur la place, entourée de rues larges, un cinéma multiplexe, un établissement de restauration rapide, un entrepôt, des magasins. Rien de solennel. Des enfants jouaient au ballon sous la pluie. Plus loin, posée contre le socle du chevalement de la fosse 3bis, une plaque de marbre noir: «AUX 42 VICTIMES DE LA CATASTROPHE MINIÈRE DU 27 DÉCEMBRE 1974». Et leurs noms gravés sur deux stèles, protégés par une chaîne de monument aux morts.

Je n'ai pas relu les 42 noms. Je les connaissais depuis ma jeunesse, appris par cœur comme les lettres de l'alphabet. Celui de Jojo n'était pas dans la pierre, rejeté par les Houillères et par la mémoire. Mort trop tard pour être des martyrs. Mort trop loin pour être célébré. Mort entre deux draps pas entre deux veines. Mort en malade de la ville, pas en victime du fond. C'était dégueulasse. Ma mère, mon père, sa femme, tous nous avions hurlé à la saloperie mais l'Histoire s'était refermée sur notre douleur. Alors j'ai gravé le nom de mon frère dans ma tête, dans mon ventre et dans mon cœur, entre deux autres camarades tombés.

J'ai posé le plant de blé sur le gravier. Pour Joseph Flavent, trente ans, tombé à Saint-Amé.

«Chez Madeleine», Madeleine n'était plus là. Un homme derrière le comptoir. Son fils, je m'en souvenais. Le sale gamin aux cheveux blonds.

— Ici, c'est chez moi, pas chez vous! disait-il aux enfants qui gagnaient au baby-foot.

Et il leur refusait la victoire.

Le jeu de ballon n'existait plus. Comme le billard et le juke-box. Sur les briques du mur, repeintes en blanc, ne restait qu'une photo de terril, encadrée par des lampions de Noël. Les images de la mine avaient disparu avec sa fermeture. À la place, le méchant garçon avait collé des affiches de chars à voile sur la plage du Touquet. Sur l'une d'elles il pilotait, un bras levé comme pour la victoire.

Au bar, deux clients. Un vieux, dont je me souvenais. Et une dizaine d'autres, assis aux tables. J'ai pris mon temps. Hésité entre une chaise et le comptoir. Les yeux se sont levés. Tous m'ont vaguement regardé. Un type à lunettes et cheveux gris. Un intrus sans histoire. Pas une réaction. Ni salut, ni étonnement.

Le vieil homme au comptoir s'appelait Merlin. Il travaillait au puits n° 11 de Lens et avait quitté la mine après 1974. Fatigue, dégoût, peur de retourner au fond. Il m'aimait bien. Lorsque j'entrais «Chez Madeleine» avec Jojo, il sifflait entre ses dents.

— T'as emmené ton tiot galibot Flavent?

Mon frère restait au comptoir, il parlait politique avec ses copains. Et Merlin tirait une chaise pour moi à sa table. Il faisait des tours de cartes. Les mêmes, toujours.

C'était comme un magicien. Il ouvrait le jeu à hauteur de ses yeux.

— Prends une carte.

Je ne sais plus qui l'a baptisé Merlin, comme l'enchanteur. Mais toute la ville l'appelait comme ça. Et les gars de la mine aussi.

— Regarde bien.

Je l'observais, bouche ouverte. Et ma carte revenait au-dessus du paquet.

Je me suis accoudé au comptoir de bois. Le patron m'a à peine regardé.

— Ce sera?

— Une bière.

Merlin venait de reposer *Nord Matin*. Je l'ai fixé, tête penchée sur le côté.

— Je peux prendre votre journal?

— Il est à vous, a répondu le vieux mineur.

Et puis il est passé à autre chose, buvant son vin blanc, les yeux presque fermés.

Il n'a pas reconnu le tiot galibot, qui observait sa magie bouche ouverte. Flavent était de retour, et personne ne l'avait remarqué. J'étais tranquille. J'ai bu mon demi. Et puis un autre, pour être tout à fait certain. Quelques mots de char à voile échangés avec le champion, trois phrases sur la météo pour Merlin. Mais leurs regards m'ont à peine frôlé. Un instant pourtant, j'ai eu peur. Dans la salle, un jeune type me regardait comme on interroge. Et quand je suis sorti il m'a dit:

— Votre lacet, monsieur.

Il traînait autour de ma chaussure gauche, tout boueux de maïs et de pluie.

*

Je me suis enfermé jusqu'au lendemain de Noël. De Paris, j'avais emporté un pain de campagne enveloppé dans un torchon, des sardines, du fromage, une saucisse, du café, du lait, du beurre, sel, poivre, quelques fruits et du vin. Pas besoin de ressortir. J'ai relu mes cahiers les uns après les autres, notant sur le dernier ce qui ressortait de mon enquête. La presse l'avait compris, le juge Pascal l'avait découvert : rien n'avait été dégazé. Le système pour mesurer le grisou n'était pas achevé. La machine qui servait à dissiper les poches de méthane fonctionnait dans un autre quartier. Les gaziers n'avaient pas mal travaillé. Pas leur faute, les pauvres gars. Ils n'étaient que deux mineurs à effectuer des mesures manuelles. Puis un seul, pour inspecter les kilomètres de galeries. Par mesure d'économies, les Houillères avaient pris le risque de l'accident. Et puis quoi ? La fosse 3bis allait fermer. Les gisements s'épuisaient. L'extraction devait cesser. Comme la fosse 16 en 1956 ou la fosse 9 en 1960. Après Saint-Albert et Saint-Théodore, Saint-Amé renoncerait au charbon.

Le pauvre gazier n'était responsable de rien. Les galeries de Six-Sillons touchées par l'accident ne faisaient même pas partie de son parcours de contrôle. Sa ronde de reprise, le 27 décembre, avait été supprimée par la direction. Lorsque les hommes sont redescendus au fond après les fêtes, cela faisait quinze jours que le risque de grisou n'avait pas été contrôlé. Mais ce gars-là était un mineur que personne ne pouvait soupçonner. Il suffoquait au fond comme les autres et bouffait son briquet assis dans la poussière avec les rats. Qui, alors ? Qui, au-dessus de lui ? L'ingénieur en chef ? Le lampiste condamné à 10 000 francs, et qui a sombré dans la dépression ? Il est mort à quatre-vingt-un ans, en avril 2009. Tellement isolé que certains l'ont considéré comme la 43e victime de la catastrophe. Qui encore, bien au-dessus, tout là-haut ? Les dirigeants des Houillères ? Les grands patrons ? Les intouchables, endormis dans leurs linceuls une rosette sur le cœur ? Qui reste en vie ? Qui n'a jamais été soupçonné, inquiété, entendu par quiconque ? Qui se pavanait à la cérémonie d'enterrement, hissé sur la pointe des pieds pour que Jacques Chirac le remarque ? Qui avait fait son beau nœud de cravate, bien peigné ses cheveux et ciré ses souliers ? Qui s'était glissé avec délices au milieu des écharpes tricolores, des épaulettes et des gants blancs ? Qui n'a versé aucune larme ? *Lucien Dravelle.*

Un contremaître hautain, que mon frère disait pourtant mineur comme lui. Et qui faisait le beau au comptoir « Chez Madeleine », pour prendre le futur ouvrier dans ses filets. Je n'ai trouvé son nom nulle part. Dans aucun rapport, aucun procès-verbal, aucun article de journal. C'était le plus malin de tous. Il avait survécu à l'orage. Jojo disait qu'il parlait en maître mineur, alors qu'il n'était qu'un responsable de rien du tout. Au fond, il surveillait les gars comme un caporal une troupe de tire-au-flanc. Il voulait que tout aille plus vite, plus loin, que les marteaux-piqueurs n'arrêtent jamais. Lorsqu'un gars s'attardait à mettre ses gants, enfiler son masque ou ajuster ses bouchons d'oreilles, il le traitait de galibot. Il était porion de sécurité et répétait sans cesse :

— Si on fait trop de sécurité, on ne fait pas de rendement.

Lorsqu'un poste finissait, il essayait de gagner quelques minutes sur le charbon. Arracher ses derniers éclats au seigneur des ténèbres.

Je ne savais rien de lui. Mais j'ai écrit son nom sur mon cahier avec le mot « responsable » accolé. Un chef de fond ne peut ignorer que la fosse n'a pas été arrosée à grande eau. Il doit savoir qu'elle n'a pas été contrôlée en grisou. Il doit passer son doigt sur les machines et constater l'épaisseur de la couche de poussière inflammable. Il doit, comme les autres, avoir du mal à respirer. Il doit, plus que les autres, se soucier de ses ouvriers.

Personne ne reliait Dravelle à la catastrophe mais j'étais certain de sa responsabilité. Il avait échappé aux enquêtes, aux poursuites. Il était vivant. Il touchait sa pension, il marchait dans la rue en homme libre. Et puis c'était lui, avec Mainate, qui étaient responsables de la mort de Jojo. Ils l'avaient envoyé à la mine. Deux salauds en embuscade au bar de « Chez Madeleine », qui faisaient passer les jeunes de leur première à leur dernière bière.

À la fin du mois, Liévin célébrerait le quarantième anniversaire de la catastrophe. Et j'étais là pour ça. Je voulais voir ce qui restait de nous et entendre ce qu'ils en diraient. J'ai découpé un article de *La Voix* expliquant que la commémoration débuterait aux pieds du chevalement à 6 h 19. Le Premier ministre Manuel Valls serait là.

Et j'espérais que Dravelle y serait aussi.

*

Le samedi 27 décembre, je me suis levé à 4 h 30, comme Jojo le faisait lorsqu'il prenait son poste. Un café dans un bol, une demi-tranche de pain beurré. Je n'ai pas ouvert les volets. Je partirai sans bruit. Ma voisine avait raison, la maison répétait tout de nous. Je l'entendais traîner ses mules dans la pièce à côté. Elle parlait seule, toussait beaucoup. À l'heure du lait, l'écuelle de son chat semblait posée sur mon carrelage. Je l'imaginais tendre l'oreille. Elle devait me chercher, le regard au plafond. Mais mon silence ne lui répondait rien. Je lisais, assis à table en prenant des notes. Les journaux sont pleins de drames, mais feuilleter leurs pages ne fait aucun bruit. Dans la nuit, le vent soufflait en rafales. J'ai mis deux épaisseurs sous mon manteau, une casquette et mon écharpe.

La veille, j'avais garé ma voiture à trois rues de là, pour ne pas réveiller ma logeuse. J'ai relevé mon col, je suis sorti dans la nuit.

À 6 h 19, heure exacte de la catastrophe, l'éclairage public s'est éteint. Et le chevalement de Saint-Amé s'est embrasé. J'ai sursauté. Un grondement, d'abord. Les entrailles de la terre qui annonçaient le drame. Puis le beffroi s'est éclairé d'un rouge violent. Sous ses pieds de métal, des jets de fumée blanche, le souffle de l'explosion,

112

un effet de flammes. J'ai fermé les yeux. La boule de feu a parcouru les galeries. Des centaines de mètres de boyaux transformés en brasier. Les hurlements, les cris, les plaintes, la mine qui vole leur oxygène aux hommes.

Nous étions peu nombreux, sur la place. Lorsque la sirène a déchiré nos ventres, j'ai enlevé ma casquette en geste de respect. Je ne savais quoi penser. Pourquoi ce bruit de catastrophe, cette fumée de théâtre, ce feu, ces artifices?

— C'est très impressionnant, a dit une jeune femme derrière moi.

Alors je me suis dit que cette mise en scène était peut-être ce qu'il leur fallait.

Comme en 1974, la pluie et le vent balayaient l'ancien carreau. Le jour était levé. La cérémonie officielle allait commencer. Des hommes tapotaient sur leur portable en attendant l'arrivée du Premier ministre. Nous aurions dû marcher entre l'hôtel de ville et le mémorial, mais la procession a été annulée pour cause de violentes bourrasques. Question de sécurité, a expliqué l'huissier. J'ai souri. Quarante ans plus tard, notre ennemi était le vent.

Manuel Valls parlait, entouré par les anciens. Foulards rouges, écharpes blanches, ils avaient ressorti le casque du buffet. À ses côtés, un petit-fils, barrette ancienne sur la tête.

— Les mineurs avaient pour ces galeries sombres une affection inquiète, faite à la fois de répulsion et de révérence, a murmuré le Premier ministre.

Nous étions quarante ans après. Une éternité, vraiment. Il n'y avait plus de bérets sur les têtes, plus de foulards.

Ni minijupes chez les filles, ni pattes d'éléphant chez les garçons. Pas non plus de foule immense, pas de policiers pour contenir la colère. Aucune cigarette au coin des lèvres amères. Ni larmes sur les joues glacées. Les journalistes faisaient leur travail, et personne ne leur montrait le poing.

— Une blessure que rien ne pourra cicatriser, a aussi dit le maire de Liévin.

C'était cela. Une blessure ouverte. Et une douleur que le pays n'a jamais partagée. Malgré les déclarations et les promesses, le supplice de notre peuple s'est arrêté aux portes de l'Artois. Notre deuil n'a pas été national. À l'heure de dire au revoir à son charbon, la France a oublié de dire adieu à ses mineurs. Le monde qu'ils incarnaient n'existait déjà plus. Jojo et ses amis sont morts trop tard pour être défendus par la Nation.

Je n'ai pas vu Lucien Dravelle. Je l'ai cherché dans les premiers rangs, puis dans les rangs suivants. Je l'ai imaginé avec une écharpe tricolore ou porteur de drapeau. À côté du Premier ministre, au pied de son estrade. J'ai regardé dans l'angle des caméras, sous les parapluies, dans les voitures garées autour, mais il n'était pas là. J'ai interrogé les visages un à un. Les regards sous les casquettes, les rides autour de la bouche, les mentons sous les casques. Je n'avais qu'un souvenir et trois photos de lui. La dernière avait vingt ans, lorsque François Mitterrand était venu à Liévin commémorer l'anniversaire de la catastrophe. Il était sur le journal. Pas au centre de l'image, mais devant quand même, dans un coin. Cette fois-là, il n'était habillé ni en bourgeois ni en mineur. Il avait mis son casque d'ouvrier et une cravate, comme s'il avait hésité entre deux mondes. Les autres images étaient plus anciennes encore et mon souvenir d'enfant les avait effacées. Il n'apparaissait pas sur Internet. Il était inconnu des réseaux sociaux. Il avait près de quatre-vingts ans, c'était la seule chose dont j'étais certain.

— Il me parle comme à un gamin! Il se prend pour un chef de siège alors que j'ai à peine dix ans de moins que lui! avait dit mon frère un soir de colère.

J'ai regardé les cannes, les béquilles, les vieux soutenus par plus jeunes qu'eux.

Dravelle n'était pas là.

Alors que la foule se dispersait, je me suis adossé contre le mur de l'école. Le visage de chaque victime avait été imprimé sur un drapeau blanc. Jojo manquait. Jojo me manquait. Cécile aurait dû être auprès de moi, ici, pour m'aider à continuer ma route. J'étais seul et loin de tout. Tout à coup, je n'ai plus rien reconnu de cet endroit. Les mineurs rentraient chez eux, avec leurs familles. Ils parlaient, riaient, comme après l'enterrement d'une personne bien trop vieille. Depuis 6 h 19, je n'avais pas desserré les poings. L'idée de retourner dans la maison me faisait horreur.

Et s'il était mort?

Jamais je n'avais manqué un avis de décès de la presse locale.

Impossible, donc. Je l'aurais su.

Et s'il était parti vivre au soleil?

S'il avait échangé le terril contre la dune?

Je me suis remis en marche. Plus jeune, je crois que j'aurais pleuré. C'était le moment. J'étais seul, désemparé. Et la pluie a toujours masqué les larmes.

Je suis allé « Chez Madeleine ». Il me fallait boire une bière ou deux. Et réfléchir à demain.

Le café était plein. Quelques casques de cérémonie posés sur les tables, des familles, des enfants. Merlin faisait son tour de cartes. Un homme, en fauteuil roulant, expliquait à un garçonnet le fonctionnement de son concentrateur d'oxygène. Il avait ajusté les tuyaux de protection derrière les oreilles du gamin et les embouts de canules dans ses narines.

Je suis allé au bar, à ma place, comme la dernière fois.

— Tiens, l'amoureux du char à voile ! a plaisanté le patron en me voyant.

Pour l'intéresser, j'avais fait semblant de bien connaître ce sport.

— Vous étiez à la cérémonie ?

J'ai secoué la tête. Quelle cérémonie ? Non. Pas au courant. Ah oui, la catastrophe ! Je me souvenais vaguement. Quarante ans, déjà ? Mon Dieu que le temps passe vite. Comment ? Manuel Valls ? Il est venu en vrai ? Eh bien dis donc !

— C'est de la récupération ! a grogné un vieux type de l'autre côté.

— Ah toi, dès qu'un socialiste se pointe ! a rigolé le blond derrière son comptoir.

J'ai fait mine de rire aussi.

— Son père était communiste, il m'a glissé en faisant un clin d'œil.

L'autre s'est raidi.

— Et alors? Les temps ont changé dans le pays, non?

Le patron a servi ma bière.

— Vous en pensez quoi, vous?

— Oh! moi...

— Rouge ou bleu Marine?

L'autre me dévisageait. Il attendait ma réponse.

— Tant qu'on ne vient pas me faire chier, j'ai répondu.

Les deux ont rigolé. Le patron en essuyant un verre, l'autre en cachant sa bouche du revers de la main. Puis il a trinqué avec moi. Et je m'en suis voulu. C'était leur cirque, je n'avais pas à y tenir le rôle du clown. Je n'avais pas envie de parler. Pas envie de jouer. Mon frère était mort il y avait quarante ans, en ouvrier. Et cette terre n'était plus la sienne. Plus la mienne non plus. Notre bassin n'avait plus rien de minier. Je ne reconnaissais ni les hommes ni leurs rêves. Je n'aimais pas les questions rances qui les souillaient. À mon retour, je m'étais enivré des couleurs, la lumière du ciel, l'odeur de terre mouillée, la beauté des terrils, la majesté du chevalement. La première bière, bue ici même, onze jours plus tôt dans le silence, avait été de jeunesse. Je pensais retrouver des éclats d'enfance et j'en ramassais des lambeaux. Dès le premier soir, à peine fermée la porte de la maison de Saint-Vaast, mon ventre m'a fait mal. J'ai ressenti les douleurs d'avant la maladie de Cécile. La tête qui frappe, le cœur qui renonce, le souffle brisé au moindre pas. Mon dos a recommencé à me faire souffrir, mes genoux. Ici je dormais mal. Je mangeais mon pain rassis. L'eau du robinet avait un goût de fer. J'avais froid. Chaque fois qu'une mobylette fracassait le silence, je me voyais au guidon. Fier du casque bricolé par mon frère le mineur, fier de lui, de moi qui le rejoindrais bientôt au fond. Fier de notre condition d'ouvriers. De ses mains noires. De la poussière de charbon qu'il ramenait dans sa musette, malgré la douche, malgré le vestiaire. Cette poudre grise qui me servait de masque pour me déguiser en adulte. Que je glissais dans mes poches, dans mes cahiers, que j'avais avalée pour voir ce que faisait la silicose.

Il faudrait ne jamais revenir sur ses pas d'écolier.

— Parce que 42 morts, c'est quand même la plus grosse catastrophe minière de l'après-guerre. Il n'y a rien eu de pire avant la fermeture des puits.

Le type du comptoir me parlait. Pardon. Excusez-moi. Je n'écoutais pas. Je chevauchais une mobylette, les grands bras de mon frère passés autour de ma taille.

Il m'a raconté la fosse 3bis, et je l'ai laissé faire.

En 1974, il avait trente-deux ans.

— Vous étiez mineur?

Pas du tout, non. Il était maçon. Mais il en a connu, des mineurs. Très bien, même. Dont un est mort le 27 décembre.

J'ai bu une deuxième bière, une troisième.

Le champion de char à voile écoutait vaguement.

L'autre expliquait que tout avait bien changé. Les syndicats aujourd'hui, c'était magouille et compagnie. Les hommes politiques? Des vendus. C'est bien simple, il ne votait plus.

— Des gars comme les gueules noires, y en a plus. Ces salauds ont cassé le moule!

— Quels salauds? j'ai demandé.

— Tous! Il a répondu. Tous des salauds.

Il s'est penché vers moi.

— Il n'y a qu'ici qu'il y a encore des gens bien.

Il a balayé le café d'un geste de la main.

— Regarde les casques sur les tables. C'est pas du bidon, ça!

J'ai approuvé, à tout hasard.

— Des vrais de vrais, qui ont eu les couilles d'aller au fond.

Il a tendu le doigt vers l'homme en fauteuil roulant.

—Tiens, pépé Bowette, par exemple! Galibot à douze ans, abatteur à dix-huit, petit-chef en fin de carrière. Trente-cinq ans de mine sans jamais se plaindre!

Le gars s'est retourné vers la salle. Il a crié:

— Bowette! San t'ekmander, viens donc saluer el' Parisien!

L'autre a eu l'air surpris.

Son engin était électrique. Il s'est frayé un chemin en ronronnant à travers la salle jusqu'au bar. Un homme maigre, pâle, protégé par une écharpe bleu ciel. Il portait les canules nasales et son réservoir à oxygène sur les genoux. Il n'avait pas enlevé son manteau.

J'étais embarrassé. Il m'a tendu une main osseuse. Elle tremblait. Je l'ai prise doucement.

— Je suis désolé de vous déranger, c'est monsieur qui a tenu…

Il m'a coupé. Une voix à bout de souffle.

— Je le connais bien, va. Tout le monde le connaît, ne vous inquiétez pas.

L'autre a rigolé sans protéger ses lèvres. Il était sans dent.

— Je suis l'oiseau qui piaille trop.

Il a posé une main sur l'épaule frêle de l'handicapé. Les deux devaient avoir le même âge.

— Pendant que je travaillais sur les toits, Bowette était au fond.

Le vieil homme me regardait. Toujours ce même sourire. Il attendait que son ami termine sa petite comédie. Il respirait mal. Expirait l'air en toux sèches.

— Comme je dis toujours : Mainate à l'air pur et Bowette au charbon ! C'est même écrit sur nos gueules.

J'ai frémi. Cette phrase. Cette trogne. Quarante ans après, Mainate était toujours là.

Il lui a tapoté le torse. Visage de fierté.

— En tout cas, il a monté tous les échelons de la mine.

— Presque tous, a rectifié l'autre.

— Contremaître ! Eh ho, c'est quand même pas rien ! a lancé Mainate.

— Ce n'est pas rien, a répété Bowette.

Brusquement aux aguets, mon verre à la main, lèvres sèches.

— C'est pas ce qu'on appelait un porion ?

Mon souffle de voix.

Mainate a applaudi. L'autre a souri.

— Ben oui ! Parce que les chefs de fond restaient immobiles comme des poireaux.

Son rire gâté, encore.

— Après avoir bossé comme un damné, il a regardé bosser les autres !

Bowette a baissé les yeux. J'en ai voulu au bavard.

— Arrête ton refrain, Mainate, a protesté le patron.

Je ne sais pas pourquoi, j'ai tendu une nouvelle fois la main à cet homme. Son élégance épuisée, sa retenue, sa façon de ne pas répondre aux imbéciles.

— Michel Delanet, j'ai dit.

— Lucien Dravelle.

Explosion. Une poche de grisou au creux de mon ventre. Une vague brûlante. Son souffle a enflammé ma poussière de charbon. Dos, bras, jambes. L'air m'a manqué. J'ai ouvert la bouche. Mes épaules se sont affaissées. Mon visage s'est violemment embrasé. Feu aux tempes, sang aux joues. Une larme de sueur a perlé derrière mon oreille. Ne pas abîmer mon regard. Ne pas cesser de sourire. Dans sa main, ma main tremblait. Ses yeux fouillaient les miens. Il prenait ce séisme pour un désarroi. J'ai rassemblé mes forces.

Mainate, Dravelle. Quarante ans plus tard, je me souvenais du passereau, pas du salaud.

— Mais alors… Bowette, c'est quoi ?

Voix blanche. Dravelle, la main en cornet sur l'oreille.

— Pardon ?

— Faut lui parler plus fort. La mine rend sourd, a rigolé Mainate.

— Bowette, c'est… comme un surnom ?

Geste agacé de Dravelle.

121

— Une bowette c'est la galerie principale de la mine. La plus large, la plus éclairée, la plus accessible.

— La plus peinarde, quoi, a rigolé Mainate.

J'ai grimacé un rire.

Dravelle m'a rendu ma main.

— Lorsque je suis monté en grade, Maes ne m'a plus appelé que comme ça. Le type tranquille, muté là où il ne se passe rien. Alors je l'ai baptisé Mainate, le passereau qui ferait mieux de fermer son bec. Cela fait cinquante ans que cela dure.

Mainate a levé son verre.

Et j'ai levé le mien.

10.

Pépé Bowette

Lucien Dravelle vivait à Lens. Je l'avais cherché dans la France entière, mais le retraité n'était pas sorti de sa rue. Il avait simplement déménagé d'un numéro à l'autre, il y a vingt ans. Je passais souvent devant sa grande maison lorsque j'étais enfant, sans me douter qu'elle appartenait à un porion de Saint-Amé.

— On dirait le siège du Parti communiste, en plus petit, riait Joseph.

Plus petit, mais même façade rouge, même pignon flamand en gradins majestueux.

— Je ne crois pas que ça soit un camarade qui habite ici.

Sa femme, Lucie Dravelle, avait hérité de l'ancienne pharmacie. Et l'avait transformée en hôtel particulier. Au faîte du toit, une girouette métallique en forme d'étendard. L'habitation était écrasante.

— Méprisante, avait dit Joseph.

Seules ses briques étaient restées ouvrières.

Au départ de son fils et la mort de sa femme, Dravelle avait revendu l'immense maison pour un simple appartement, quelques dizaines de mètres plus bas dans la rue. Après son accident de voiture, il lui fallait un rez-de-chaussée avec porte sur rue et jardinet. Ni étage, ni marche, ni rien qui puisse le menacer. Chaque jour, il passait en fauteuil devant la belle bâtisse gothique. Sans regret, disait-il. Le logement avait été séparé en deux cabinets d'avocats, le mari et la femme. Leurs plaques brillaient. Il avait fait son deuil.

*

Après la cérémonie du quarantième anniversaire, j'ai fait quelques pas avec lui. Nous étions sortis ensemble de « Chez Madeleine », frissonnant sous le même vent. Il roulait sur le trottoir, voûté comme un très vieil homme, son écharpe bleu ciel sur le nez. Et je marchais à ses côtés. En sortant du café, il avait enlevé ses canules. Je lui ai menti. Ma mère à l'agonie, la location de Saint-Vaast, ma découverte du pays.

Il a arrêté son fauteuil pour me regarder. Il semblait stupéfait. Respirait bouche ouverte.

— Vous venez du Beaujolais ? Ça par exemple !

Il avait dit cela comme on accueille une immense nouvelle. Un instant, il avait semblé bouleversé. J'étais d'où, exactement ? De quel vignoble ?

— De Saint-Amour, j'ai dit.

Geste de la tête.

— Saint-Amour Bellevue, je connais.

— Bellevue, c'est ça, j'ai ajouté d'une voix blanche.

Avec Jojo, nous avions vu un reportage sur ce village à la télévision.

— Il paraît que là-bas, la Saint-Valentin est un jour férié, s'était amusé mon frère.

Le nom m'était resté. Cette blague était tout ce que je connaissais du Beaujolais.

— Et comment votre mère s'est-elle retrouvée dans le Pas-de-Calais?

Une mutation de fin de carrière, j'ai dit. Lorsqu'elle est arrivée à Cucq, j'étais parti de la maison depuis bien longtemps. Il a eu l'air étonné.

— Et elle est restée dans la région après sa retraite?

— Elle y est restée, oui.

— C'est rare, parce que lorsqu'on n'est pas d'ici, on repart vite, a souri Dravelle.

Il m'a raconté le garagiste de Mayenne qui rêvait de Corse, le postier de Martinique, le gendarme breton, tous malheureux d'avoir échoué là. Je l'ai regardé.

— Mais vous seriez triste de passer votre retraite en compagnie des cigales, non?

Il a ri. Puis toussé longuement, bouche enfouie dans le pli de son coude.

J'ai eu mal pour lui.

— En Provence, par exemple? Quelle horreur!

— Pareil pour ma mère. Elle a passé dix ans dans le Nord et le Pas-de-Calais. Elle a aimé le soleil d'ici. C'est devenu sa maison.

J'ai baissé la voix.

— Et puis elle voulait mettre de la distance entre mon père et elle.

— Je vois, a-t-il simplement répondu.

Je l'ai raccompagné jusqu'à sa voiture électrique. Je me suis proposé de l'aider mais il a refusé, d'un geste sec. Il a ouvert le coffre arrière avec sa clef et déplié une rampe. L'habitacle était vide. Châssis rouge et pneus blancs, le fauteuil roulant était son siège auto.

Il a vu ma surprise.

— On n'arrête pas le progrès hein?

Il m'a serré la main. Rabattu son col de manteau qui le protégeait de la pluie. Un fantôme.

Au comptoir, «Chez Madeleine», il m'avait donné sa carte, ajoutant son numéro de téléphone et remplaçant son nom au stylo par «Pépé Bowette». Derrière un sous-bock de bière, j'ai simplement inscrit «Michel» et mon numéro de téléphone.

— Passez me voir si vous vous ennuyez.

J'ai hoché la tête.

— Mais si vous sonnez à ma porte, n'oubliez pas une bouteille de votre région!

J'ai ri. Pouce levé vers le ciel, il a répondu à ma gaieté.

— Avec grand plaisir.

Je l'ai regardé s'éloigner. Ma tête hurlait.

Avec grand plaisir.

Quelle phrase indigne. Cela faisait quarante ans que je recherchais l'assassin de mon frère et voilà que je trinquais avec lui. Que nous échangions des mots, des regards, des attentions. Voilà qu'il me parlait de lui. Voilà que je m'offrais. J'ai été bouleversé. Depuis la catastrophe, j'enrageais

126

de ne pouvoir mettre un visage sur ce nom. Puis ce nom sur une tombe. Je l'avais traqué en pensée. Le jour au volant de mon camion, la nuit dans mon sommeil. Je me promenais avec lui dans mon portefeuille, à côté de mon permis de conduire. Quand je prenais de l'argent à la machine, lorsque je payais mon café, chaque fois il était là. Une vignette découpée dans le journal. Son visage, kidnappé d'une foule à coups de ciseaux. Un document jauni, lacéré sur les bords, malade de tout ce temps. Un avis de recherche grand comme un timbre-poste.

Dès que la voiturette a tourné au coin de la rue, j'ai sorti l'image de son étui. Je ne retrouvais rien de ce jeune homme. Ni les traits, ni le costume bourgeois, ni l'arrogance. Je me suis senti enfant, misérable et faible.

— Un handicapé, putain !

J'ai crié sur le trottoir. Je me suis retourné. Mainate ne nous avait pas suivis. Personne ne s'était échappé du café. J'étais seul.

— Un pauvre type sous oxygène !

Je suis remonté à pied vers le chevalement. Le bourreau de Jojo était un vieillard en fauteuil, des tuyaux à vivre dans le nez. Je suis passé devant les stèles de marbre. J'ai donné un coup de pied dans une poubelle. Assis au volant, je me suis demandé s'il ne fallait pas rentrer à Paris. Tout de suite. Ne pas repasser par la location triste, repartir sans un mot. Tout quitter une nouvelle fois. Comme lorsque je m'étais enfui des terrils, pour respirer autre chose que la poussière de houille. Traverser décembre, ne plus retourner à la ferme, jamais. Oublier le carreau, étrangler cet accent d'enfance, retrouver les larges rues, les terrasses, les comptoirs anonymes où le 27 décembre n'est rien qu'une date entre deux jours fériés. Saluer Jacky, caresser le volant de Steve le Camion. Acheter un studio avec ce qui me restait. Chercher les reflets de Cécile dans les cheveux d'une autre. Ne pas mourir là, comme ça, à l'ombre de ce drame.

Et ne pas tuer Dravelle.

Mais je suis retourné à Saint-Vaast. Et Madame Liénard me guettait. Je n'avais pas ouvert mes volets de la journée. Elle s'était inquiétée. Elle avait frappé à la porte, m'avait appelé toute la matinée. Avait patienté longtemps. Et puis elle était entrée.

Je voulais quoi? Qu'elle reste sur le trottoir avec un drame à l'intérieur? Hein? Et s'il m'était arrivé quelque chose? Si j'étais tombé? Si j'avais fait un malaise? Qui aurait été responsable? Vous n'avez pas lu ces histoires de gens qu'on retrouve morts chez eux des années après? Elle m'a regardé. Elle attendait.

— Si bien sûr. J'avais lu.

— Eh bien moi, je ne suis pas de celles qui laissent les volets fermés!

Je suis rentré dans la maison. Elle est retournée dans la sienne. Deux logements identiques, aux plans inversés. J'ai allumé un lampadaire. Elle avait dû ouvrir mon réfrigérateur. Du lait, du beurre, un quart de brie. Mon pain était à peine entamé. Elle n'avait touché à rien. Mais je savais qu'elle était montée dans la chambre. J'ai cessé de respirer. Je me suis laissé tomber sur le lit étroit. Au mur, le casque de mineur. Pourquoi ce casque? Que faisait un chauffeur routier parisien avec un casque de mineur pour aller voir sa mère malade? J'ai mis la tête dans mes mains. Je me suis levé brusquement, suis descendu en courant. Derrière la cloison, la vieille devait surveiller chacun de mes pas. J'ai failli hurler. Le portrait de Lucien Dravelle sur le mur. Et la photo de Jojo, habillé pour prendre son poste.

Un mineur inconnu, un notable de Lens. Et si elle le connaissait, Dravelle? Et si elle l'avait croisé? Et si elle l'avait aimé? Et s'ils étaient restés tout ce temps en contact?

— Lucien? C'est Hélène. J'ai un drôle de locataire qui a collé ta photo sur mon mur.

Je me suis servi un verre de vin. Mon bras tremblait de plus en plus.

J'ai décroché Jojo, Dravelle. J'ai plié les photos et les ai rangées sous mes pantalons.

Steve McQueen resterait là. Ce n'était rien pour elle. Un acteur, une affiche de film. Ni une menace ni un soupçon. J'ai éteint le grand lampadaire et allumé la cuisine. Je suis resté dans l'obscurité du petit salon, les yeux sur Michel Delanet. Je ne pouvais pas partir. Je n'avais plus nulle part où rentrer. C'était trop tard. Cécile était morte, j'étais mort avec elle. Je n'avais plus la vie pour tout recommencer. Pas envie d'un crépuscule à pleurer son regard. J'avais atteint mon but. Retrouver Dravelle, le porion de sécurité.

— Qui est-ce ? avait demandé ma femme, en voyant son portrait dans mon portefeuille.

— Un salaud, je lui avais répondu.

« *Venge-nous de la mine* », avait écrit mon père. Ses derniers mots. Et je le lui ai promis. À sa mort, mes poings menaçant le ciel. Je n'ai jamais cessé de le lui promettre. J'allais venger mon frère, mort en ouvrier. Venger mon père, mort en paysan. Venger ma mère, morte en esseulée. J'allais tous nous venger de la mine. Nous laver des Houillères, des crapules qui n'avaient jamais payé leurs crimes. J'allais rendre leur dignité aux sacrifiés de la fosse 3bis. Faire honneur aux martyrs de Courrières, aux assassinés de Blanzy, aux calcinés de Forbach, aux lacérés de Merlebach, aux déchiquetés d'Avion, aux gazés de Saint-Florent, aux brûlés de Roche-la-Molière. Aux huit de La Mûre, qu'une galerie du puits du Villeret avait ensevelis. J'allais rendre vérité aux grévistes de 1948, aux familles expulsées des corons, aux blessés, aux silicosés, à tous les hommes morts du charbon sans blessures apparentes. Rendre justice aux veuves humiliées, condamnées à rembourser les habits de travail que leurs maris avaient abîmés en mourant.

Je devais tuer Lucien Dravelle.

*

Deux jours plus tard, je l'ai appelé. Et je lui ai apporté une bouteille de saint-amour.

Il m'a ouvert, appuyé sur deux cannes. Il portait un masque à oxygène, un manteau et son écharpe bleue.

— J'ai toujours froid, a-t-il dit en souriant.

Son appartement était à peine plus grand que le mien mais la hauteur sous plafond était impressionnante, renforcée par une poutre peinte en blanc. Il vivait seul. Nous nous sommes installés à la table de la salle à manger, sous un lustre baroque qui dévorait le plafond. Bougeoirs ouvragés, ampoules-flammes, branches dorées reliées par des chapelets de perles.

— Un souvenir de notre ancienne maison, a murmuré Dravelle.

Un secrétaire ancien contre le mur, un guéridon de bronze à l'entrée. Le reste de l'ameublement était modeste. Dans le buffet, protégés par une vitrine, des chats, un cygne blanc, un canard vert, un dauphin, une tortue minuscule, des animaux en verre soufflé. Et au-dessus du meuble, posés sur un foulard rouge et blanc, la barrette d'un mineur et sa lampe.

Assis dans son fauteuil électrique, il ouvrait la bouteille. Je regardais les animaux.

— Ils viennent de Murano. Vous connaissez?

Je ne connaissais pas, non. J'avais beaucoup roulé avec mon camion, mais surtout vers l'Est et le Nord. Le Sud m'était étranger. Et je n'étais jamais allé en Italie.

Il avait porté le bouchon à son nez. J'ai montré le dessus du grand meuble.

— Et ça?

— La barrette? C'est un vieux casque de mineur.

Il a rempli nos verres.

— Prenez-la si vous pouvez l'atteindre.

Je pouvais.

— Elles étaient en cuir bouilli, badigeonné avec une sorte de goudron pour les rigidifier.

Il observait le vin. Je regardais le casque.

— Je peux?

J'allais le mettre sur ma tête.

— Attendez.

D'un tiroir, il a sorti un bonnet de linge.

— On mettait ses souliers avec des chaussettes et sa barrette avec un béguin.

Il me l'a tendu en toussant.

— Ça stabilisait l'ensemble et ça protégeait le cuir chevelu de la sueur.

Je me suis assis à table face à Dravelle, son casque de mineur sur la tête.

Il a souri, verre levé.

— Racontez-moi.

Je l'ai regardé.

— Vous raconter quoi?

— Ce rubis profond.

Il a enlevé son masque. Il a goûté. Une gorgée à peine. J'ai bu à mon tour.

— Alors?

Il a fait pivoter la bouteille, étiquette tournée vers moi.

— Racontez-moi le saint-amour.

Il toussait. Je ne savais quoi répondre.

— Je vous parle de la mine, et vous me parlez du vin, donnant donnant.

Il a ri. J'ai souri. Il a fermé les yeux. Il murmurait pour lui-même.

— Arômes de fraise, de framboise, de violette.

Je le regardais. J'avais l'impression qu'il m'avait démasqué.

— Tiens… et ce chuchotement de pêche au loin, vous le sentez ?

J'ai bu une fois encore. Lentement, comme lui.

— De la pêche, oui. C'est vrai. On la sent un peu plus loin.

Je répétais ses mots. Il m'a observé. Puis nous a resservis. Il semblait détendu.

— Naître dans le Beaujolais ne fait pas forcément de vous un spécialiste, a-t-il dit.

J'ai improvisé en désordre, comme il reprenait son souffle. Oui, c'était cela. Une région viticole mais aucun vigneron chez nous. Mon père était un simple paysan. J'ai raconté la terre, les cultures maraîchères, le maïs, les vaches, les poules. J'ai expliqué que nous avions du vin à table mais que nous le buvions sans en parler.

— Vous connaissez les Pierres dorées ?

Je ne connaissais pas, non. Ses questions me rendaient nerveux.

— C'est dans le sud du Beaujolais, le berceau de ma femme.

Coup de poignard.

— Elle vient de là ?

— Elle venait de là.

Je me suis excusé. Lui avait ce même sourire épuisé. Sans qu'on sache s'il jugeait, s'il se moquait ou si ce n'était qu'un faible éclat de gaieté.

— Non seulement elle venait de là, mais sa famille était dans le vin. Et elle était œnologue, et spécialiste du beaujolais.

Il a actionné son fauteuil sans reposer son verre. Dans sa bibliothèque, un livre à couverture rouge profond. Il l'a glissé sur la table, devant moi.

Lucie Chabron
La demoiselle du Beaujolais

— C'est pour cela que je faisais un peu mon malin avec vous.

J'ai inspiré. Il ne parlait que de lui. Il ne s'était aperçu de rien. Le livre était magnifique. Images, couleurs, bonheur. Chaque appellation avait son chapitre, chaque cru était patiemment goûté et annoté. Je tournais des pleines pages de soleil.

— Voilà Lucie, a murmuré Dravelle.

D'un album, il avait sorti une photo récente de sa femme, et une autre, une troisième baignée de lumière. Lucie riait. Elle était assise dans un jardin, sous une tonnelle. Elle avait les cheveux gris, un chemisier rouge à pois verts, un chapeau de feutre noir avec un nœud blanc, et cachait son visage derrière un éventail.

— J'aime cette photo parce qu'elle est mystérieuse. Elle n'est pas comme ces selfies qu'on voit aujourd'hui.

J'ai souri. J'ai levé ce souvenir à la lumière du vieux lustre. J'ai parlé de Cécile morte.

— Il faudra un jour que vous me la présentiez.

Il avait dit ça comme ça, naturellement. Il tenait ses photos tremblées en éventail, à la façon d'un joueur de poker. Et les rangeait une à une, soulevant délicatement le papier cristal. Un veuf cartes en main, qui demandait à voir le jeu de son compagnon d'infortune.

*

Et puis j'ai attendu Dravelle.
J'ai espéré qu'il m'appelle après le réveillon. Si je voulais passer ? Avec grand plaisir ! Mais il ne l'a pas fait. Une semaine de silence, une autre. Je n'ai pas voulu être celui qui revenait à l'assaut. Celui qui insistait. Qui bloquait la porte avec le pied. Je voulais le porion sans méfiance, sans question. Alors je me suis ennuyé. J'ai beaucoup dormi. J'ai bu. J'ai lu le journal chaque jour, jusqu'aux faire-part de deuil. J'ai imaginé le sien, tout simple, avec sa photo lisérée de noir. « Lucien Dravelle, ancien mineur. 1934-2015. » J'écoutais la radio tout bas. Au matin, ma logeuse balayait le pas de ma porte. Je savais que son regard plongeait à travers mes rideaux. À Noël, elle avait reçu des amis. Elle était sortie pour le réveillon. Une voiture était venue la prendre en fin d'après-midi. Elle avait renoncé à s'inquiéter de moi. Parfois, je marchais dans le village à la recherche de visages anciens. Un gamin de ferme devenu vieux fermier. Une jeune fille d'hier appuyée sur sa canne. Je roulais souvent jusqu'à Lens. J'entrais « Chez Madeleine » pour une bière de soif. Je saluais Mainate sans parler de son porion. On me demandait des nouvelles de ma mère. J'espérais Dravelle au coin d'un trottoir, je guettais sa voiture, je l'attendais le matin, le soir. Je rentrais à la nuit comme un chasseur bredouille. J'étais triste, épuisé. Prisonnier de mon mur, Michel Delanet doutait.

135

Et puis le porion m'a appelé, à la fin du mois de janvier. Sa voiture avait un pneu crevé.

— Je me disais qu'un routier devait être un peu mécano, non?

J'ai changé le pneu, inspecté la batterie. Je ne connaissais pas les véhicules électriques. Il m'avait observé depuis son fauteuil, resté sur le seuil de sa maison.

— Vous m'accompagneriez pour une dînette?

Il était l'heure de déjeuner. J'ai accepté. Un repas de viande froide, avec une salade de chicons aux pommes vertes.

— Je ne bois pas de vin au déjeuner, cela vous va?

Cela m'allait. Il mangeait bouche fermée, canules dans le nez, tapotant ses lèvres d'un coin de serviette entre chaque bouchée. Il toussait toujours. De petites quintes sèches qu'il chassait en buvant un verre d'eau. Il ne parlait pas. Il n'avait rien à me demander, je n'avais rien à lui répondre. Il partageait simplement son repas. Sous la lumière blanche, son visage était de cire. Au fromage, il est resté les yeux clos et le couteau à la main, comme s'il venait de sombrer. Sa tête a basculé en avant, il s'est repris. M'a regardé. J'ai baissé les yeux sur ma salade.

La barrette avait retrouvé sa place sur le buffet, à côté de la lampe. J'ai senti la colère monter. Contre lui, qui m'avait sonné comme un maître. Contre moi, qui étais accouru comme un domestique. J'ai reposé mes couverts. Nous avions terminé notre repas sans une parole. Il a rassemblé nos assiettes.

— Vous voulez que je débarrasse?

136

Mouvement brusque de la main. Le geste du contre-maître. Il ferait cela après.

— Comment va votre mère?

Encore. J'ai failli répondre : morte et enterrée.

— Selon son médecin, c'est une question de mois.

Il a grignoté son reste de pain.

— Méfiez-vous des médecins.

Je pensais à Cécile. À sa fin, sans personne en blouse blanche.

— Pour moi aussi, c'était une question de mois. Cela fait des années que les mois durent.

— C'est grave? j'ai demandé.

D'un geste las, Il m'a montré son compresseur à oxygène.

— On finit tous par mourir de quelque chose.

Il a toussé.

— Moi, c'est les poumons qui renoncent à me ventiler.

Je l'ai regardé. Ses yeux enfoncés, ses cernes bleus, ses veines sous la peau du cou.

— Comment ça?

— Une maladie de mineur, a répondu Dravelle.

Il a pris congé. Il était fatigué. Toutes les quatre heures, il se mettait au lit. «Ma petite pause», disait-il. Il se couchait sur les couvertures, habillé, son masque en protection, en espérant se réveiller une heure plus tard.

Il redoutait de s'endormir.

— En dormant, on prend souvent le train pour le bon Dieu.

Ce n'est pas qu'il ne craignait pas la mort, mais il ne l'appelait pas non plus. Il tenait à utiliser jusqu'au bout sa réserve d'oxygène. Il m'a raccompagné, m'a remercié pour le pneu, pour la compagnie.

— Ce n'est pas toujours facile d'être seul.

J'ai hoché la tête.

— Pour vous non plus, n'est-ce pas?

Pour moi non plus. Jamais, depuis la disparition de Cécile, je ne m'étais senti aussi délaissé. Je pouvais passer des journées entières sans échanger un mot. Parfois, je prononçais quelques phrases à voix haute pour m'entendre les dire. Je parlais à la photo de Jojo, cachée sous mon linge. À celle de Michel Delanet. Je maudissais la vieille image de Dravelle. Mon téléphone portable était muet. Jacky m'avait envoyé deux messages. Il me disait de ne pas m'en faire. Steve le Camion m'attendait. Je devais prendre mon temps, ne m'inquiéter de rien. Je ne lui avais pas répondu. Cela faisait un mois que j'avais rencontré l'assassin de mon frère. Et je ne savais plus quoi faire de ce corps décharné. Il était là, devant moi, enfoui sous des couches de vêtements et son écharpe bleue. Une tête d'oiseau malade, sa voix mourante, sa toux. En me quittant, il m'a rappelé que je lui devais une photo de Cécile. Il était fatigué.

Alors j'ai promis la photo. Quand? Je ne savais pas. Samedi prochain, peut-être? Samedi, pourquoi pas. Plutôt en début de matinée, pour ne pas trop le fatiguer. Il ne me garderait pas pour déjeuner mais nous prendrions un apéritif. Et cette fois-ci, il s'occuperait du vin. Est-ce que cela m'allait? Cela m'allait. Je lui ai serré la main. J'ai marché. J'avais garé ma voiture à plusieurs rues de là, pour que personne ne la remarque. En passant devant l'ancienne maison du porion, j'ai relevé les noms et les numéros des avocats gravés sur les plaques. Aude et Francis Boulfroy, du barreau de Béthune.

Le retour à Saint-Vaast a été difficile. Le visage de Dravelle ne me quittait pas. Arrivé dans la petite maison, j'ai longuement inspiré. Ma logeuse avait fermé ses volets. Elle était à Lille pour la semaine. L'absence de ses pas, de ses bruits de vaisselle, des phrases qu'elle marmonnait seule dans les escaliers, tout ce silence m'aiderait.

J'avais rempli mon réfrigérateur, fait provision d'eau. Samedi, j'irais chez Dravelle. Et ce serait la dernière fois qu'il ouvrirait sa porte à Michel Delanet. La dernière fois que je le quitterais vivant. J'étais Michel Flavent. Il fallait qu'il le sache. Mais je lui offrais ce dernier répit. Je l'avais décidé au volant, les yeux sur les terrils de Loos. Parce que je faisais fausse route. Au lieu de réclamer justice à Dravelle, je changeais le pneu de Pépé Bowette. Je m'inquiétais de son teint, de sa toux. Je le surveillais en secret. Je ramassais sa fourchette tombée. Il fallait que ce mensonge cesse.

— Dis-moi que tu les reconnais quand tu les croises dans la rue. Dis-le!

Mon père, mettant en garde Jojo contre le métier de mineur. Lui racontant les hommes vaincus par le charbon. Leur respiration de poisson échoué sur la grève, leurs tremblements, leurs gestes lents, leurs dos saccagés, leurs yeux désolés, leurs oreilles mortes.

Et moi j'avais reconnu celui-là. Tout de suite, au comptoir le premier jour. Son oreille fatiguée, sa peau de craie, sa poignée de main fragile. En vieillissant, le porion avait été rattrapé par la poussière de silice. Il ressemblait aux gars qu'il n'avait pas su protéger. Mais il était vivant. À bout de souffle, brisé, seul, douloureux mais vivant. Il a fallu que je répète ce mot jusqu'au vertige. Vivant ! Comme un vieux criminel de guerre retrouvé en crépuscule, dont on se demande s'il faut encore le punir.

— Il faut punir Dravelle !

J'ai crié dans le salon. Oui, punir Dravelle parce que c'était justice. Parce que jamais une cour d'assises n'avait jugé la catastrophe de Liévin. Les responsables de ce crime étaient morts les uns après les autres, les survivants, les témoins. Ne restaient aujourd'hui que des familles saccagées, des veuves, des orphelins que jamais la France n'avait pleurés. Et c'était pour ces familles, ces veuves, ces orphelins, cette mémoire saccagée, pour la dignité de Joseph Flavent que je devais châtier le dernier coupable. Et aussi payer pour cela. Je serais jugé. Mais mon procès serait celui des Houillères. Celui de la vérité. Celui de la dignité. J'ai bu. Une bouteille de vin, seul sous la lumière morne. La photo de Jojo devant moi. Jojo qui frère encore. Qui a retrouvé un père mort de dignité et une mère morte de peine. Qui tous me demandent réparation, à moi. Le dernier, l'épargné, le survivant.

Sur mon agenda, j'ai entouré la date du 19 mars, la Saint-Joseph. Cela me laissait un peu de temps. Pas pour réfléchir, pour me préparer. Et tuer ce jour-là ou me taire à jamais.

*

— C'est étrange, je l'imaginais exactement comme ça, a murmuré Dravelle.

Sur la nappe blanche, il avait posé la photo de ma femme et le visage de la sienne.

Il les regardait sans un mot, la tête entre ses mains.

— Que reste-t-il de nous, une fois qu'elles sont parties ?

Ce n'était pas une question. Je n'avais pas de réponse.

— Les regrets ?

Je ne comprenais pas ce qu'il venait de dire. J'ai voulu reprendre Cécile. La ranger à sa place, contre mon cœur. La soustraire à la lumière dorée de ce lustre, au regard de cet homme, à la compagnie de cette bourgeoise en corsage rouge à pois verts, cachée derrière son éventail. Au moment où je posais la main sur la photo, il m'a arrêté.

— Attendez. Encore un peu, s'il vous plaît.

Il a regardé Cécile. Puis s'est calé contre le dossier de son fauteuil.

— Voilà. Vous pouvez.

J'ai rangé ma photo. Il a classé la sienne dans le grand album. Nous avions bu un verre de vin chacun, pas plus. C'était un beaujolais-villages. Il a posé ses mains à plat sur la table, comme chaque fois que ma visite était terminée.

— Parlez-moi du 27 décembre 1974, j'ai dit.

Il a ouvert la bouche. Enlevé ses canules. Son regard disait qu'il ne comprenait pas.

— « Chez Madeleine » vous aviez commencé à me raconter la catastrophe, mais Mainate vous a coupé la parole.

141

Il a souri. Chassé une pensée d'un revers de main.

— Ah! Mainate…

Il est revenu à moi.

— Que voulez-vous savoir sur le 27 décembre?

— Tout ce que vous savez.

Ma réponse avait de la fièvre. Trop empressée, trop brutale. Il avait dû s'en apercevoir.

— Et vous, que savez-vous de ce malheur?

Malheur. Ce mot m'a surpris. Il ne convenait pas à celui qui en était responsable.

— J'ai lu le journal après la cérémonie. 42 morts à cause du grisou.

Il a grimacé.

— C'est un chiffre, ça. Mais des hommes, vous en savez quoi?

J'ai ouvert les mains. Je ne comprenais pas.

— Vous me donnez le nombre des victimes. Mais que savez-vous d'elles?

Il a tourné la tête vers le buffet.

— Cela vous dérangerait de l'ouvrir? La porte à gauche.

Je me suis levé. L'intérieur du meuble ne contenait que des papiers, reliés par de larges élastiques. Des dizaines de pochettes, de coupures de journaux, d'enveloppes.

Collée au fond du placard, une photo de mineur. Tout habillé de raide, vêtements neufs et foulard blanc, il portait la croix d'une des victimes de la fosse Saint-Amé.

— Pouvez-vous prendre la chemise cartonnée noire, qui est posée sur la pile?

Un dossier épais. L'inscription : « Mes gars », écrite à la main sur une étiquette.

Il l'a ouvert, sans me quitter des yeux. Et puis il a sorti les photos. Je les connaissais. 42 visages volés à la vie. Le sourire de Roger, la beauté d'Émile, la gravité de Czeslaw, l'attention d'Ahmed, la jeunesse de Jean-Michel. Il les a déposés sur la nappe blanche, respectueusement, les uns à côté des autres. Prenant garde à ne pas recouvrir un copain par un autre. J'étais immobile. Je n'osais rien. Ni mot ni geste. Je respirais à peine. C'était comme un nouvel adieu. Un dernier hommage. Je regardais chaque martyr prendre sa place sur cet autel de coton brodé.

Mon frère manquait. Il était absent, ici aussi. Comme partout ailleurs, dans les journaux d'hier, sur les plaques aujourd'hui, dans les cœurs et dans les mémoires.

— Ce sont mes gars, a répété Dravelle.

Je n'ai pas répondu. Il était plus vieux, plus voûté, plus seul. Il regardait les mineurs étalés sous la lumière jaune. Il s'est mis à pleurer. Comme ça, d'un coup. Sans une plainte, sans se défendre de rien. Il a laissé couler une larme sur ses joues. Il a toussé dans le pli de son coude. Une quinte sèche, de celles que provoque la poussière. Il a passé ses mains sur son visage.

J'ai levé la tête.

— Avec le recul, vous pensez que cela aurait pu être évité ?

Il m'a regardé longuement. Ma question le privait d'air. Il a toussé encore. Puis commencé à ranger les photos dans leur chemise noire, observant chaque visage une fois encore.

— Avec le recul?

Il gardait les yeux baissés. Il a remis ses tuyaux d'air.

— Toutes les précautions n'avaient pas été prises, a dit Dravelle.

Je cherchais son regard.

— C'est-à-dire?

Silence. Ses mains caressant l'élastique de la pochette.

— On aurait dû arroser le fond, mieux vérifier la ventilation et les taffanels.

— Il y avait eu un relevé de grisoumétrie?

Il a plissé le front. Ses yeux inquiets. Ma question était trop précise. J'ai baissé la voix.

— J'ai lu dans le journal qu'il y avait eu un problème de ce côté-là.

Il m'a tendu la chemise cartonnée.

— Pouvez-vous la remettre en place, s'il vous plaît?

J'ai rangé les copains de Jojo. J'allais me rasseoir à table.

— Je suis très fatigué, a murmuré Dravelle.

Je me suis excusé, encore. J'ai pris mon manteau. Je lui ai tendu la main. Avant de la prendre, il a hésité. Il est resté comme ça, bras tombés le long de son fauteuil. Lui assis, moi debout, la vie suspendue sous le grand lustre. Et puis il l'a serrée doucement. Comme on dit adieu. Juste une pression de son pouce sur ma paume.

— J'étais l'un des responsables de leur sécurité.

Dravelle avait gardé ma main.

— Ma photo devrait être rangée dans ce buffet, avec tous les autres.

Je le regardais sans répondre.

— Vous comprenez ce que je viens de vous dire?

Je comprenais.

— Après la mort de Lucie, j'ai essayé de me foutre en l'air. Et voilà le résultat.

D'un maigre coup de poing, il a cogné l'accoudoir de son fauteuil.

— Avant, je valais mon homme. Aujourd'hui, je ne suis plus rien.

Et puis il m'a raccompagné, comme à son habitude. Il a tenu à se relever. Je l'ai aidé à prendre appui sur ses cannes.

— Cela fait quarante ans que je pleure ce 27 décembre.

Péniblement, il a traversé la pièce, soufflant et toussant. Un mourant dans un couloir d'hôpital. Arrivé à la porte, il m'a dit :

— C'est comme ça la vie ?

Je me suis tassé. Douleurs dans les mâchoires soudées. Mon dos, mes genoux, mon cœur. Pour mon frère, cela n'avait jamais été une question. Dravelle m'a salué d'un geste de la tête. J'ai suivi les murs de briques, tourné à gauche, à droite. Je ne savais plus où était garée ma voiture. Les larmes du salaud coulaient sur mes joues. Je ne pleurais pas. Il pleuvait. Une même eau misérable. Pluie sombre d'hiver, lourde et glacée. J'ai retrouvé mon volant. Le chevalement muet, les terrils au loin.

J'ai décidé de faire silence jusqu'à la Saint-Joseph.

11.

La Saint-Joseph

Dravelle m'a rappelé. Cinq fois, je crois. Trois appels sans message, puis un pour s'inquiéter. Des phrases sans importance. Comment allez-vous? Et votre mère? Auriez-vous décidé de boire notre beaujolais avec un vrai connaisseur? Dans le dernier il disait:

— J'espère ne pas vous avoir choqué avec mes histoires de mineur. Je ne sais pourquoi, mais votre présence me rassure. Venez quand vous voulez.

Une belle voix de bel homme.

Je n'ai pas répondu. Je ne suis pas sorti. Je ne suis plus allé «Chez Madeleine», ni à la supérette du bout de la rue, ni dans aucun des lieux qui me parlaient de lui. Il y avait un épicier à Saint-Vaast. Il livrait. Le pain, le vin, les sardines, les pâtes, les œufs, le café, tout ce qui fait qu'un homme n'a plus besoin de sortir de chez lui.

Le 19 mars 2015, matin de la Saint-Joseph, j'ai mis mon réveil à 4 h 30. À l'heure où Jojo agaçait les rues avec notre mobylette. Je me suis levé sans bruit. Je savais que madame Liénard respirait à mon souffle. J'ai fait mon lit.

Comme un collégien en pensionnat. Le drap tendu, la couverture ajustée, l'oreiller tapoté pour paraître sans nuit. À gauche de la porte, j'ai collé la photo de Dravelle et celle de Jojo. Je ne voulais pas que les flics les découvrent sous mes pantalons. Qu'ils affirment que j'avais dissimulé des preuves.

Ils étaient côte à côte sur le mur. Mon frère en majesté. Son assassin en lumière.

J'ai ouvert ma valise d'enfance, le nécessaire à ma vengeance. J'abandonnais là le reste de mes affaires. Dans un sac, j'ai entassé le vestiaire de Joseph. Ses vêtements, sa chaîne, son crochet, sa taillette. La gaillette de houille, qu'il m'avait offerte à sa première descente. Après toutes ces années, elle était lourde et grasse, comme tout juste arrachée au sillon. J'ai frotté le dessus de ma main. Le charbon marquait comme un fusain. La couleur, l'odeur, ce gras de mine que les femmes combattaient au savon jusqu'au profond des poches. J'ai regardé ma main. Une main de mineur, d'honnête homme.

J'ai enfilé une vieille combinaison de travail, noué autour de mon cou l'écharpe blanche des rituels funèbres. J'ai pris le casque de mon frère. Dans le vieux miroir de l'entrée, Jojo me souriait. J'étais son fantôme et celui de tous les siens. J'ai bu un grand verre de vin. Un autre. J'ai mis la photo de Cécile et mes lunettes dans ma poche.

Avant d'ouvrir la porte, j'ai posé une dernière fois la main sur Jojo. J'ai caressé son front, sa bouche, comme je le faisais depuis quarante ans. J'ai secoué la tête. J'ai compris qu'il ne pouvait rester là, sans moi, collé sur ce mur étranger. La police allait me le prendre. Elle montrerait cette photo à tout le pays. Joseph Flavent, le mineur de Saint-Amé. Lucien Dravelle, son assassin. C'était à moi d'expliquer mon geste, pas aux policiers de le découvrir. Je raconterais cette histoire lorsque je serais prêt. À mon jour, à mon heure. Je ne voulais pas avouer, je voulais revendiquer. Jojo ne devait pas finir en pièce à conviction, dans une vitrine de cour d'assises, à me supplier de le ramener chez nous.

Alors j'ai déchiré l'affiche. En lanières, en morceaux. Mon frère n'était pas de papier.

J'ai pris la masse de mineur.

Je suis sorti sans bruit.

Une fois encore, j'ai décidé de voler des images et du temps. Pour plus tard. Pour le procès, pour la prison, pour toutes les solitudes à venir. Je suis retourné à la ferme. Les semis de maïs étaient verts, tendres, vigoureux. La terre de mon père honorait son labeur. Je suis allé à la grille de mon école. Nos rires d'enfants. J'ai posé une main sur l'acier du chevalement de la 3bis, comme un Indien interroge l'arbre sacré. Je me suis recueilli devant les stèles des amis disparus. Les mineurs, les frangins, les héros. Tous ceux que Jojo savait du bout du cœur. J'ai regardé les molettes immobiles, dans le tout petit matin. J'ai imité Joseph. Le ronflement des grandes roues. Qui remontent les cages à hommes, qui descendent les copains tout au fond, qui offrent aux entrailles l'oxygène du carreau.

Je suis monté dans ma voiture. J'ai roulé jusqu'à Liévin, jetant des fragments de Jojo par la fenêtre. Je me suis garé à trois rues de Dravelle. Et puis j'ai attendu. Portière fermée. Plus un bruit dans l'habitacle. J'avais recouvert ma bouche et mon nez de l'écharpe blanche. J'avais débouclé ma ceinture de sécurité et fermé mon regard. J'ai mis mon casque. Michel Delanet.

La Porsche 917 était à l'arrêt.

— C'est fou, il a tes yeux, a murmuré mon frère.

Ma main droite était posée sur le volant. Je détendais mes doigts en gestes lents. J'observais le podium, le drapeau tricolore qui attendait de s'abattre. Mon cœur battait. Je l'entendais. D'abord lointain, comme un tambour de marche. Puis cognant fort, martelant, se rapprochant plus près jusqu'à frapper mes tempes. J'ai pensé à la main de mon frère, dans l'obscurité du cinéma. Je me suis souvenu. Ces cris du cœur ressemblaient à mes peurs de nuit. Je suis sorti de la voiture. Seuls mes pas dans le silence. Seul mon souffle. J'ai regardé ma montre. Il me restait quelques minutes encore.

J'ai croisé une femme. Je crois. Je n'en suis plus certain. Une ombre. Elle m'a regardé. Elle a vu ce mineur dans l'aube. L'esprit de Saint-Amé. Ses souliers de pauvre, son bleu de travail, son casque blanc. Il portait un sac lourd, et une masse sur l'épaule. Comme un gars qui remonte la bowette avant de forcer la veine. J'ai croisé une femme. Mon cœur m'a hurlé qu'elle était veuve.

— Venge mon homme.

C'est ce qu'elle a dit. Je crois. Depuis le trottoir d'en face, enveloppée dans un châle noir.

Son regard dans le mien, sa voix sur mon passage.

J'ai attendu l'heure exacte, adossé à un mur de la rue.

Lorsque j'ai sonné chez Dravelle, la voix de cette femme me serrait encore le cœur.

— Venge mon homme.

Son homme, mon frère, les 42, tous ceux que l'indifférence et le mépris avaient assassinés.

— Delanet ?

Dravelle s'était levé lourdement. Il avait traversé son appartement en s'appuyant sur ses deux cannes. Il était 6 h 19, l'heure exacte de la catastrophe.

— Delanet ?

Son visage dans la lumière pâle. Ses yeux immenses.

J'ai arraché mon écharpe, laissé tomber la masse de mineur et puis je l'ai poussé. J'étais sur le trottoir, il était chez lui. Il ouvrait sa porte au gone du Beaujolais qui veillait sa mère. À l'homme de Saint-Amour. Au gamin devenu parisien, perdu partout au monde.

Lucien Dravelle est tombé en arrière.

Il est tombé comme tombe un objet. Lourdement, sans regard et sans cri. Il est tombé en soldat surpris, cannes lâchées, jambes lourdes et bras morts. Son réservoir à oxygène, ses canules arrachées. Sa tête a violemment heurté le sol, sa nuque. J'ai refermé la porte. Je coupais sa retraite. Je nous cachais de la ville.

J'espérais que le salaud allait hurler, protester. J'attendais qu'il m'insulte, qu'il supplie, mais il ne disait rien. Couché dans l'entrée, il semblait stupéfait. Il attendait. Il respirait mal, suffoquait en geignant. Une tortue renversée sur sa carapace. J'ai traîné Dravelle jusqu'au salon. Comme ça, à deux mains, tiré par le col. Il dormait en veste de pyjama et en slip, son écharpe bleu ciel autour du cou. Le survivant avait le poids d'un mort. Je l'ai assis, violemment plaqué contre le mur. Il secouait la tête. Il était dans son sommeil. Il m'a regardé ouvrir mon sac, sortir le vestiaire de Jojo. Il a toussé, protégeant sa bouche dans le pli de son coude.

— Mais qui êtes-vous ?

Voix de sable, de poussière. Il ne respirait plus, il chuintait comme l'eau d'une bouilloire.

Quarante ans que j'attendais cet instant.

Depuis l'arrivée de notre famille devant les portes de la fosse Saint-Amé, le 27 décembre 1974. Avec les poings de mon père, les larmes de ma mère, Sylwia presque morte. Ces femmes chavirées, ces hommes clos, ces enfants sans plus rien. Quarante ans à attendre que la peur change de camp. Et la détresse, la tristesse, la misère, le deuil.

— Je suis le frère de Joseph.

J'ai répondu ça comme ça. Debout devant lui. Jambes écartées. Il a toussé, encore.

— Joseph ?

J'installais la potence. J'ai lancé la chaînette par-dessus la poutre. Il a poussé un petit cri. Les crochets, la taillette, le cadenas. Il connaissait le bruit de ce métal. L'air le torturait, il ouvrait la bouche, la fermait, poisson échoué sur la grève. Un mineur de cauchemar était entré par effraction dans son sommeil. Un inconnu transformait son salon en salle des pendus. J'ai accroché les vêtements que mon frère portait en descendant au fond. Son blouson de toile grise, son col roulé, son écharpe noire, ses chaussettes blanches. Dravelle observait chacun de mes gestes. Son corps tremblait. Il avait replié ses bras devant son visage. Ses yeux effarés.

— Joseph Zavodski ? Le frère de Zavodski ?

Je me suis raidi. Il avait prononcé le nom d'un autre. Un héros. L'un de ceux dont on se souvient aujourd'hui. L'un des 42 gravés dans le marbre noir.

Je n'ai pas répondu.

J'allais étouffer Dravelle. Le priver d'air à jamais. Lui faire payer la vie d'hommes morts la gueule ouverte. Ces gars qui lui avaient fait confiance, qui étaient descendus le cœur léger après cinq jours de repos. Qui avaient fêté la Saint-Étienne. Qui avaient trinqué à Sainte-Barbe, leur verre d'alcool de cerise à la main. Ces garçons qui pensaient que la fosse avait été arrosée, que la poussière mortelle n'était plus qu'un mélange d'eau et de rien, que le grisou avait été neutralisé. Qu'il n'y avait aucune raison pour un ouvrier de mourir au travail.

— Joseph Nagy ?

— Ta gueule !

Jamais je n'avais hurlé. Depuis l'enfance, jamais. Crier n'était pas mon vocabulaire.

Lucien Dravelle a baissé la tête. Ses épaules, son torse. Il m'a fait penser à une poupée de chiffon trahie par son marionnettiste.

J'ai laissé le vestiaire à terre. Les vêtements de mon frère en tas. Je le monterais quand tout serait fini.

Je me suis agenouillé sur le sol, face au salaud. J'ai eu du mal. Mes genoux, mon dos. Un instant, j'ai pensé enlever mon casque mais je l'ai gardé. Cette image serait la dernière de sa vie. Un haveur remontant du fond, harassé, et qu'il devait maintenant regarder en face.

— Joseph Flavent, j'ai dit.

Son regard. Son front, sa bouche. Rien. Le désert. Flavent ? Aucun souvenir. Les photos des 42 étaient rangées dans son buffet. Bien classées, le visage, le nom, l'âge, tout. Il devait les sortir parfois comme il l'avait fait avec moi, les regarder une à une en frappant son cœur à deux mains. Pleurer ces hommes entre deux verres de vin. Jurer que sa gueule aurait dû être la première sur la pile. Et puis ranger tout ça. Et oublier tout ça jusqu'au prochain étranger. Jusqu'au prochain touriste. Jusqu'à cet inconnu venu du Beaujolais et qui ne connaît rien à rien. Qui n'a jamais entendu parler de Liévin, du 27 décembre. Qui croit que le grisou est une fatalité. Alors voilà Dravelle qui fait le beau avec son fauteuil de riche handicapé. Qui exhibe sa silicose comme les salopards leur écharpe tricolore. Qui fait son petit numéro de Bowette avec Mainate. Une vie de charbon contre une vie à l'air pur.

— Flavent ?

Pas une question. Une plainte.

Ça te revient, salaud ? Joseph Flavent, mon frère. Mineur de la fosse 3bis, descendu le 27 décembre 1974 à 5 heures du matin au quartier Six-Sillons avec ses camarades. Grièvement brûlé par ta faute. Privé d'air. Remonté en loques par ses copains de bagne. Mort à l'hôpital de Bully-les-Mines le 22 janvier 1975, moins d'un mois après la catastrophe. Et puis oublié, effacé, interdit de cérémonies, de commémorations, de stèles. Ça te revient?

Dravelle a secoué la tête. Il n'a pas répondu. Pas tout de suite. J'étais à genoux, face à lui, en habit de travail. Il a toussé. Encore. Son visage était gris.

— Flavent! j'ai répété.

Il a baissé la tête. Flavent. Il cherchait ce nom le long du mur, sur le buffet, dans le reflet de la vieille lampe, dans le cuir bouilli de sa barrette, au milieu des animaux de verre. Flavent. Son visage criait le désarroi. Flavent. Son regard hurlait la terreur. Il cherchait Flavent. Il cherchait. Ses yeux sur le sol, dans les miens, qui roulaient de ses cannes mortes à mes vieilles mains. J'ouvrais un sac plastique. Un grand, opaque pour ne pas voir son visage.

— Je n'ai perdu aucun Flavent, a murmuré Dravelle.

Alors je me suis relevé. Difficilement. Mon dos, mes bras me faisaient mal. Dans la voiture, en venant, devant ma ferme, mon école, sous le chevalement, longeant les plaques de nos martyrs, je m'étais dit que si Gravelle reconnaissait, s'il prononçait le nom de Jojo, s'il se mettait à pleurer, à regretter, à s'excuser, s'il se souvenait de son rire, de sa beauté, de sa force, s'il me racontait son travail, son ardeur, son héroïsme, s'il me disait sa jeunesse, le vent dans ses cheveux, son front levé, la puissance de ses poings, sa sueur dans l'obscurité, s'il parlait du choc de son pic dans la veine, s'il me le montrait assis dans son quartier à l'heure de la pause, croquant en riant le briquet de sa femme, s'il murmurait le pain d'alouette qu'il me rapportait précieusement, s'il parlait de lui, de moi, de l'amour qu'il me portait, qu'il m'avait porté jusqu'au bout, jusqu'à son accident, jusqu'à son lit de douleur, jusqu'à sa mort en héros de frère, alors je l'épargnerais. Alors je renoncerais. Alors je repartirais comme j'étais venu. J'abandonnerais ici les habits de mineur. Je retournerais à la surface, au jour. J'irais survivre et mourir loin de lui.

— Je n'ai perdu aucun Flavent.

Je l'ai frappé. Un coup de poing au torse. Un autre au visage. J'ai eu mal au bras. Une douleur violente jusqu'au bas du cou. Lui n'a pas crié. Aucune plainte. Il s'est affaissé sur le côté. Je me suis agenouillé sur son torse. Mes genoux sur ses côtes. J'ai enfermé sa tête à l'intérieur du sac, écrasant ses épaules avec force.

— Un handicapé, putain!

J'ai serré. Serré. J'ai serré pour Jojo, pour papa, pour Sylwia, pour tous les morts de la mine, pour tous les silicosés du monde. J'ai serré son cou frêle et lui ne bougeait pas. Ne se défendait pas. Je ne le pensais pas si malade, si faible. J'étais certain que nous allions nous battre. Qu'il retrouverait la violence du porion, la colère du contremaître, la morgue des puissants. J'avais pris une masse pour lui briser les os. Mais il était à terre sans réagir, sans frissonner. Je sentais ses veines frapper mes paumes. Ses jambes étaient mortes, ses bras ne le protégeaient pas. Il respirait à peine. J'étais certain que ses lèvres, bâillonnées par le plastique, feraient un bruit d'épouvante. Aspirer, expirer. Que le sac entrerait dans sa bouche avec violence. Que le manque d'air ferait de tout son corps un animal terrifié. Qu'il aurait les gestes terribles des gars retrouvés au fond, entassés les uns sur les autres, sans autre oxygène que la poussière de mort. Mais il n'a pas protesté, ne s'est pas défendu. Il s'est affaissé un peu plus. Jusqu'à ce que je desserre l'étau de ma colère. J'ai hurlé Flavent. Mon nom. Notre nom. Une fois, une autre. Et puis Joseph. Et puis Jojo, quand Dravelle n'a plus bougé du tout. Ses jambes étaient raides, ses bras écartés, ses mains ouvertes. J'ai attendu, penché sur le sac. J'ai guetté un geste. J'ai décroisé mes doigts. J'ai abandonné sa gorge. Et puis je suis tombé sur lui, lourdement. Comme un appui de voûte se détache et écrase un mineur.

En m'ouvrant sa porte, le porion n'avait allumé qu'une faible lumière. Une poudre dorée entourait nos deux corps. Lui dans l'obscurité, moi dans les ténèbres. J'ai repris ma respiration. Il avait cessé de tousser. Il m'attendait. J'en étais certain. Depuis quarante ans, Lucien Dravelle guettait Michel Flavent. Il savait que le frère de Jojo viendrait le venger. Depuis le premier jour, il savait. Lorsque Mainate l'a appelé dans le bar. Quand il m'avait accompagné dans la rue. Lorsqu'il m'a rappelé une fois, deux fois, dix fois, jouant avec les vins du Beaujolais. Il voulait que j'en finisse avec lui. Et avec moi. Avec toute cette histoire.

— Ma photo devrait être rangée dans ce buffet avec les autres.

Il avait gardé ma main dans la sienne pour me le dire. Lui, allongé avec eux tous. Les 42 et puis mon frère. La mine l'avait blessé, poussière, silicose, mais il était vivant. Il traînait ses remords à l'ombre des terrils. Et il attendait qu'un enfant de la fosse 3bis vienne le délivrer. Moi, un autre, peu lui importait. Il exigeait du destin de rejoindre ses hommes.

Je suis resté couché longtemps, sans vie, mon cadavre sur le sien. Jusqu'à ce que le jour soit levé. Puis je me suis assis. J'ai regardé le corps de Pépé Bowette. Je ne lui en voulais plus de rien. Tout était mort avec lui. Ma haine, ma colère, ma vengeance, une vie entière perdue à me perdre. Quarante ans à vouloir retrouver cet homme et à le faire avouer. À traîner le salaud sur le lieu de son forfait. À le regarder pleurer, à l'entendre supplier. Le faire mettre à genoux. Le punir au nom de tous les miens.

Je n'ai pas touché au corps, à l'écharpe bleu ciel, ni aux cannes, ni à la masse de mineur. Je venais d'assassiner un vieil homme. Tout devrait être intact lorsque la justice viendrait.

Et puis, lentement, je me suis déshabillé.

J'ai enlevé le casque, mon bleu de travail, le foulard blanc. Sans quitter le corps des yeux, j'ai déboutonné ma chemise, défait mes lacets, ôté mon caleçon et mes chaussettes. J'étais nu. Jojo à la remonte, dans la salle de bains. Comme les mineurs après le travail, sous la douche brûlante, frottant le dos de leurs compagnons de courage. Cette image de fraternité avait guidé mon existence. Nettoyer le copain. Lui rendre sa dignité. Être solidaire de l'autre.

De mon sac, j'ai sorti le morceau de charbon. J'ai maquillé mon front, mes joues, mon visage tout entier, mon cou. J'ai passé mes bras au noir, mes épaules, mes jambes, mon torse, le dessus de mes pieds, mes cuisses, mes fesses. En mémoire de mon frère, je me barbouillais de sa mine. J'ai accroché mes habits avec ceux de Jojo. J'ai tiré la chaînette. Ses vêtements de civil, mes habits de travail, hissés vers la poutre comme on lève un drapeau. J'ai fermé le cadenas sur la taillette, coincé autour d'un clou oublié dans le bois. J'ai caché le dernier éclat de houille entre le pouce et l'index de ma main gauche.

Je me suis adossé au mur, à côté de mon crime.

Au contraire des hommes remontant de la nuit, je m'apprêtais à y descendre.

*

Une voix de femme.

— Mais qu'est-ce que vous racontez?

Je lui ai répété lentement. J'étais épuisé. Je m'appelais Michel Delanet et je venais de tuer Lucien Dravelle, l'homme qui lui avait vendu sa maison pour qu'elle puisse ouvrir son cabinet d'avocats. J'étais à côté du corps. Je voulais qu'elle vienne. Qu'elle m'aide. Qu'elle me défende. Elle s'est mise en colère. Elle trouvait ma plaisanterie indigne. Je lui ai répété. Je venais de tuer cet homme. Je l'avais étouffé de mes mains. Il était là, dans son salon. Et je voulais me rendre. Je l'ai suppliée. J'étais désorienté. J'avais peur. Sa voix s'est mise à trembler. Chacun de mes mots disait vrai. Elle le sentait. Je l'ai entendue parler à

159

un homme. Elle avait caché son téléphone au creux de sa main. J'ai pensé à son mari, l'autre nom sur les plaques. Non. Elle ne pouvait pas venir. Ce n'était pas son rôle. Si je voulais lui parler, je devais passer à son cabinet. C'était à moi de faire ce chemin, pas à elle.

— Mais vous êtes avocate !

Elle allait raccrocher. Alors je lui ai demandé d'appeler la police. Refus, encore. Un avocat n'appelait pas la police. Mais elle m'a ordonné de le faire, maintenant. Elle m'a demandé mon nom, une nouvelle fois.

— Michel Delanet.

J'ai su qu'elle le notait.

Elle m'a souhaité bonne chance. Puis elle a raccroché.

J'avais froid. Je me suis allongé par terre, sur le côté. J'ai regardé mes jambes de suie, nos habits suspendus, la forme morte sous la lumière dorée. Je me suis endormi. Un sommeil lourd, tempes martelées, cœur à vomir, bras croisés et les mains protégeant mes épaules.

*

La porte a été fracassée. J'ai hurlé. Je suis resté au sol, mains sur les oreilles.

— Tu bouges, tu es mort !

Un policier portait un bélier de ferraille. Deux autres sont entrés dans la pièce, pistolets levés. Le premier a éloigné la masse d'un coup de pied. Il m'a retourné sur le ventre et s'est laissé tomber sur moi, ses genoux dans mon dos. Flavent écrasant Dravelle. Ils étaient deux, trois. Ils me plaquaient sans un mot. Mon corps broyé. Je ne respirais plus. J'ai été menotté dans le dos, la brisure de charbon cachée entre mes doigts. Je tremblais. Des ombres sont entrées avec une civière. Elles m'ont enjambé.

— Trouvez une couverture! a crié quelqu'un.

L'étau s'est desserré. On m'a relevé de force. Un homme bloquait mes poignets.

— Tu ne vas pas faire d'histoires, d'accord?

J'ai hoché la tête.

— Regarde-moi et dis-moi non.

Un autre policier est entré, encore un, encore. Ils n'avaient plus de place pour bouger.

— Une couverture, merde!

— Regarde-moi et réponds. Tu ne vas pas faire d'histoires?

— Non.

Ce n'était pas ma voix. C'était autre chose. Le murmure d'un assassin.

Un policier est sorti de la chambre de Dravelle avec une couverture. Il l'a jetée sur moi.

— On va t'emmener à l'hôtel de police. Tu comprends?

Je comprenais.

Il m'a pris par le coude. Il m'a regardé. Ma nudité maculée de charbon, le corps de Dravelle hissé sur sa civière, nos vestiaires qui pendaient à la poutre. Il a secoué la tête.

— Mais qu'est-ce que c'est que ce bordel!

12.

Aude Boulfroy

— Vous comprenez ce que je vous dis ?
Je m'étais assoupi. J'ai levé la tête.
Je comprenais. Bien sûr que je comprenais.
— Dites-moi que vous me comprenez.
J'ai haussé les épaules.
— Je vous le répète : dites-moi que vous me comprenez.
J'ai respiré très fort.
— Je vous comprends.
— Pas besoin d'interprète ? Vous parlez français ?
— Je suis français.
Le policier en uniforme a soupiré. Il a écarté les bras.
— C'est déjà ça.
Il m'a tendu un caleçon, un maillot, un pantalon noir, un blouson de survêtement à capuche et des mules blanches d'hôtel.
— On n'a pas mieux, il a dit.
Et puis il est sorti.
Bruit de pêne, de gâche frappée, de clef qui claque.
Une cage minuscule. Assis sur un banc fixé au sol, comme dans les films de mauvais garçons. Trois murs

jaunes, une grille ouverte sur un sombre couloir. Ni lucarne, ni meurtrière. J'étais nu, enveloppé dans la couverture de Dravelle. Je sentais son odeur de nuit. Un mélange de sueur, de maladie et de regrets. J'ai caché le débris de houille dans la poche du pantalon trop court. J'ai enfilé le caleçon. Le charbon sur ma peau poissait le linge rêche. J'ai passé le maillot difforme, frappé d'une marque de bière. Le survêtement trop grand. Les chaussons ridicules en tissu éponge. D'où venaient ces vêtements ? J'ai pensé à un inconnu décédé en garde à vue, dont on faisait disparaître les traces. Ou à un flic humain, qui avait demandé à sa femme de lui apporter les hardes qu'il ne portait plus. J'avais froid. J'ai mis la capuche sur ma tête. J'étais habillé. J'étais prêt. Du pied, j'ai repoussé la couverture du mort au fond de ma cellule. Elle était tassée dans un angle du mur, semblant épouser son corps.

Et puis j'ai attendu. J'ai su que ma vie ne serait plus que cela. Attendre. Je l'avais compris dans la voiture de police, tassé à l'arrière entre deux uniformes. Nous avions mis de longues minutes à sortir du véhicule pour traverser la cour. Ils décidaient de tout. De mon temps, de mes pas, de ma place sur le banc, une main menottée à la boucle de fer. Ils avaient décidé de me jeter au cachot, de me donner ces vêtements. Et maintenant, ils ne revenaient pas. Ils avaient réglé mes instants sur les leurs. Ils disposaient de mes heures. De ma vie. On se croit privé de liberté au moment du verdict, mais la détention commence à l'instant même où le crime a été commis. Désormais, d'autres que moi m'avaient en main.

Le policier est revenu dans ma cellule. Il a enlevé la couverture de Dravelle et l'a remise à une fonctionnaire qui passait. Il portait une paire de menottes.

— Tournez-vous.

Je n'ai pas compris tout de suite. Des menottes ? Non, pas des menottes. J'étais déjà assez ridicule. J'allais le suivre en mules, comme un curiste descend aux soins.

— Vos poignets s'il vous plaît.

Je savais que les menottes enserraient, pas qu'elles mordaient comme un animal.

Il m'a pris par le bras, conduit dans le couloir sombre. Nous avons monté un escalier, longé des bureaux pleins de vies saccagées. Des hommes assis, d'autres debout. Sans que je sache qui était le gentil, qui était le méchant. Il m'a fait entrer dans une pièce minuscule. Une armoire métallique, des étagères encombrées, une table sur tréteaux, un fauteuil pour lui, deux chaises pour moi. Des barreaux à la fenêtre. Mon premier ciel grillagé.

J'ai sursauté.

Un homme que je n'avais pas vu m'a bloqué les coudes dans le dos.

— Un problème ? m'a demandé un civil.

Non aucun. Simplement ce poster au-dessus de son bureau. Une reproduction de l'affiche du film *La Grande Évasion*. Avec Steve McQueen sur sa moto boueuse. Une Triumph de 1962 bêtement maquillée en BMW de l'armée nazie. Et lui, magnifique dans sa chemise bleue, bouche ouverte, prêt à survoler les barbelés du camp comme un fauve libéré de sa cage.

— Je vous demande s'il y a un problème.

165

J'ai secoué la tête. Il m'a désigné une chaise et je me suis assis.

Une fois encore, mon temps était le sien. Il s'était emparé de mon espace. Devant lui sur le bureau, des dossiers de couleur. Un vieil ordinateur. Il m'observait. Un gamin. À peine plus de trente ans. Les cheveux blonds, les yeux clairs. Un tiot de chez nous. Je ne crois pas qu'il soit entré dans la maison de Dravelle au moment de l'assaut. Son extrême jeunesse ne me rappelait rien. Il allait taper quelque chose sur son clavier. Il a levé les yeux.

— Enlevez cette capuche, s'il vous plaît.

Je ne me souvenais pas l'avoir mise.

— C'est la première fois que vous vous retrouvez devant la police ?

Oui, de la tête.

— Quels sont vos nom, prénoms et profession ?

Steve McQueen me regardait. J'ai baissé les yeux.

Michel Flavent n'avait rien à faire dans ce bureau.

Le jeune homme a répété sa question.

Silence.

Je n'ai pas osé croiser son regard. J'ai fixé la table, les stylos enchevêtrés. J'ai pensé au lancer de Mikado, le dimanche «Chez Madeleine». À Jojo qui peinait avec ses gros doigts.

— Avec tes mains de fillette, c'est pas juste, riait mon frère.

Le policier s'est calé contre son dossier de chaise.

— Vous ne voulez pas nous donner votre identité ?

J'ai froncé les sourcils. En tirant une baguette samouraï, Jojo venait de briser l'édifice.

L'enquêteur a soupiré. Il a regardé brièvement sa montre.

— Vous m'écoutez quand même ?

Oui, de la tête.

— Vous êtes placé sous le régime de la garde à vue à compter du 19 mars 2015 à 7 h 20, compte tenu d'une ou plusieurs raisons plausibles de soupçonner que vous avez commis ou tenté de commettre un meurtre.

J'ai levé les yeux. Mes premiers mots. Une faible plainte.

— Il n'est pas mort ?

Le policier a levé la tête, surpris.

— Il y a une heure, votre victime était toujours en réanimation.

J'ai passé une main sur mon visage. J'étais glacé.

— Je vais vous lire vos droits.

Ma peau noire rendait hommage aux disparus. Ce policier n'en savait rien. Je venais de commettre un crime, il récitait la procédure. Nous étions deux mondes. Les mêmes, encore et toujours. Moi au fond, lui en surface. Moi la colère, lui le règlement. J'étais épuisé. Et calme. J'ai pensé à un assureur qui propose une police à un futur client.

— Vous avez le droit de garder le silence.

Oui, de la tête.

Il a coché une case.

— Voulez-vous prévenir quelqu'un ?

Je n'avais plus personne. Jacky Delgove ? Le camionneur parlerait bien assez tôt.

— Voulez-vous être examiné par un médecin ?

Mes yeux lui ont dit non.

167

— Souhaitez-vous être assisté d'un avocat?

— Oui.

Il a coché la case.

— En connaissez-vous un?

— Maître Boulfroy, du barreau de Béthune.

J'avais récité la plaque dorée, cimentée sur la brique de la maison flamande.

— Boulfroy? Lequel des deux?

— Aude Boulfroy.

Le policier a souri.

Il a noté le nom sur un carnet.

— Auriez-vous son contact?

Je l'avais appris par cœur.

Lorsque le policier s'est levé, j'ai baissé la tête.

— Je m'appelle Michel Delanet.

Il a jeté un bref regard au policier resté près de la porte.

Et repris place à son bureau.

— Pouvez-vous épeler?

Il m'a aussi demandé où je vivais.

À Saint-Vaast, une location.

Je lui ai donné l'adresse, le nom de la propriétaire.

Et puis j'ai décidé de garder le silence.

L'autre a rapidement quitté la pièce, remplacé par un homme à moustache rousse.

C'est lui qui m'a raccompagné à mon enclos.

*

— Nous avons trente minutes.

L'avocate m'a tendu la main. J'ai hésité. Je l'ai prise.

Les policiers nous ont enfermés dans un local sinistre. Peinture ancienne, murs cloqués par l'humidité, sol de lino déchiré, pas de fenêtre. Une misère. Elle leur avait demandé s'ils n'avaient pas mieux à nous offrir que ce cagibi.

— Vous n'aimez pas mon bureau? lui a répondu un jeune lieutenant en souriant.

Elle s'est assise sans me quitter des yeux. Je baissais les miens. Aude Boulfroy était jolie. Cela me dérangeait. Trente-cinq ans à peine. Je l'ai observée pendant qu'elle ouvrait sa serviette. Visage de marbre blanc, taches de rousseur, cheveux or et cuivre en élégant carré. Cette façon de froncer les sourcils, de chercher ses mots, de pointer la langue en coin de lèvres pour masquer sa gêne. Une rougeur, parfois, des joues au front. Et ses mains. Pâles et fines, mains d'artiste, de modeleuse d'argile, de dentellière. De longues mains sculptées par Camille Claudel.

Cécile, lorsque je l'ai rencontrée.

— On arrête là.

Elle m'a regardé.

— Pardon?

Je me suis levé.

— Je suis désolé. Cela n'ira pas. On arrête là.

Elle a sorti un crayon à papier, un carnet blanc à spirale. Elle a regardé sa montre.

— Nous avons vingt-six minutes pour en décider.

J'étais debout.

— Michel Delanet, c'est ça? J'ai correctement noté votre nom?

Silence.

— Pourquoi m'avez-vous appelée?

Silence. Fin de l'entretien.

J'allais cogner à la porte pour que le policier nous ouvre.

— Vous avez peut-être tué un homme. Et je suis là pour vous aider.

J'ai levé une main.

— Vous ne pourrez pas m'aider.

Sa langue en coin. Cette rougeur.

— Puis-je vous demander pourquoi?

J'ai inspiré fort. Je chancelais. Tout cela n'avait aucun sens. Je n'avais rien à faire dans ce commissariat. Je n'étais pas à Béthune. Jamais je n'étais revenu à Liévin. Je n'avais pas retrouvé Lucien Dravelle. Nous n'avions pas trinqué. Ni échangé les photos de nos femmes. Il ne m'avait pas parlé du 27 décembre. Il n'avait pas essayé d'en finir après la mort de ses hommes. Jamais je n'étais retourné chez lui habillé en mineur. En mineur, c'est grotesque! Ce n'était ni mon casque, ni mon bleu, ni rien de toute ma vie. Je ne l'avais pas poussé dans son salon. Je ne l'avais pas frappé. Je ne l'avais pas étranglé. Je ne m'étais pas déshabillé comme un pantin ridicule. Jamais, jamais, jamais je ne m'étais barbouillé de charbon. Je m'appelle Michel Flavent, né le 16 mai 1958, fils de Marie et de Jean. Frère de Joseph, mort à Liévin. Je suis chauffeur routier, employé par l'entreprise Delgove, à Pantin. J'ai baptisé mon Scania « Steve le Camion ». Je suis respecté par tous ceux qui me côtoient. Je suis veuf. Amputé d'une femme belle, au visage pâle, avec des taches de rousseur autour du nez. Je traverse ma fin de vie en attendant la mort. Je n'ai à me venger de rien. De rien. Je n'ai tué personne. Je ne suis pas en garde à vue. C'est un cauchemar. Je vais me réveiller en sueur, respirant mal de trop de vin.

Et Cécile n'est pas en train de m'observer, un crayon à la main.

J'ai secoué la tête.

— On arrête là.

— Expliquez-moi ?

— Parce que vous me rappelez quelqu'un.

Je l'ai dit. C'était fait. J'avais avoué. Elle allait se lever et me laisser tranquille.

— Ce n'est pas suffisant pour renoncer.

De la gomme de son crayon, elle a tapoté son carnet ouvert.

Elle a regardé sa montre.

— Il nous reste dix-sept minutes.

Une voix tranquille. Un regard très doux. Depuis Dravelle parlant de sa femme, personne ne m'avait regardé comme ça. D'un geste de la main, elle m'a montré la chaise.

— S'il vous plaît. On peut au moins essayer.

Alors j'ai expiré l'air que je gardais pour après et je me suis assis.

Elle n'a rien montré. Ni joie, ni satisfaction, ni geste de victoire.

— On y va ?

J'ai ouvert les mains.

— C'est vous qui avez appelé la police, madame ?

Elle a souri.

— Appelez-moi maître.

Une lumière au coin des lèvres.

— Non, c'est mon mari. Une pénaliste ne fait pas ça.

J'ai regardé ses mains.

— Votre mari?

— Spécialiste en droit immobilier.

Le ton agacé de Cécile à la question qui lasse.

— Il nous reste un quart d'heure. On le met à profit?

J'ai ouvert les mains.

— Vous vous appelez Michel Delanet.

Mouvement de tête.

— Je sais pourquoi vous êtes là.

— Je ne crois pas, non.

— Au téléphone, vous m'avez dit avoir tué Lucien Dravelle.

Même abattement. J'ai baissé les yeux.

— Je maintiens ce que je vous ai dit.

— S'il meurt, allez-vous le reconnaître?

— Oui.

— En êtes-vous absolument certain?

— Oui.

Son crayon sur le papier. J'avais soif. Mes lèvres éclatées.

— Expliquez-moi pourquoi vous avez fait cela.

J'ai serré les poings sur la table.

— Non.

— Comment ça, non?

— Plus tard, s'il vous plaît.

— La procédure vous autorise à vous taire, mais les policiers vont vous poser cette question, vous le savez?

Oui, de la tête.

Elle avait commencé à noter. Je ne savais quoi. Mon silence? Mon attitude? Mon insistance à la regarder.

172

— Considérez-vous que votre arrestation se soit déroulée dans le respect de la loi ?

— Je ne comprends pas votre question.

— Avez-vous été traité dignement ?

— Oui.

— Pas de violences psychologiques ?

— C'est-à-dire ?

— Des menaces ? Des insultes ?

Je l'ai regardée.

— Un policier m'a tutoyé.

Elle a souri.

— Pourquoi ce sourire ?

— Vous a-t-on notifié vos droits ?

Oui. On m'avait proposé de prévenir un proche, de voir un médecin. Les policiers m'avaient expliqué qu'ils pouvaient me retenir 24 heures et 24 heures encore. Que j'avais le droit de me taire. Ils avaient pris mes empreintes, ma salive. Ils m'avaient photographié, donné un sandwich au fromage. Et j'avais signé le procès-verbal de garde à vue, mais sans mes lunettes qui étaient restées dans la poche de mon pantalon.

— Personne n'a essayé de vous interroger sur les faits ?

— Non.

— Sous aucune forme et à aucun moment ?

— Non, jamais.

Elle m'a regardé. Mon tee-shirt de bière, le pantalon trop court, le survêtement, les mules d'hôtel.

— Ce ne sont pas vos vêtements, n'est-ce pas ?

J'ai secoué la tête.

— Ils vous les ont enlevés ?

173

— Je les avais enlevés.

L'avocate notait. Elle ne levait plus la tête. Question, réponse. Une mécanique.

— Avant de passer à l'acte?

— Non. Après.

Elle a marqué un temps d'arrêt.

— Vous étiez nu?

Oui. Mouvement de tête.

— Pourquoi vous étiez-vous déshabillé?

— Plus tard.

Aude Boulfroy a posé son crayon. Elle s'est calée contre le dossier de sa chaise.

— Plus tard, mais pas trop tard monsieur Delanet.

Elle a regardé sa montre.

— Pour vous défendre, j'ai besoin d'explications.

Elle surveillait la porte. Parlait bas.

— Si vous le souhaitez je ne rapporterai pas votre version des faits à la justice. Nous plaiderons autre chose mais cette chose, il me la faut.

La pièce tanguait. Les murs palpitaient au rythme de mon cœur. J'étais épuisé.

— Vous comprenez?

Je comprenais.

— Vous devez m'aider à vous aider, monsieur Delanet. Parce que tout à l'heure les policiers vont vous entendre. Et le…

Je l'ai coupée.

— Vous serez là?

Elle a repris son crayon.

— Si vous le souhaitez, oui.

— Je le souhaite.

Elle a noté sur son carnet blanc. Un gribouillis de rien du tout, en bas de page.

— Vous aurez tout le temps de l'instruction, mais il faudra me parler.

— Plus tard.

— À vous de décider, mais c'est mieux de comprendre. Pour tout le monde, c'est mieux.

— Je ne crains rien si je ne réponds pas aux policiers?

Deux coups secs à la porte. Bruit de clef. Nous étions enfermés.

— Vous ne craignez rien, a répondu l'avocate.

— Je pourrai prendre une douche?

— Pas ici, non. Vous ne pourrez pas.

*

Deux policiers en uniforme sont venus me chercher en cellule. Aude Boulfroy m'attendait dans le couloir, à la porte de leur bureau. Elle semblait contrariée, bras croisés. Au moment où je passais devant elle, elle a murmuré:

— Ça commence bien, monsieur Flavent.

Coup à l'estomac.

On a libéré mes poignets. J'ai hésité à m'asseoir. D'un geste de la tête, mon avocate me l'a conseillé. Un capitaine aux cheveux blancs s'est assis face à moi. Voix douce.

— La police connaît la vérité sur le bout de vos doigts, monsieur Delanet.

Il a sorti une pochette de son tiroir.

— Et vos empreintes digitales vous appellent Michel Flavent.

Sur son bureau, il a posé la photo de Dravelle.

— Vous le reconnaissez?

Je n'ai pas répondu.

— Coller le portrait de sa future victime sur son mur, c'est de la préméditation, non?

J'ai regardé Aude Boulfroy. Je paniquais.

Une voix derrière moi.

— Plus vite vous parlerez, plus tôt vous quitterez la garde à vue.

Je me suis retourné. C'était le jeune lieutenant qui m'avait interrogé la première fois. J'étais filmé. Aude Boulfroy notait tout, penchée sur son carnet. Elle n'avait pas accès au dossier. Elle pourrait en avoir une copie après ma mise en examen.

— Vous avez le droit de vous taire, monsieur Flavent, a lâché mon avocate.

Le policier aux cheveux blancs l'a regardée. Il semblait surpris.

— Je ne crois pas que l'interrogatoire soit terminé, maître Boulfroy.

Bruit de la gomme tapotant son carnet.

— Et moi je crois que vos questions sont trop fermées.

Le policier a souri. Ces deux-là semblaient bien se connaître.

— Vous aurez tout loisir de poser des questions très ouvertes à la fin, madame.

Elle lui a souri à son tour.

— Maître, s'il vous plaît. Et je vous rappelle que je suis
ici à ma place.

— Et très respectueuse de la procédure, je sais.

Il s'est tourné vers moi. Elle m'a jeté un regard tranquille. Cécile après l'orage.

Les policiers avaient fait le tour de Saint-Vaast avec ma
photo. Michel Delanet? Un drôle de type, avait dit ma
logeuse. Disparaissait comme ça. N'ouvrait pas ses volets.
Ne recevait personne. Il a dit qu'il était là pour sa mère.
Oui, c'est ça. Une institutrice de Cucq. Si elle l'avait vu?
Pensez-vous. Elle était en institution quelque part dans
la région. Et probablement à l'article de la mort. Oui, il
payait régulièrement ses loyers depuis décembre. Et en
liquide. C'est lui qui l'avait demandé, monsieur l'agent.
Elle avait bien été obligée d'accepter. Oui, elle était entrée
chez lui un jour en son absence. Elle n'avait pas fouillé,
non! Quelle horreur! Enfin, juste un tiroir pour voir si
tout était rangé. Oui, elle reconnaissait ces carnets. Ils
étaient dans sa table de nuit. Si elle les avait ouverts? Et
quoi encore! C'était une femme honnête!

Le capitaine de police me regardait. Aude Boulfroy
notait chacun de mes silences.

Tout à l'heure, je lui avais demandé si j'allais être mis
en examen.

— D'après vous? m'avait-elle répondu.

Il y avait enquête de flagrance. Le parquet de Béthune
demanderait une prolongation de ma garde à vue, d'autres
interrogatoires de police.

177

— Et je pourrai continuer de me taire?

— Vous pourrez, oui. Mais pour nous défendre, nous aurons besoin d'une raison.

— Une raison?

— Quelle qu'elle soit. Mon but n'est pas de vous faire avouer la vérité mais de convaincre six jurés en cour d'assises.

Prolongation de garde à vue, vérité, jurés, cour d'assises. Je me suis tassé. Elle employait des mots trop grands pour moi. Des dangers immenses qui me dépassaient.

— Vous n'êtes pas vraiment avec nous, monsieur Flavent.

Le vieux commissaire tapotait son bureau du bout du doigt.

J'avais du mal à respirer. La porte était restée entrouverte. Parfois, un uniforme passait la tête pour voir le gars grimé en charbonnier. Après une heure de silence, les policiers m'ont reconduit en cellule. Des boulettes de viande, du riz et une bouteille d'eau. J'ai demandé à voir mon avocate en privé. Impossible. Il me fallait attendre la prolongation de la garde à vue.

*

À 22 heures, Me Boulfroy était là, assise dans le couloir. Je n'ai pas su si elle était rentrée chez elle, si elle avait dîné ou si elle m'avait attendu tout ce temps, serviette à ses pieds et carnet blanc à la main. Elle m'a fait un signe de la tête. Le policier âgé avait été remplacé par le jeune qui m'avait lu mes droits. On a enlevé mes menottes.

— Madame Liénard nous a parlé de «Chez Madeleine», monsieur Flavent.

J'ai longuement massé mes poignets. Le policier s'est penché sur la table.

— Monsieur Flavent?

Un regard à mon avocate. Ses yeux disaient qu'il ne tenait qu'à moi.

— Je souhaite garder le silence.

Le jeune m'a regardé.

— Vous persistez?

Léger mouvement de tête.

— C'est dommage, parce que vous auriez pu nous vanter vos exploits en char à voile.

«Chez Madeleine», Mainate avait parlé. Et aussi le mauvais gamin blond devenu patron de café. Ils se sont passé ma photo. C'est bien le Parisien, oui. Il nous a dit qu'il habitait un meublé, à Saint-Vaast. Et qu'il était venu dans la région pour soigner sa vieille mère. Dravelle? Il l'avait rencontré ici même, au mois de décembre dernier. Tiens, c'était même Joël Maes, qu'on appelle Mainate, qui le lui avait présenté.

— Mainate à l'air pur et Bowette au charbon!

S'il était sorti du café avec Dravelle? Oui, bien sûr. Il l'avait raccompagné à sa voiture. Et il l'avait revu. Une fois, deux, peut-être. Et puis rien. Le Parisien n'avait plus donné de nouvelles, à personne. Dravelle était même venu «Chez Madeleine» pour savoir s'il était passé. Il était

179

presque inquiet, le porion. Ce que le Parisien lui voulait? N'en savait rien, le passereau. Le patron non plus. Son nom? Savaient pas. Ils l'appelaient Michel. Un étrange étranger qui noyait son silence dans la bière. Pour le reste, tout le monde s'en fichait bien.

Le policier me les racontait. Et moi je les imaginais. Tous s'étaient fabriqué un visage de témoin. Prêts pour la police, pour le procès, pour la télévision peut-être. Maquillés de lumière, ils étaient ceux qui avaient côtoyé le salaud. Ils avaient eu le tort de lui donner leur bonjour et voilà qu'ils le lui retiraient. Ils avaient senti quelque chose, bien sûr. Depuis le début, ils se doutaient. Pas bête, Mainate. Pas stupide non plus, le patron blond. Les gens de cette sorte, ils les reniflaient. C'est comme la logeuse, elle repérait les ennuis et les mauvais payeurs avant même qu'ils franchissent sa porte. Tous avaient deviné que ce Michel-là cachait quelque chose derrière son masque de visiteur. Mais ils ne savaient pas quoi, pas exactement. Et leur orgueil en avait été blessé. Ils le diraient à la cour d'assises. Ils auraient le temps d'y penser. D'écrire leur petit discours dans un coin de leur tête. Ils enlèveraient les mains de leurs poches, le chewing-gum de leur bouche. Ils témoigneraient. Ils parleraient au juge avec des mots intelligents, choisis avec soin, des phrases bien tournées. Ils copieraient ce qu'ils comprenaient du langage des puissants. Ils savaient. Ils avaient vu les téléfilms, avec l'accusé dans son box. Claudette Liénard porterait sa robe gris perle. Eux seraient en habits du dimanche. Ils auraient l'attitude digne et grave des citoyens que la justice convoque à la barre.

— Nous allons arrêter là pour ce soir, a lâché le policier.
Il semblait embarrassé.
— Mais je n'ai pas l'impression que vous réalisez ce
que vous avez fait.
Il a observé mon avocate. Il est revenu à moi.
— Tentative de meurtre, c'est la perpétuité, monsieur
Flavent !
Tentative.
J'ai manqué d'air. Je suis tombé de ma chaise, d'un
coup. Et la chaise avec moi. Tombé en avant, sans proté-
ger ma chute. Comme Dravelle lorsque je l'ai poussé. Les
mains le long des cuisses, affaissé sans un mot au milieu
du bureau. Un policier s'est précipité. Mon avocate avec
lui. Ils m'ont relevé. Tassé sur la chaise. Ma tête roulait,
avant, arrière. J'avais la bouche tordue du poisson capturé.
Les yeux immenses, brûlants. Je pleurais de trop de néons.
— Qu'est-ce qui vous arrive ? m'a demandé le policier.
Mon avocate. Nos yeux mêlés.
— Dravelle n'est pas mort ?
J'ai fermé les yeux. Le policier m'a secoué l'épaule.
— Vous m'entendez monsieur ? Vous êtes avec nous ?
Dravelle n'était pas mort. Je n'avais pas encore goûté au
vertige de cette phrase. Dravelle avait survécu. Ces mots
n'étaient pas les miens. Il fallait que je les prononce. Que
je les garde en bouche comme le pain d'alouette, que je
me les répète de la tête au ventre. Il fallait qu'ils irriguent
mon corps tout entier.

Dravelle n'est pas mort.

Alertés par le bruit de chute, un policier est entré dans la pièce, puis un second. Ils ont fait barrage entre la porte et moi, comme on coupe la retraite à l'ennemi.

J'ai mis mes coudes sur la table et ma tête entre les mains. Je voulais que tous s'en aillent. Me retrouver seul avec pépé Bowette. Le relever doucement. Enlever le sac qui enserrait son cou. Défroisser ses habits. Passer ma main sur son front. Réparer silencieusement ce que j'avais saccagé. Sa vie d'avant, ses regrets, sa vieillesse, sa confiance, son amitié peut-être.

J'ai voulu lui demander pardon.

— Voulez-vous savoir ce qui vous sera reproché, monsieur Flavent?

Mon avocate a regardé le jeune policier.

— Dites-le-lui, s'il vous plaît, lui a-t-elle répondu.

J'ai relevé la tête.

— D'être responsable d'un crime qui a manqué son effet à la suite de circonstances indépendantes de votre volonté.

— Il n'est pas mort, j'ai simplement répété.

Le jeune policier n'a pas relevé ma phrase. Il avait posé les doigts sur son clavier.

— Des questions, maître?

— Je demande que mon client voie un médecin, a répondu Boulfroy.

Il a noté.

— Une remarque à faire acter sur le procès-verbal?

Mouvement de tête. Refus de la main. Petit geste énervé du crayon à gomme.

— Alors on va s'arrêter là pour aujourd'hui, a dit le policier.

On m'a entraîné vers la cellule. Menottes serrées. Douleurs aux poignets. À cause des mules, je traînais les pieds comme un vieux à l'hospice. Et je n'ai pas pu continuer. Plus envie. Je me suis affaissé une nouvelle fois dans le couloir. Deux policiers m'ont maintenu sous les aisselles. Ils ne m'ont pas escorté, ils m'ont porté. Et je me suis laissé faire. Mes pieds traînaient sur le sol. Mon cœur battait fort. De la sueur coulait dans mon dos. Aude Boulfroy s'est approchée. En guise d'au revoir, elle a posé sa main sur mon épaule et s'est penchée vers moi.

Ses lèvres près de mon oreille.

— Vous n'êtes pas un meurtrier.

Les policiers m'ont allongé sur la banquette. L'un d'eux m'a tendu une couverture pliée. L'autre a quitté la pièce. Il est resté en embuscade devant le chambranle.

Je me suis redressé sur les coudes.

— Dites-moi encore qu'il n'est pas mort.

Le policier a fait la moue. Voix lugubre.

— Ce n'est pas grâce à vous en tout cas.

*

Lucien Dravelle était vivant. Je n'avais pas tué pépé Bowette. Comme hier, lorsque j'étais couché à côté de son corps, je ne lui en voulais plus de rien. Ma haine contre le porion, ma colère, ma faim de revanche, tout cela était mort. Et lui ne l'était pas. C'était juste. C'était bien.

183

C'était tant mieux. C'était la plus grande nouvelle de ma vie.

Je n'étais pas un assassin. Je me suis répété cette phrase toute la nuit. Je n'ai pas dormi. J'ai attendu le matin pour le regarder en face.

*

À 6 h 50, ma garde à vue a été prolongée. Un médecin m'a examiné. «Fuite mitrale modérée», «stress», «problèmes de vision», mais rien de plus. Lorsque j'ai été conduit aux toilettes, mon avocate était dans le couloir. Autre pantalon, nouvelles chaussures. Elle était rentrée chez elle. J'ai demandé à la voir en privé.

J'avais droit à trente minutes encore, pas une de plus.

— Voulez-vous me dire quelque chose?

J'ai secoué la tête. Non, rien.

— Les policiers vont vous interroger une dernière fois.

Je regardais ses mains. Elle a refermé son carnet blanc, passé le crayon dans la spirale.

— Et vous devriez être déféré devant le juge en fin de journée.

Elle s'est levée.

— J'aurais besoin de loupes, s'il vous plaît. Mes lunettes sont restées là-bas.

L'avocate m'a regardé sans répondre.

Sur son bureau, le vieux policier avait posé la photo de Cécile, que j'avais emportée avec moi. Et aussi mes papiers d'identité, abandonnés dans le meublé avec mes vêtements.

— Vous vous appelez bien Michel Flavent, né le 16 mai 1958 à Saint-Vaast-les-Mines, de Jean Flavent et Marie-Line Duez. Vous êtes domicilié à Paris, 23 avenue Missak-Manouchian dans le XIVᵉ arrondissement, et vous exercez la profession de chauffeur routier au sein de l'entreprise Delgove, à Pantin.

Le policier n'a pas lu la feuille, il l'a récitée en enlevant sa veste.

— Vous êtes un gars d'ici, en fait.

J'ai regardé mes mains, la poussière de charbon qui endeuillait mon alliance.

— Pourquoi avoir déclaré une fausse identité à la police?

Je l'ai observé, il attendait de pouvoir frapper ma réponse sur son procès-verbal d'audition. Et aussi son jeune collègue, debout bras croisés dans un angle de mur.

Mon avocate enfin, qui n'avait pas sorti son crayon.

— Vous persistez dans votre silence?

Le policier a soupiré.

— Votre femme?

La photo de Cécile, entre les doigts du capitaine.

— Et ça?

Il avait étalé mes dix cahiers, avec le geste du joueur de cartes qui abat son jeu.

— Vous collectionnez les archives sur la catastrophe de Liévin?

Mon avocate a regardé sa montre.

— Saviez-vous que Lucien Dravelle y avait travaillé?

Aude Boulfroy a noté quelques mots.

— Il était l'un des responsables de la sécurité de Saint-Amé en 1974. Vous le saviez ?

J'ai décidé de relever la tête, les yeux, mon front de taureau.

J'ai décidé de faire face.

— Aviez-vous fait le lien entre la catastrophe et monsieur Dravelle ?

Coup de poussière. Gorge sèche. Les sirènes de la mine hurlaient dans mon ventre.

Le jeune policier a bruyamment tiré un tabouret et s'est assis.

— Mais que venez-vous faire dans cette histoire, monsieur Flavent ?

— Je ne souhaite pas répondre à vos questions.

Aude Boulfroy a paru soulagée.

Alors le jeune s'est levé.

Il m'a regardé, comme contrarié. La moue du cycliste devant un pneu crevé.

— Et ça ? Pas d'explications non plus ? m'a demandé l'officier aux cheveux blancs.

Il a posé la clef de mon box sur le bureau.

J'ai secoué la tête, visage clos. Aucune autre question de mon avocate.

— C'est comme ça la vie, aurait dit mon frère.

J'en avais fini avec eux.

Un uniforme m'a reconduit en cellule. À la fin de ma garde à vue, je serais transféré au tribunal de Béthune. Et présenté au juge de permanence.

— Vous allez bientôt pouvoir prendre une douche.

J'ai regardé mon avocate.

— Merci.

J'ai pensé aux hommes remontés de la mine. À leurs dos souillés frottés par les copains.

*

Les terrils, les briques de mon enfance, les ombres pressées dans le jour qui chancelle. J'ai traversé Liévin dans un fourgon de police et personne n'a levé les yeux sur nous. Ni sirène, ni motards, ni escorte de tragédie. Pas même un klaxon. Une camionnette de plus, dans la file des voitures rentrant à la maison.

Je ne pensais rien, ne ressentais rien. Tassé entre deux gardiens, je m'observais dans le rétroviseur de police. Je savais ce qui allait m'arriver. Mon avocate me l'avait expliqué, mais personne ne sait la morsure des menottes, le silence d'un transfert, le regard mort du convoyeur de bandits. Personne ne peut raconter la lumière empêchée par le grillage. Les derniers éclats de liberté, le rire d'un enfant volé à la rue, la radio d'une voiture par sa fenêtre ouverte. J'imaginais un palais de justice en briques de chez nous, avec une porte en fer et un rude trottoir. C'était un temple romain, grandiose, vaniteux, avec ses colonnades, ses chapiteaux et son fronton. Je rêvais d'un dernier éclat de soleil au-dessus de la ville, mais le ciel pleurait à plein chagrin. Je suis arrivé à la gendarmerie avant la nuit. Dans un couloir triste, un policier m'a livré à un gendarme. J'ai été remis à un uniforme par un autre. Cédé par le flic au soldat. Oublié au dépôt, conduit au tribunal par un vieux tunnel creusé sous la rue, puis offert à mon juge.

C'était une femme. Une magistrate en fin de carrière. Avec de fines lunettes et des cheveux noirs relevés, sans apprêt. Depuis mon arrestation, j'avais espéré un homme. Un magistrat de mon âge. Grand, très calme, légèrement voûté, cheveux blancs soigneusement coiffés en arrière, les yeux plissés par-dessus ses lunettes. Je l'avais imaginé silencieux. Lui, moi, face à face. Deux gars éreintés par la vie qui n'auraient pas à s'expliquer. Qui n'oseraient ni les questions ni les réponses. Qui laisseraient reposer en paix vérité et mensonges. Qui se contenteraient l'un du silence, l'autre du châtiment.

La juge ne m'a pas regardé, pas tout de suite. Elle prenait son temps. Elle lisait mon dossier. Sa tranquillité me rappelait qu'elle pouvait quitter cette pièce, et moi pas. C'était fini. J'avais hissé ma liberté avec mes vêtements. Je l'avais abandonnée au vestiaire du pendu, avec le savon et le peigne. Le bruit de la chaînette mordant la poutre, le souffle des chevalements. J'ai fermé les yeux. J'ai protégé le temps qui me restait.

Nous attendions le premier mot de la magistrate. Mon avocate, la greffière, le lion flamand sur l'écusson du gendarme. Même mon silence rêvait d'être rompu.

— Vous comprenez le français, monsieur Flavent?

Elle avait enlevé ses lunettes. Des yeux très bleus. Presque blancs. L'aube et le givre.

Je lui ai dit oui. J'étais et je comprenais.

— Pour ce premier interrogatoire de comparution, je vous rappelle que vous avez trois attitudes possibles.

Lunettes, tête baissée. Elle était retournée à son dossier.

— Garder le silence, faire une déclaration spontanée ou répondre à mes questions.

Ses yeux, de nouveau. Les siens dans les miens.

— Je souhaite garder le silence.

— Vous ne ferez aucune déclaration aujourd'hui, c'est bien cela ?

La juge s'est tournée vers mon avocate. Je la voyais en robe pour la première fois.

Mouvement de la tête.

— Bien, a lâché la magistrate.

À mots hachés, sans timbre, mécaniques, elle m'a mis en examen pour avoir, à Saint-Vaast-les-Mines, le 19 mars 2015 et avec préméditation, tenté de donner volontairement la mort à Lucien Dravelle, tentative manifestée par un commencement d'exécution, en l'espèce un étranglement de la victime, n'ayant manqué son effet qu'en raison de l'évolution favorable de l'état de santé de celle-ci, une circonstance indépendante de ma volonté.

— Ces faits sont prévus par les articles 221-3 et 121-4 du code pénal et punis de la réclusion criminelle à perpétuité.

Comme dans le fourgon qui m'emmenait à la souricière. Je n'avais plus ni chaud, ni soif, ni faim de rien. En attendant d'être présenté au juge des libertés et de la détention, j'allais retourner au dépôt.

Je m'étais habitué à mes policiers. Certains avaient eu des attentions. Un regard étonné, un sourire en coin, un geste au moment de la fermeture de la grille. Mais les gendarmes ne me regardaient pas. J'étais seul, dans une cellule. Je ne savais pas si nous étions encore la nuit ou déjà le matin suivant.

Une fois encore, je suis remonté de mon trou. Escaliers, couloirs. J'ai retrouvé mon avocate à la porte du juge. Elle avait remis sa robe noire. Elle m'attendait. Mes poignets s'habituaient à la longe, au poids des menottes, ma chair à leurs mâchoires. En entrant dans la pièce, je n'ai pas compris qui était qui. Deux hommes, une femme. Et puis le représentant du parquet a parlé. Gaillard massif, chauve, avec une lourde chevalière à l'auriculaire droit. Il ne s'est adressé ni à moi ni à Aude Boulfroy. Mais à un homme, assis derrière son bureau. C'était lui, mon juge de la détention. Celui qui allait me priver de liberté en attendant le procès. Un gamin. J'ai pensé à Jojo sur notre mobylette. À l'un de ces étudiants que l'on croisait sur les trottoirs de Lille, le samedi soir, qui chantait d'avoir bu trop de bière, qui riait de ne plus pouvoir marcher dignement. Lorsque j'étais entré, il m'avait regardé avec gêne. Sur mes mains, mes poignets, mon visage, le noir de charbon n'était plus que saleté. Ma barbe de nuit, mes yeux gonflés. Mes pieds nus dans des mules d'hôtel. Le sweat qui sentait la sueur. Un vagabond.

Au plafond, le néon bourdonnait. J'avais baissé la tête. Le procureur a réclamé ma mise en détention. Une voix sourde, égale. Une lecture utile, sans effets ni émotion. J'avais refusé de parler à la police, au juge d'instruction, je n'avais même pas daigné décliner mon identité. Personne ne savait pourquoi j'étais revenu au pays. Pourquoi j'avais loué un appartement sous un faux nom. Pourquoi j'étais entré malicieusement en contact avec ma future victime. Mais qui donc était cet inconnu, assis sur cette chaise les yeux baissés? Pourquoi avait-il tenté de tuer un pauvre homme? Lui seul pourrait nous le dire. Parler, enfin. Soulager sa conscience ou simplement s'expliquer. Son attitude, incompréhensible autant qu'indigne, s'apparentait à du mépris. J'étais un danger. D'autant plus inquiétant que je gardais le silence.

— Alors, je vous le demande. Qui, pour remettre un tel individu en liberté? Qui, pour prendre un tel risque?

Le substitut avait terminé. Mon avocate a pris la parole. J'ai failli lui demander de renoncer. Je la voulais taisante. Près de moi. Pour rien. Juste une présence, sans même essayer de se faire entendre.

— Quels que soient les faits reprochés, le principe est la liberté, a lâché maître Boulfroy.

La greffière tapait. Le juge a regardé ses notes. Le molosse jouait avec les initiales dorées qui ornaient son doigt. J'ai levé les yeux. Aude, Cécile. Elle ne se battait pas. Elle n'osait pas. Mon silence l'avait prise en otage. Elle lâchait trois répliques avant de regagner la coulisse.

— Il y a bien longtemps que je n'ai plus d'illusion sur ce genre de débat.

Le juge a froncé un sourcil. Elle a terminé sa phrase.

— Et tout le monde sait bien qu'il n'a de contradictoire que le nom.

Le juge m'a demandé si j'avais une observation à faire. Je n'ai même pas secoué la tête.

Avant de sortir de la pièce, j'ai tendu la main à Aude. La sienne, la seule. Dans le couloir, elle m'a répété que la défense était une relation de confiance. Que pour assister un homme il fallait être deux, l'accusé et l'avocat.

— Je veux porter votre parole, pas votre silence.

Elle voulait savoir une vérité. La vérité, ma vérité, peu lui importait. Et nous verrions ensemble ce qu'elle en ferait face aux jurés. Elle l'espérait pour moi.

— C'est vous qui allez dormir en prison.

Le parquet n'a pas même attendu l'ordonnance du juge. Il était là pour requérir la détention, pas pour en savourer les effets. Comme lui, mon avocate allait quitter le tribunal. J'attendais la griffe des menottes. J'avais encore une question à lui poser, un dernier conseil avant la solitude. Non, elle ne pouvait pas aller chercher mes vêtements, restés sur les étagères de Saint-Vaast. Ce n'était pas son rôle. Mais si quelqu'un les apportait à son cabinet, elle les ferait remettre au greffe de la prison. Cabinet, greffe, trop compliqué pour moi. Les gendarmes m'entouraient. J'ai offert mes poignets au métal. Cliquetis du mousqueton de longe. Nous allions nous mettre en marche. Le chef d'escorte a tiré sur ma laisse.

— Encore une minute, s'il vous plaît, a demandé mon avocate.

Sa voix résonnait sous la voûte.

— Une minute, a répété un gendarme.

Elle l'a remercié du regard.

— Le plus simple pour vos vêtements, c'est de contacter les services sociaux de la prison.

J'étais démuni, habillé de hardes, les services pénitentiaires seraient obligés de faire le nécessaire. Je voulais aussi la photo du petit singe qu'ils avaient saisie sur le mur, mais c'était impossible. Le poster de Cécile faisait partie des scellés.

— Et je fais comment pour l'argent ?

Elle m'a regardé.

— Avez-vous un compte bancaire ?

Oui, bien sûr. Alors je devais régler ça avec la régie de la maison d'arrêt. L'administration enverrait un RIB à ma banque pour virer de l'argent sur mon pécule. J'ai protesté.

— Mais non. Pour vos honoraires, je veux dire.

Elle a souri, levé une main. Si je le voulais, nous demanderions à bénéficier de la commission d'office. Nous verrions cela plus tard. Les gendarmes s'impatientaient.

Maintenant, il fallait que je sois fort. Ce qui m'attendait allait être difficile. Personne n'est prêt à entrer en prison, m'a-t-elle dit.

— Personne, elle a répété.

Mais il fallait que je sache qu'elle était là.

Si je le voulais, elle pouvait prévenir quelqu'un de ma famille. Un ami, un copain, même une vague connaissance. Personne ? J'étais bien sûr de ça ? Elle n'a pas insisté. Elle m'a dit aussi que je pouvais la voir en détention. Dès que je le voudrais. Demain ? Un autre jour ? C'était à moi d'en décider. Quand je serais prêt à la recevoir, elle viendrait.

— Savez-vous comment la juge vous considère ?

J'ai répondu non de la tête.

Elle a souri.

— Comme un défi intéressant.

Et puis elle m'a tourné le dos.

Partie comme ça. Sans un mot de plus et sans un regard.

Ses pas dans le couloir.

— Allez, on y va mon gars.

Un gendarme au bord de la retraite. Un autre qui jouait au soldat. Triste escorte.

Et le tunnel, encore. Un souterrain. Ce couloir de briques irrégulières, de sol bétonné et de murs badigeonnés de chaux sale, qui mène de la gendarmerie au tribunal, puis du tribunal à la prison. Ici, on ne revoit plus jamais le ciel. Il s'arrête au moment où la justice vous prend.

Il s'arrête.

13.

L'arrivant

— Écartez les jambes et les bras.

J'étais debout et nu. Une fois encore.

Non, je ne cachais rien. Ni dans mes cheveux, ni dans mes oreilles, ni sous mes aisselles, ni dans mes mains. J'étais bouche ouverte, le cul prêt à être inspecté. Les gardiens avaient des gants stériles. L'un d'eux portait un masque de chirurgien. Le charbon ne marquait plus ma peau comme celle d'un homme revenu au jour. Il l'ombrait, simplement. Comme un fusain étalé avec le doigt, réfugié dans mes rides, mes crevasses, il dessinait mon corps à la peine.

— Baissez-vous en avant.

Je regardais le sol.

— Toussez.

Mes pieds glacés sur le ciment. Mes vêtements étaient entassés sur un banc, à ma gauche.

— Pas de capuche en détention, avait dit un surveillant.

Il avait confisqué le survêtement gris.

L'homme au masque m'a demandé si je voulais prendre une douche.

— Il faudra demander à vous laver, c'est un droit, m'avait expliqué l'avocate.

Mais j'ai attendu qu'on me le propose. Après les policiers, les gendarmes et les juges, mon temps était celui des surveillants. Ils avaient les clefs, je n'en avais aucune. Je me suis laissé déshabiller, fouiller. Pour la première fois depuis mon arrestation, j'ai donné mon nom, mon prénom, ma date de naissance. Et aussi mon visage pour la photo, ma main pour les empreintes. J'avais un numéro d'écrou. Six chiffres d'identité. J'ai signé ce qu'ils voulaient.

La porte était refermée.

Michel Delanet ne pouvait rien pour moi.

Je n'avais ni montre ni argent, rien d'autre que mon alliance. J'ai pu la garder. Dans le fond de ma poche, le copeau de houille a résisté. Lorsqu'ils ont retourné le pantalon, il est resté accroché aux fils de la couture.

J'emmenais avec moi un fragment de Saint-Amé.

— Demain matin, vous verrez un médecin, d'accord?

D'accord, oui.

Je n'ai pas su qui était l'homme qui me recevait. Le directeur de la prison, un subordonné? Il parlait doucement, comme on s'adresse à son malade avant une intervention chirurgicale. J'allais recevoir un livret d'accueil. On allait m'expliquer mes obligations, mes droits, comment faire des démarches, des requêtes. Le règlement intérieur était consultable à la bibliothèque. La loi interne à la prison. Il me conseillait de la lire, vraiment. Cette nuit, j'allais être isolé au «quartier arrivants». Je devais y rester quelques jours, deux semaines, pas plus. Le temps pour l'administration de savoir qui j'étais.

— Qui je suis?

Il a ouvert les mains. Oui, quel type d'homme.

— Ils vont vous évaluer, avait prévenu mon avocate.

Chercher à comprendre si j'étais vulnérable, violent, dépressif, suicidaire. Si je pouvais être laissé seul en cellule ou si je devais partager mon enclos. Pour mes vêtements on verrait plus tard. Mon avocate avait contacté le greffe de la maison d'arrêt.

Après l'écrou, on m'a donné une carte d'identité intérieure, une housse de matelas, des draps, deux couvertures, du savon, du shampooing, une brosse à dents, du dentifrice, de la crème à raser, trois rasoirs jetables. Et aussi de quoi écrire, trois enveloppes timbrées, une assiette, un verre, un bol, deux cuillères, une fourchette et un couteau à bout carré. Avec des sous-vêtements, des chaussettes, un gant et une serviette, qui sentaient le vinaigre.

La douche était petite, porte ouverte à mi-hauteur.

— J'ai combien de temps?

Le gardien m'a regardé.

— Le temps de vous décrasser.

J'ai levé les yeux vers le vieux pommeau, puis je les ai fermés. Je voulais une pluie brûlante. Avant l'âcre du savon blanc, mon odeur fauve. Je me suis lavé à deux mains, les cheveux, le torse. J'ai frotté mon corps avec la même violence que je l'avais couvert de houille. J'effaçais les coulures de charbon avec mes ongles. Je nettoyais la souillure en l'arrachant. Pour la première fois, je me lavais. Je me lavais vraiment. Je me lavais de tout. De Dravelle, de sa couverture rance, des menottes douloureuses, de l'attente infinie sur les bancs, du regard des policiers, de la lumière blanche du palais de justice, du tunnel de briques, des silences de ma juge, du regard de mon avocate et de son sourire. Je me lavais de la fosse 3bis, du souffle des chevalements, du 27 décembre 1974, des dizaines de cercueils alignés. Je me lavais du pain d'alouette. Je me lavais du mépris des Houillères, de ma colère, de ma haine de vie. Je me lavais de Liévin, de Paris, de ces rues sans Cécile, de mes jours privés d'elle. Je me lavais de Mainate, de la Saint-Joseph, du porion, de mes doigts écrasant le cou du salaud. Je me lavais de ses photos de famille, de son vin joyeux, de son souffle épuisé de silice. Je nettoyais mon crime à pleine eau. Ma honte. Je disais adieu au charbon. Aux victimes de mon effroi. Aux morts, mon frère, mon père, ma mère, aux miens. Et aussi aux survivants, qui ne soupçonnaient rien. Je lavais mon âme tout entière, à l'eau tiède d'une mauvaise douche de prison.

*

— Personne n'est prêt à entrer en détention, m'avait dit mon avocate.

Une cellule de prison n'est pas la cage du commissariat de police, le clapier de gendarmerie, la souricière du palais de justice. La prison n'est pas une alcôve triste entre deux portes grillagées, deux interrogatoires, deux espoirs. La prison n'est pas une halte, c'est le bout du chemin. Le mur de briques au fond de l'impasse. L'antichambre du sépulcre.

Jamais je n'avais franchi autant d'obstacles dans un même couloir. Acier, grilles, barreaux. Je ne connaissais ni le grincement des portes coulissantes, ni le choc des barrières électriques, ni le cliquetis éprouvant des clefs. J'étais un entrant, un nouveau, une ombre frêle épiée par les caméras de surveillance. En arrivant à la maison d'arrêt, j'avais tendu la main pour dire bonjour aux hommes en uniforme. Puis j'ai compris que cela ne se faisait pas. «Tentative d'homicide volontaire», disait ma fiche d'écrou. Mais les gardiens avaient deviné que je ne serais pas un rebelle. J'avais cinquante-sept ans, les cheveux gris. Un chauffeur routier égaré. Lorsqu'on m'a donné deux rouleaux de papier-toilette, j'ai remercié. Un jeune maton m'avait tutoyé, je l'ai vouvoyé en retour. Je n'avais rien du mutin. J'allais lire le règlement intérieur. Comprendre ce que la prison attendait de moi.

— Béthune est surchargé. Demandez à être seul en détention, m'avait dit l'avocate.

Plus de 300 détenus pour 180 places. Des cellules de 9 m^2 pour un, deux, trois hommes parfois, avec un matelas jeté sur le sol. Et aucun pain d'alouette à disputer aux rats.

— Je peux choisir la solitude?

Elle avait souri.

— Vous avez le droit de la demander.

J'étais seul. Je ne l'avais pas demandé. Ce privilège était systématique pour tous les arrivants. Entré dans le cachot, je n'ai pas osé bouger. Je suis resté debout au milieu de la pièce. Il était tard. Bruit de porte dans mon dos. Les gardiens me laissaient quinze minutes avant d'éteindre de l'extérieur.

— Vous visiterez demain. Vous aurez le temps, m'avait dit l'un d'eux.

J'ai déposé mon papier-toilette au pied des w-c, propres et sans rabat. J'ai eu peur que la cuvette soit au milieu de la cellule. Elle était cachée derrière un panneau, avec une demi-porte, ajourée en haut et en bas. Pas d'eau chaude au lavabo. Un poussoir d'eau froide, qui giclait violemment sur l'inox. Sur le carrelage, des restes de produits d'entretien. Une éponge, posée sur un bidon de Javel coupée à l'eau. Et un fond de produit vaisselle.

Je me suis assis sur le lit. La fenêtre était sombre. Elle s'ouvrait. Avec la nuit, je ne voyais pas les barreaux. Devant moi, une table, une chaise noire en plastique moulé, une armoire à étagères. Il y avait une télévision en hauteur, dans l'angle. Et sa télécommande posée sur le bras articulé. Les murs avaient la lèpre. La peinture cloquait, se détachait par endroits, griffée par une lumière jaune sale. Le plafonnier était rond, opaque. Il ressemblait à une lampe de coursive. J'ai regardé mes pieds nus sur le sol. Des dalles de PVC, froides et grises. À droite de l'entrée, un chauffage électrique. Et pas de poignée à la porte.

Je me suis couché comme ça, habillé des vêtements d'un autre. Je n'ai pas fait mon lit. Ni drap, ni taie. Je me suis enveloppé dans une couverture et j'ai gardé les yeux ouverts. Depuis la mort de Jojo, je me demandais ce que serait ma première nuit en prison. À l'instant même où j'avais découpé la photo de Dravelle dans le journal, je me l'étais demandé. Je venais en mobylette devant la maison d'arrêt de Béthune. Je me garais en face du grand portique. Je regardais les barbelés. À l'ouverture des portes, j'épiais la cour, les murs de briques, les deux étages de fenêtres minuscules.

Dans mon enfance, le mur d'enceinte était coupé en deux, badigeonné de bleu clair dans toute sa partie haute et de bleu foncé jusqu'au trottoir. Il partait en lambeaux. On disait que la prison allait bientôt fermer. Construite en 1895, insalubre, surpeuplée, elle faisait même honte aux gens honnêtes. En décembre 2014, lorsque je suis revenu à Saint-Vaast, la prison était toujours là. Le mur avait simplement été repeint. Rouge brique en bas, beige en haut.

J'ai longtemps rêvé que l'assassin de Jojo y pourrisse.

Et maintenant, c'était moi qu'elle retenait.

*

J'ai mal dormi. Au milieu de la nuit, un homme a crié. De l'autre côté du quartier, quelqu'un a tapé de longues minutes sur un tuyau de canalisation. Je ne ressentais rien. La peur me manquait. J'ai décidé d'attendre quelques jours avant de parler à mon avocate. Je voulais être seul. Rassembler les fragments de ma vie. Avant de raconter, il me fallait le silence. Je lui parlerais à elle, d'abord. Seul à seule. Ensuite nous irions voir la juge. Et je lui dirais tout. Cette image m'a tenu éveillé de longues heures.

Entre deux somnolences, j'ai cru être au jour de mon procès. Le matin même, vraiment. La mort de Jojo ne pesait plus sur moi. Ma vengeance était éteinte. Tout allait pouvoir être dit. J'ai même eu l'image d'un costume sombre. Mon reflet de cérémonie dans une porte vitrée. Chemise blanche et souliers cirés. J'étais habillé pour être jugé. Je n'avais plus les mains entravées. Je me suis assis dans le box, surveillé par deux mineurs en vêtements de deuil. Dans le public, il y avait Cécile. Elle portait une robe noire d'avocate, avec une drôle de toque qui ne lui allait pas. Elle m'a fait un geste de la main. Je l'ai saluée d'un signe de tête. Dravelle est entré à son tour, habillé d'un pyjama rayé, masque de fer sur le visage, dégoulinant de tubes. Les serpents de Méduse. Un forçat halluciné, conduit par deux gendarmes à bicorne et cocarde. Il a pris place à mes côtés. Il était pieds nus. Des chaînes entravaient ses chevilles. Il m'a regardé à travers l'acier. Il a toussé. Voix de caverne.

— Tu es là pour quoi, toi?

— J'ai tué mon frère.

C'est l'œilleton qui m'a réveillé. Un claquement. Puis la lumière. Puis le bruit de la porte. Je me suis assis sur le rebord du lit. J'avais dormi avec mes mules. Mon cœur battait. Je respirais mal. Quelqu'un venait d'entrer chez moi. Sans autorisation, sans prévenir, sans ménagement. Un inconnu dans ma maison. Comme l'infirmière, qui violait la chambre de ma femme. Bruit de clefs. Mon premier visage du matin. Un homme en blouse blanche, charlotte sur la tête. Je me suis levé. Il n'est pas entré. Il attendait sur le seuil, devant son chariot, main posée sur une louche. Je lui ai dit bonjour.

— Ton bol.

Derrière lui, un gardien en uniforme. Je crois qu'il lui a souri.

Mon bol. Il était sous les draps, au pied du lit. J'ai fait tomber mes cuillères sur le sol.

— On se dépêche, a grogné le gamelleur.

Il a rempli mon auge, m'a donné un morceau de pain et deux sucres.

— Faudra cantiner le sucre, il a dit.

Le gardien a refermé ma porte. Grincements de la roulante. Bruit de clefs à côté. J'ai tiré la chaise, je me suis assis à table. Le jour sale avait du mal avec le verre épais. J'ai compté les barreaux. Huit. Cinq en hauteur, trois en largeur. À travers, un coin de ciel et le haut du haut mur. Le liquide était chaud. Un goût de chicorée. L'odeur du matin, lorsque Jojo partait à la mine en refermant sa gourde. J'ai frissonné.

— Je suis prisonnier.

J'ai dit ça comme ça. Pour moi. Regard écrasé contre la lucarne. Puis j'ai fait mon lit. J'ai nettoyé la cuvette des w-c avec la vieille éponge et la Javel. Il me faudrait un balai, une corbeille à papier. J'ai déposé l'éclat de charbon dans un angle de l'étagère. Et puis j'ai attendu. À 11 heures, on m'a demandé si je voulais aller en promenade. J'avais droit à une demi-heure, mais j'ai refusé.

— C'est le lieu le plus dangereux de la prison, m'avait prévenu mon avocate.

L'endroit où le fort remarque le faible, où l'ancien capture le nouveau, où sont débusquées les futures victimes. Les gardiens sont absents de la promenade. Ils surveillent, mais n'entrent pas. Sous les filets de protection, entre les murs, sur le sable du terrain de volley, la loi est celle des captifs. Aude Boulfroy m'avait conseillé d'attendre un peu avant d'entrer dans la ronde. Prendre mes marques, connaître le visage de quelques détenus pour en faire des alliés. La cellule était ma protection. Ce lit, cette table, ces barreaux. Quand je serais conduit à travers la prison, lorsque je franchirais les portes une à une, le regard des autres dirait si je devais me méfier. J'étais presque un assassin. Mais je n'avais pas touché à un enfant, pas sali une femme. Je n'avais posé aucune bombe. Je n'étais pas voleur de pauvres. Ni un puissant privé de sa richesse. Juste un homme âgé qui avait essayé d'en tuer un autre. Un tiot du pays qui refusait de parler à la police, à la justice. Qui avait gardé la tête haute. La nuque raide. Et qui regardait les autres dans les yeux. Pas comme on défie, mais comme on respecte.

— La promenade n'est pas une obligation, a murmuré le surveillant en tournant sa clef.

À 11 h 30, on m'a apporté mon premier déjeuner. Du céleri rémoulade, du veau en sauce grise avec du riz. Il y avait aussi un yaourt blanc. J'ai pensé au plateau d'une compagnie aérienne bon marché. Entrée glacée, plat tiède. J'ai tendu mon verre avant qu'on ne me le demande. Et retrouvé ma place à table, face à la fenêtre prisonnière.

Je n'avais ni colère ni tristesse en moi. Je payais un crime. Je ne me plaindrais de rien.

À 15 heures, j'ai traversé l'aile de la prison pour la visite médicale. Un groupe de détenus rentrait de promenade. Nous les avons laissés passer. Leurs regards sur moi.

— Une nouvelle! a balancé un jeune en blouson.
— Trop vieille, a rigolé un autre.

Le médecin a pris ma tension. J'ai toussé. Il a regardé ma gorge, mes dents. Il a écouté mon cœur. Non, je n'avais besoin de rien. Je ne prenais pas de médicament. Je n'avais ni nausée ni angoisse. Quelque chose pour dormir?
— La fatigue, j'ai répondu.
Il m'a appelé Monsieur. Il m'a dit que je ne devais pas hésiter. Que la prison n'était pas le lieu du non-droit. Que lui était neutre. Pas là pour me garder, me surveiller ou me punir. Si mon corps protestait, il serait là. S'il renonçait, il serait là aussi. Pour l'aider à supporter la dureté du lit, la table, la chaise noire en plastique moulé, la lampe tempête, les barreaux de ma fenêtre. Pour l'aider à vaincre les courbatures, les douleurs, les vilaines idées que charrie la solitude. Non, il n'était pas psychiatre. Ni psychologue. Je les verrais bientôt. Seulement médecin de campagne.
— Campagne?
Campagne, comme à la guerre. Médecin des corps blessés et des regards inquiets.

À mon retour en cellule, j'ai entendu mon nom, crié dans un couloir.
— Flavent la carpe!
La carpe. L'homme qui se tait. Le contraire de la balance. Mon avocate m'avait dit que la presse locale s'était enivrée de mon crime. Après mon arrestation, des journalistes avaient hanté la région. La location de Saint-Vaast, le comptoir de «Chez Madeleine». Ils suivaient les enquêteurs. Des

policiers avaient raconté aux reporters amis que je n'avais pas même voulu leur dire mon nom. Au deuxième jour de ma garde à vue, Aude Boulfroy m'avait demandé si je voulais lire les articles. Ils disaient que j'étais une énigme.

— Un défi intéressant, avait dit ma juge.

Son mot avait fait le titre de *La Voix du Nord*.

Mais cela ne m'intéressait pas.

À 17 heures, j'ai refusé la promenade. La douche, aussi. À 18 h 20, le détenu à charlotte m'a apporté mon plateau.

— Flavent, gamelle.

Il m'avait appelé par mon nom.

Salade de betteraves, veau, purée, pomme. Je me suis assis à table. Froid, tiède. Je goûtais une presque habitude. Avant de dormir, j'ai rempli mon bon de cantine. Du sucre, du sel, du poivre, de l'huile et du beurre pour améliorer l'ordinaire.

*

L'expert psychiatre s'appelait Debeyzieux. Le psychologue, Ricaud. Deux hommes. Je les ai rencontrés à trois jours d'intervalle. Ils m'ont appelé Monsieur.

Debeyzieux m'a demandé où j'étais né, si j'avais eu des maladies dans l'enfance, une affection neurologique, un traumatisme crânien. Si je dormais bien. Si je buvais. Non, je n'avais jamais touché aux drogues. Si j'avais eu des antécédents psychiatriques ? Jamais. Pas non plus de traitement en milieu spécialisé.

— Pourquoi voulez-vous savoir tout cela ?

Il a levé les yeux. Regard étonné. Pourquoi ? Parce que c'était son travail. Une mission confiée par la juge. Mais rien ne m'obligeait à lui répondre. Que je parle ou non, il en tirerait des conclusions. J'ai eu un geste las. Allez-y, docteur. Nous avons discuté de mon père, de ma mère. Il m'a demandé si j'avais eu le sentiment d'être aimé. Il m'a parlé d'abandonnisme. Je n'avais jamais entendu ce mot-là. Syndrome d'abandon ? J'ai ri. Puis me suis excusé. Oui, bien sûr. J'avais été aimé et respecté. Mon enfance ? La mine lointaine. Son ombre portée sur nos terres paysannes. À ses questions, ses détours, sa façon de prendre des notes sans me quitter des yeux, je savais qu'il cochait des petites cases. Anomalie mentale ? Psychique ? Atteint d'un trouble neuropsychique au moment des faits ? Mon discernement avait-il été aboli, altéré ? Étais-je dangereux ? Accessible à une sanction pénale ? Curable, réadaptable ? En cas de condamnation, devrait-on me soumettre à une injonction de soins ?

J'ai refusé ses tests. Relier quinze noms à autant d'adjectifs, terminer des phrases qu'il commençait, commenter des taches grises et noires jetées sur du papier.

Mon avocate m'avait préparé à cet interrogatoire.

J'y ai répondu. Cécile, sa maladie. Sa beauté, sa force au moment de la mort. Mon travail de routier. Steve McQueen. Si j'avais eu des frères et sœurs ? Non. J'étais seul au monde. J'ai caché Jojo. La fosse 3bis. Le 27 décembre. Et aussi la mort de mon père. Ce n'était pas à Debeyzieux que je ferais des confidences. Et d'ailleurs, j'avais déjà trop avoué.

— Voulez-vous vous exprimer sur les faits ?

J'ai secoué la tête.

— Des regrets, peut-être ?

J'étais fatigué.

Alors il est resté sans un mot. Plus de question, seulement son regard. Il voulait m'obliger à rompre son silence. Puis il s'est levé, main tendue. Si j'avais besoin de parler, il était là.

Ricaud m'a reçu dans le même bureau vitré. Main tendue, lui aussi.

Pour la première fois depuis mon incarcération, j'avais décidé de ne pas coopérer.

— Selon vous, quelle est la chose la plus importante à faire en détention ?

Je n'avais pas compris la question. Il l'a posée une seconde fois. La plus importante ? Il testait ma personnalité. Intelligence, attention, habileté manuelle, affectivité, sociabilité.

— Il s'intéresse aux dimensions pathologiques éventuelles, m'avait prévenu l'avocate.

J'ai regardé le stylo inerte de l'expert. Je me suis penché.

— Quel est votre métier ?

Même regard que le psychiatre à l'enfant qui répond mal.

— Psychologue clinicien.

— La juge veut savoir si j'ai eu des carences éducatives, c'est ça ?

L'autre a fait semblant de consulter ses notes.

— Des carences affectives, peut-être ?

Il a écrit trois phrases rapides au bas de sa feuille.

— Si je suis réadaptable ? C'est ça ?

Je me suis levé. Il était le deuxième à me poser les mêmes questions. Il n'avait qu'à consulter le rapport de son collègue psychiatre. Je n'étais ni impoli, ni désagréable. Seulement terriblement fatigué. Les jours murés, les nuits barbelées. Ce quotidien morne m'épuisait. S'il vous plaît, plus de questions, Messieurs les spécialistes. Laissez-moi repasser les grilles, les portes, les sas, laissez-moi retrouver mon escorte, mon couloir, mon œilleton, ma chaise noire en plastique moulé, ma fenêtre opaque. Laissez-moi sur mon lit. Ne me dérangez plus, jamais. Ne me demandez plus de nouvelles de mon enfance. Ce n'est pas à vous que je parlerai.

*

Mes vêtements étaient arrivés dans l'après-midi. Madame Liénard, ma logeuse, les avait pliés dans deux sacs de supermarché. Et enveloppé mes chaussures de vieux linges. Elle n'était pas obligée de le faire. La prison m'avait refusé deux chemises, trois caleçons, deux paires de chaussettes et ma ceinture. J'avais trop de vêtements et la ceinture de cuir avait une boucle métallique. Au fond d'un sac, elle avait aussi glissé mon livre illustré sur les mines de Liévin au XIX⁰ siècle. Le seul ouvrage que j'emportais partout avec moi. Et qui avait été accepté en détention à titre exceptionnel, après avoir été soigneusement examiné.

À la faible lumière du jour, j'ai regardé une photo de 1889. Un groupe de haveurs, qui poussaient les charges. De boiseurs, chargés d'étayer les galeries. De hercheurs, qui faisaient circuler les wagons de minerai. De rouleurs, poussant les berlines. Ils étaient quarante-cinq au repos, en sabots et godillots. Ils posaient comme les élèves sur une photo de classe. Certains portaient la barrette de cuir bouilli. Les galibots avaient un bonnet. La mine ne connaissait pas encore les bleus de travail. Les tenues des gars étaient en lin blanc, pour marquer les blessures. Tous avaient une lampe accrochée à l'épaule. L'image montrait le chef porion au centre du groupe. Un homme à moustache, veste repassée, boutonnée jusqu'en haut. Il avait sa lampe, lui aussi, mais un visage sans traces. Blanc, propre, scintillant comme celui d'un notaire de Lens. Tous revenaient du fond, le visage barbouillé de suie. Et lui paradait en surface. J'ai passé deux doigts sur les tiots. La mine avait faim de ces petits d'hommes. Elle avait dévoré leur regard, leur sourire, leur enfance. Leur liberté aussi. Depuis que j'étais entré en cellule, je me sentais leur grand frère de captivité.

À 18 h 20, j'ai refusé le dîner. J'ai pris du pain pour la nuit, rien de plus.

Et puis j'ai écrit à Aude Boulfroy.

J'avais décidé de lui faire confiance.

Elle en ferait ce qu'elle voudrait, mais je voulais qu'elle sache.

J'allais lui offrir Jojo.

14.

Les aveux

(27 mars 2015)

— Nous avons combien de temps ?
— Tout votre temps, a répondu mon avocate.
Aude Boulfroy n'était pas en robe noire, comme devant les juges. Elle était venue me voir habillée comme une fille en printemps. De sa serviette, elle avait sorti le carnet blanc à spirale. Et un stylo. Elle avait abandonné le crayon à papier et la gomme. J'avais décidé de parler, elle avait décidé de conserver mes mots.
— Ça se passe comment ici ?
J'ai haussé les épaules.
Comme en prison. Ennui et désarroi. Elle a regardé autour d'elle. Elle connaissait cette pièce comme son propre bureau. Le parloir avocat était son domaine. Étroit comme un couloir. Deux chaises, une table, pas de fenêtre, des murs salis, un sol carrelé de gris, une meurtrière en verre dans la porte. Nous étions enfermés de l'extérieur. Ni gardien, ni enregistrement, ni surveillance d'aucune sorte. Elle et moi, simplement.
Elle a noté la date du jour en haut de la première page. Elle l'a soulignée. Puis tapoté la feuille sans lever les yeux. J'ai attendu ses yeux baissés pour parler.

— Mon frère est l'une des victimes de la catastrophe de Liévin.

Elle a levé la tête. Stupéfaite.

— Votre frère?

Un regard d'enfant.

— Joseph Flavent, mineur à la fosse 3bis.

Ses lèvres entrouvertes.

— Saint-Amé?

J'ai hoché la tête.

— Mon frère est mort le 22 janvier 1975 des suites de ses blessures.

Ma voix. Sans colère, sans émotion. Une réponse d'interrogatoire.

Elle avait mis une main sur sa bouche. Elle gardait le silence. Mes mots étaient trop immenses, elle ne voulait pas les effrayer. Sans me quitter des yeux, elle a noté quelque chose sur son carnet. Pas sur la première feuille, mais sur l'envers de la couverture cartonnée. Quelques mots à l'aveugle. Elle retenait une pensée soudaine.

— Vous avez voulu…

Elle a repris sa respiration.

— Vous avez voulu venger votre frère?

Oui, j'avais voulu venger Joseph.

Elle s'est mise à écrire. Mécanique, frénétique, une étudiante inquiète d'oublier les mots prononcés en chaire. Elle a relevé les yeux. Son regard murmurait.

— Racontez-moi.

Alors j'ai raconté.

La ferme de notre père, les rêves de Jojo, les voitures de course, Steve McQueen, le garage, l'entrée à la mine comme on part au front. J'ai raconté la beauté de mon frère. Son retour le midi, après son poste. Le bruit de la taillette, claquée sur la table de l'entrée. Le pain d'alouette. Ses ongles que je disputais fièrement au charbon. J'ai raconté ma volonté de le rejoindre au fond. L'armée des gens honnêtes qui passaient la porte de fer. Leur silence dans les épreuves. Le poison de la fosse 3bis. Son air vicié, sa poussière en gorge, le grisou dans l'ombre qui guettait ses victimes. J'ai raconté la remonte vers le jour. La salle de bains. Les vêtements de travail hissés par leurs cordes comme autant de pendus. J'ai raconté la fraternité, les hommes qui frottaient le dos des autres hommes. La solidarité des forçats du puits. J'ai raconté le 27 décembre 1974. Les sirènes au-dessus de la ville. Le petit jour maudit. Les femmes devant leur porte, attendant d'être veuves. Les enfants perdus, au milieu de la foule inquiète. Cette ville grise, marchant lentement vers Saint-Amé devenu sépulture. Les policiers qui ont empêché notre colère. Jojo vivant et puis presque mort. J'ai raconté l'hôpital. Le combat de mon frère pour la vie. Vingt-six jours d'agonie avant de rejoindre ses 42 copains. La ville l'avait oublié. La mine aussi. Sa fin misérable avait été étouffée par le grand drame. J'ai raconté son enterrement de rien. Trop tard pour les honneurs, trop seul pour l'Histoire. Inconnu au bataillon des braves. Ni sur les plaques de cuivre, ni dans les cœurs de pierre. J'ai raconté sa veuve, crachée par les vivants. Ma jeunesse sans Jojo. La mort de mon père. Sa fin de paysan. Sa lettre.

« Venge-nous de la mine. »

213

Cette terrible mission qu'il m'avait confiée. J'ai raconté ma vie après Liévin. L'adieu à la mine, au ciel, au charbon d'hiver qui crisse sous la dent, aux terrils de mon enfance. « Steve le Camion ». Le courage de Cécile, sa beauté au visage pâle. Son élégance devant la vie, son courage devant la mort. Combien elle avait enduré mes cauchemars, mes peurs, mes colères. J'ai raconté la fin de Cécile, morte comme ma mère, mon père, mon frère, une petite humanité assassinée par les Houillères ou saccagée par elles. Blessés à mort par ce que la Compagnie des mines avait fait d'eux.

— Saint-Amé a fait de ma famille des victimes et de moi un criminel.

À 11 h 30, il a fallu faire une pause. Horaires légaux. Retour en cellule, saucisses de bœuf et haricots. Le parloir a repris à 14 heures. Mon avocate avait déjeuné d'un sandwich dans le quartier. Je ne l'avais pas entendue de la matinée. Elle m'écoutait, écrivait, laissait parler mes hésitations. Elle s'est assise. Elle était tendue. J'ai pensé à ma femme, la première fois que je lui ai raconté décembre 1974. Cécile avait les yeux pleins de larmes. Aude écrivait comme on pleure. Elle laissait aller son stylo sur les pages quadrillées, les tournait vivement, revenait en arrière, écrivait dans les marges, ajoutait ici ou là quelques lignes le long des spirales.

— Saint-Amé a fait de ma famille des victimes et de moi un criminel, vous en étiez là.

214

Nous avions trois heures et demie devant nous. Et le lendemain si nous le voulions, et tous les jours suivants. Alors j'ai parlé de Dravelle. De ma traque, année après année. De ma conviction qu'il était responsable de la mort des 43. De mon plan, après la disparition de Cécile. L'abandon de tout ce que j'avais. Sauf la cache. Le mausolée élevé aux soldats du charbon. J'ai parlé de mon retour au pays. De la location de Saint-Vaast, près des terres de mon père abandonnées aux céréaliers. J'ai parlé de ma rencontre avec le chef-porion. De mes visites. De nos verres levés au-dessus des photos de nos femmes. De mes doutes. De mes regrets d'avance. De mon crime quand même. De mon soulagement à l'annonce de sa survie.

J'avais fini de parler mais elle écrivait toujours.

— Je crois que c'est tout.

Mon avocate a repris sa respiration. Elle s'est calée contre le dossier de sa chaise. Son regard disait qu'elle revenait de loin. Elle sortait de la cage, elle remontait du fond. Son visage était maculé de suie. Elle était harassée. Elle levait les yeux vers les chevalements. Leur souffle empêchait le sien. Elle avait vu la mort et croisé la beauté.

— Ça va?

Je lui avais demandé cela comme on s'adresse à un être fragile. Elle a souri.

— Ça va, oui.

Et puis elle s'est levée. Elle a refermé son carnet blanc, rangé son stylo. Pas un mot. Toujours pas. Elle ne voulait pas abîmer le silence d'après.

— Il faut que je digère tout cela, m'a-t-elle dit.

— Je comprends.

Après avoir refusé de donner mon nom, je venais de lui offrir ma vie.

Elle m'a regardé. Ce même sourire.

— Non, cette fois, c'est vous qui ne comprenez pas.

Elle s'était levée.

— Je crois que nous partageons une douleur commune, monsieur Flavent.

Je l'ai interrogée. D'abord du regard, puis d'un mot.

— Tout cela m'est tristement familier, a-t-elle simplement ajouté.

Avant de faire ouvrir la porte, elle s'est retournée.

— J'aimerais vous voir demain à 9 heures. C'est possible?

Oui, bien sûr. Qu'est-ce que j'avais d'autre, demain?

— Il faut que je demande la permission au juge?

Elle a souri.

— Un avocat n'a pas de permission à recevoir.

*

— Je n'ai pas dormi, a avoué mon avocate.

Moi non plus. Un type avait crié toute la nuit. Il hurlait au «salaud» et à la «charogne».

— Êtes-vous disposé à parler à la juge?

Oui. Je l'étais.

— Pensez-vous pouvoir tout lui raconter?

Oui. Je le pensais.

Elle a penché la tête sur le côté.

— Pourquoi ne pas avoir commencé par ça? Pourquoi avoir gardé le silence et refusé de donner votre identité?

— Je n'étais pas prêt.

— Et vous l'êtes ?

— Oui.

— Pourquoi ?

— Parce que vous l'êtes aussi.

Nous avons rédigé une lettre à la juge d'instruction. J'étais disposé à lui faire des déclarations. J'étais à sa disposition. J'écrivais à la main. Chacun de mes mots pesait une vie.

— J'attends ce procès depuis quarante ans.

Aude Boulfroy m'a regardé, étonnée.

— Les faits qui vous sont reprochés ne datent que de sept jours.

J'ai repoussé la remarque de la main.

— Je ne parle pas de ça, vous le savez bien.

Elle relisait notre lettre à la juge.

— Vous parlez de la mort de votre frère ?

J'essayais de croiser son regard.

— Bien sûr. Quoi d'autre ?

Elle a plié la lettre.

— Mais c'est vous qui êtes poursuivi.

Elle a posé son menton sur ses mains jointes. C'était mon procès, elle tenait à me le rappeler. Dans le box, il n'y aurait que moi.

— Mais les Houillères ont tué 43 mineurs, et personne n'a jamais été jugé !

Elle a hoché la tête.

— Admettons...

— Comment ça, admettons ?

Mon regard contrarié. Elle s'est penchée.

— Ce n'est pas Lucien Dravelle qui va devoir convaincre les jurés, mais l'homme qui a essayé de le tuer.

Mon avocate s'est levée. Elle a marché dans la salle étroite, comme dans une cour de promenade. Du mur à la porte, de la porte à moi. Elle avait glissé sa main gauche dans son dos, son index droit en crochet sur ses lèvres. Cette attitude serait celle de la plaidoirie.

— Mais je vous entends parfaitement, monsieur Flavent.

Je la suivais des yeux.

— Vous m'entendez ?

Elle regardait le plafond piqueté de taches brunes.

— Oui, je vous entends. Et je sais exactement de quoi vous parlez. C'est pour cela qu'il faudra rappeler ce qu'étaient les Houillères du Nord, la vie des mineurs, la dureté de leur métier, le mépris de leurs chefs. Mais je ne peux pas seulement vous défendre en convoquant les morts de Liévin.

J'étais déçu.

— Ce ne sera pas le grand procès de la mine ?

J'avais rêvé mon avocate en procureur, hurlant qu'elle allait faire payer ces salauds. Que les vieux mineurs, les silicosés, les veuves de décembre, tous viendraient témoigner, transformant le prétoire en tribunal populaire.

Je l'avais imaginée accusant les Charbonnages de l'assassinat de Joseph.

Mais elle me regardait calmement.

— Seul votre nom est écrit sur le dossier d'instruction, monsieur Flavent.

L'impatience me broyait le cœur. Un début de colère.

— Sans la mort de mon frère, je n'aurais jamais levé la main sur Dravelle!

— Ce sera justement le fond de votre procès.

Elle a passé une main dans ses cheveux.

— Mais, pardon…

Elle s'est assise à la petite table. A dessiné un vague sourire.

— Pardon pourquoi?

— Je ne suis pas très chaleureuse. Et la nuit a été rude.

Je l'observais toujours. Je n'avais jamais cessé. Ses yeux, son visage, ses cheveux, son dos en mouvement, sa main posée sur son genou. Elle a glissé le stylo dans la spirale de son carnet. Visage d'un gardien à travers la meurtrière.

Elle s'est penchée vers moi une nouvelle fois. Tellement proche que je me suis reculé.

— Mais souvenez-vous que Lucien Dravelle n'est rien, personne, un pauvre homme dévoré par la silicose. Et vous regrettez ce que vous lui avez fait.

Bien sûr, je regrettais.

— Vous souffriez tellement que vous vous êtes trompé d'attitude.

Oui, du regard.

— Jamais vous n'auriez dû vous en prendre à lui, n'est-ce pas?

Jamais, non.

— Ni à quiconque, d'ailleurs.

Jamais.

— Votre geste a été dicté par l'injustice faite à votre frère et à ceux de Liévin.

Par l'injustice, oui.

— Par une vie entière à espérer réparation.

Réparation, oui.

— Et par un besoin de vérité.

La vérité aussi, oui.

— Mais si c'était à refaire, si vous pouviez retourner au matin du 19 mars, dites-moi que vous rebrousseriez chemin.

Oui, du regard.

— Dites-le-moi.

— Je rebrousserais chemin.

Elle était lumineuse. Une perle de sueur a coulé de sa tempe sur sa joue.

— Dites-le-moi encore.

— Jamais je ne le referais.

— Et vous direz tout cela aux jurés ?

Je n'ai pas répondu. Je ne savais pas encore si je leur parlerais.

Aude Boulfroy rangeait ses affaires.

Je gardais le silence.

*

La greffière avait cessé de taper à la machine. Dans le bureau de la juge d'instruction, les regards étaient douloureux. J'avais enlevé mon alliance, je la caressais du doigt dans ma paume. J'avais parlé presque trois heures. À aucun moment, la magistrate ne m'avait quitté des yeux. Raide dans son fauteuil au début de mon audition, elle s'était peu à peu affaissée, mains jointes en cathédrale sur les lèvres. À côté de moi, Aude Boulfroy notait toujours. Le bras gêné par la manche ample de sa robe noire, elle rajoutait, raturait, surlignait une phrase en vert fluorescent. J'ai parlé à la juge comme je m'étais confié à mon avocate un mois plus tôt. Enfance, frère, mine, catastrophe. À cette vie de vengeance, j'ai ajouté mon regret éternel. Être jugé serait le moyen d'expliquer les raisons de mon crime, être condamné serait le moyen de le payer. Et j'acceptais les deux. Il le fallait. Pour rendre des comptes à ma victime, à la société et à moi-même. Toute ma vie j'avais été aveuglé par la colère, je demandais à finir mes jours soulagé de ce poids.

La juge a regardé le ciel à travers la fenêtre. Les nuages murmuraient la pluie.

— Je propose une pause, maître.

Mon avocate s'est tournée vers moi. Une pause ? Oui, bien sûr. Tout ce qu'elle voulait.

Les gendarmes m'ont reconduit en cellule. L'un d'eux était un géant roux, le visage grêlé par une mauvaise maladie d'enfance. Au lieu de me tenir par la longe, il m'a pris délicatement par le bras. Je ne m'attendais pas à ce geste. Son collègue a eu l'air surpris. Le militaire m'a guidé comme ça, dans les couloirs du palais. Arrivé dans la cage, il m'a enlevé les menottes en s'excusant de les avoir passées.

— Mon père était piqueur à la fosse n° 11 de Béthune.

Il a dit ça juste avant de refermer la grille. Son regard profond dans le mien. Il était ému. Pas un mot de plus. Deux gamins assis sur le trottoir, mangeant fièrement leur pain d'alouette.

— Avez-vous la lettre-testament de votre père ?

J'ai regardé la juge. Mon avocate. La juge encore.

Pas ici, non. Quelque part dans mon box, à Paris. Glissée dans un livre, je crois, mais je ne savais plus lequel.

La magistrate a eu un mouvement de recul.

— Vous ne savez plus lequel ? Une lettre qui vous a suivi votre vie entière ?

Je ne savais plus, non. J'avais une idée mais je n'étais plus très certain.

— La clef récupérée par les enquêteurs est bien celle qui ouvre votre box ?

Oui, 23 avenue Missak-Manouchian.

La juge a relu ses notes. Elle a inspiré fort. Elle m'a expliqué qu'elle lançait une autre commission rogatoire. Qu'elle confiait à des policiers le soin de vérifier ce que je venais de lui avouer, d'interroger des témoins, de perquisitionner mon box, de saisir tout ce qui pouvait contribuer à la manifestation de la vérité. Qu'elle considérait cette affaire comme prioritaire.

— Je reste en prison ?

— Après une tentative d'assassinat dont le mobile reste encore à prouver ?

Elle s'est appuyée contre le dossier de son fauteuil.

— D'après vous, monsieur Flavent ?

*

L'escorte. Le couloir souterrain. Le portique de la maison d'arrêt. Mon lit, ma table, ma chaise noire en plastique moulé. Retour aux caméras impudiques, à la ronde des feux quand le jour tombe, aux rondes d'écoute quand la nuit cogne, aux bruits de clefs, de pennes électriques, d'œilletons claqués, de grilles, de portes, tout ce métal qui emprisonne les heures. J'avais emprunté *Germinal* à la bibliothèque. Mon père m'en avait parlé, mon frère l'avait lu deux fois mais je ne l'avais jamais ouvert.

« Dès quatre heures, la descente des ouvriers commençait. Ils arrivaient de la baraque, pieds nus, la lampe à la main, attendant par petits groupes d'être en nombre suffisant... »

J'avais mal. Chaque mot, chaque phrase me renvoyait au drame. Je pensais que Zola serait un secours, c'était ma mauvaise conscience. Il ne m'apaisait pas. Il me replongeait avec violence sur le carreau, à attendre que mon Jojo remonte. Il me traînait par le col au milieu des veuves et des orphelins. Et quand je levais les yeux de ma lecture, je me heurtais aux murs de ma cellule. Je n'allais pas suivre Étienne Lantier jusqu'au bout. J'allais quitter la famille Maheu, la jeune Catherine, la brutalité de la Compagnie des mines, la violence des soldats.

De jour en jour et de page en page, ce livre était devenu un barreau de plus.

15.

La sidération

(Mardi 22 septembre 2015)

Les matins ressemblaient encore à l'été. Ils perçaient ma lucarne. Dans la chaleur de la prison, nombreux étaient en short, en maillot, les pieds nus dans des tongs ou des claquettes. J'avais trois pantalons de toile. Ni survêtement, ni jogging. Je portais des chemisettes et une paire de mocassins.

— Tu en jettes, Milord, m'avait dit « Fafiot », le vieux détenu chargé de la bibliothèque.

Il était parisien, tombé pour faux papiers. Il ne les utilisait pas, il les fabriquait. Après les cartes d'identité cartonnées et les passeports bleus, il s'était spécialisé dans les titres de séjour pour étrangers. Les récépissés, commodes à imiter, ou les cartes de résident, avec fausse puce et hologrammes approximatifs. Dans un contrôle de rue, ça passait, assurait-il. Mais c'était plus facile avec une baby-sitter moldave qu'avec un manœuvre congolais. Il avait été balancé une première fois en 1970. Et terminait sa neuvième peine dans un an.

— Soixante-huit piges dont quarante-trois à l'air libre, Milord !

Quand je lui avais raconté qu'on m'avait refusé une tenue bleu marine, un polo à manches courtes et un pantalon à pinces, Fafiot avait éclaté de rire.

— Et quoi encore? Tu ne pensais pas coudre une bande bleu clair sur ta poitrine et trois barrettes blanches tant que tu y étais?

Depuis il m'appelait «Monsieur le surveillant principal».

J'étais venu lui rendre *Germinal*. Il m'a retenu alors que je quittais la pièce.

— Tu oublies une lettre dans ton bouquin, Milord!

C'était un courrier de mon avocate, reçu la veille. La commission rogatoire était rentrée. La juge allait m'interroger. Les délais étaient exceptionnellement courts. La magistrate avait décidé de traiter mon dossier en priorité.

Le 22 septembre, après avoir beaucoup écrit à Aude Boulfroy, j'ai décidé de lui téléphoner pour la première fois. Les cabines étaient dans la cour de promenade. Je m'y aventurais peu. Et j'avais refusé d'utiliser le portable illégal d'un détenu.

*

— Aurons-nous un parloir avant mon audition?

— Le plus tôt serait le mieux, monsieur Flavent.

Sa voix avait changé. Des mots de glace. Et puis le silence.

— Maître?

J'ai cru qu'elle avait raccroché.

— Je suis là, oui.

Mon cœur battait fort.

— Qu'est-ce qui se passe?

— Nous en parlerons demain matin.

Son souffle au milieu du grésillement. Puis elle a coupé la communication.

Je n'arrivais plus à respirer. Mes jambes lasses. Mes oreilles bouchées. Des détenus parlaient fort dans le couloir. Un autre brandissait son smartphone devant moi en riant. Le vacarme des autres n'était plus qu'une rumeur. J'avais la tête sous l'eau, dos tourné à la promenade, front et main gauche écrasés contre la brique.

Le mur des lamentations, disaient les détenus.

*

— Qu'est-ce que c'est que cette comédie?

Mon avocate était venue sans robe.

— Pardon?

Elle était debout contre la porte, bras croisés, regard clos, la voix basse.

Cécile à l'heure des comptes.

J'ai ouvert les mains.

— Que se passe-t-il?

— C'est à vous de me le dire.

Je la regardais sans répondre.

— Pourquoi êtes-vous parti sur cette histoire?

J'ai baissé les yeux.

— Quelle histoire?

Elle a inspiré très fort.

— Je ne vous juge pas, monsieur Flavent. Je n'attends pas qu'un client me dise la vérité.

Elle s'est assise. S'est relevée. Ne tenait pas en place.

— Mais pourquoi m'avez-vous raconté tout ça?

— Parce que c'est ça la vie, a répondu Joseph.

Elle était dos au mur, mains dans les poches.

— Vous continuez à vous foutre de moi?

J'ai levé la main, je n'avais pas de réponse.

— Vous voulez que je vous résume la situation?

Main toujours levée.

Elle a tiré sa chaise, s'est assise face à moi, a claqué un maigre dossier sur le bureau.

J'avais trop chaud. Je voulais retourner au silence de ma cellule.

— Votre frère ne fait pas partie des victimes du 27 décembre 1974 à Saint-Amé, monsieur Flavent.

J'ai soutenu son regard.

— Mon frère était mineur.

Ma voix, quatre mots ensablés.

— Oui, mais il a été blessé la veille de la catastrophe, dans un accident de mobylette.

J'ai glissé mes mains entre mes cuisses.

— Et c'est vous qui conduisiez.

Je n'aimais pas sa voix. Sa sécheresse. Une institutrice qui rend un devoir bâclé.

— Il y a eu 42 morts le 27 décembre 1974. Et Joseph Flavent n'était pas parmi eux.

J'ai fermé les yeux. Il fallait que je sorte d'ici. J'ai murmuré.

— Vous vouliez que je vous dise la vérité, vous l'avez.

Elle a ouvert les bras.

— Sauf que ce n'est pas celle rapportée par les enquêteurs.

J'ai regardé cette jeune femme, assise au milieu de la pièce. Son visage pâle, ses taches de rousseur, ses cheveux blond vénitien coupés en carré. Que savait-elle de ma vie?

— Mon frère a été tué par la mine.

Elle ne me quittait plus des yeux.

— Non, il est mort à cause d'un accident de la route.

Je ne reculais pas.

— Il faisait partie de l'équipe du matin, le 27 décembre.

— Il a été accidenté cinq heures avant de prendre son poste.

— Il aurait dû descendre avec eux.

— Mais il n'est pas descendu avec eux.

J'ai crié.

— Mais putain, qu'est-ce que ça change!

Mon avocate s'est raidie. Un surveillant a ouvert la porte. Je me suis levé. Un réflexe de prisonnier. Elle m'a questionné.

— Tout va bien, merci.

L'homme a hésité. Je ne le connaissais pas.

— Merci, monsieur, a répété Aude Boulfroy en souriant.

Il est sorti. Il a refermé la porte.

Elle s'est approchée de moi. J'étais resté debout. Elle a murmuré.

— Ce que ça change?

Je ne savais quoi faire de mes mains. J'ai croisé les bras. Ce geste ne m'allait pas.

— Ça change que monsieur Dravelle n'a pas tué votre frère. On ne peut pas raconter ça à une cour d'assises. On peut plaider des tas de choses sur la mine, son inhumanité, sa violence, ce que vous voulez, mais pas que votre geste a été dicté par la vengeance. Vous n'êtes pas le frère d'une victime de la fosse 3bis.

Je ne comprenais pas.

— Nous sommes tous victimes de la mine.

Elle était agacée.

— Pas vous, non.

Je suis retourné à la table.

— Mon frère aurait dû mourir le 27 décembre.

— Vous voulez dire qu'il aurait pu, monsieur Flavent ?

L'avocate et le camionneur.

— La mine a tué mon frère, j'ai répété.

Elle s'est assise. Elle allait parler, j'ai levé la main.

— Elle l'aurait tué, mon frère, de toute façon, et vous le savez. Ce jour-là ou un autre jour, qu'est-ce que ça change ?

L'avocate a inspiré, puis chassé l'air longuement par la bouche. Elle se calmait, les yeux au plafond, mains croisées derrière la nuque. Cécile institutrice, face aux cancres du fond.

— La mine a tué votre frère ? C'est ce que vous allez dire à la juge ?

— Je ne lui dirai plus rien.

Revenue à moi.

— Pardon ?

— C'est fini. Je ne lui dirai plus rien.

Une moue sur son visage.

— Je n'ai aucun jugement à porter là-dessus. C'est votre droit.

— Voulez-vous continuer à me défendre ?

— Si vous gardez le silence, je n'en vois pas l'utilité.

J'ai haussé les épaules. Ce n'était pas de l'indifférence mais de la lassitude.

— J'ai besoin de vous, maître.

— Et moi j'ai besoin de votre confiance.

Elle m'a tendu la main par-dessus la table. Je l'ai serrée comme on se retrouve.

— La mine a tué mon frère, maître.

Aude Boulfroy a hoché la tête. Sourire triste.

— Vous avez de la chance que Dravelle soit vivant.

*

Mon avocate m'attendait, debout devant le bureau de la juge d'instruction. Elle lissait le rabat de sa toge en fermant le dernier bouton. Les gendarmes m'ont enlevé les menottes. Je me suis assis au milieu d'eux, sur le banc. Et nous sommes restés comme ça, elle surveillant le couloir, moi observant mes poignets rougis. Lorsque la greffière a entrouvert la porte, les gendarmes m'ont fait lever. Mais la juge est apparue à son tour.

— Maître ? Pouvez-vous venir un instant ?

Mon avocate s'est avancée.

— Dans ce dossier, nous allons de surprise en surprise.

La magistrate a eu un geste pour mon escorte. Je pouvais me rasseoir.

Les trois femmes sont entrées seules dans le bureau.

Lorsque Aude Boulfroy est revenue vers moi, elle avait une chemise cartonnée à la main.

— La commission rogatoire est rentrée par petits bouts. Ce sont les deux dernières pièces. La juge les a reçues ce matin.

Elle a tapoté la liasse de papiers du revers de la main.

— Je regarde et je vous dis.

Elle est allée s'asseoir de l'autre côté du couloir, sur un banc face au mien. Je l'observais. Elle lisait, levait les yeux vers moi. Lèvres, front, mains nerveuses, tout disait la contrariété.

— Ça n'a pas l'air très bon, m'a soufflé un gendarme.

Les policiers avaient retrouvé la dernière lettre de mon père dans l'un de mes livres sur la catastrophe de Courrières, en 1906. Ils avaient aussi rassemblé la procédure complète sur la mort de Jojo. Mon avocate m'a demandé si je voulais en prendre connaissance, si nous reportions l'audition comme la juge le lui avait proposé. J'ai refusé d'un geste.

Je voulais que demain soit un autre jour.

*

Assise à son bureau, la juge d'instruction me regardait fixement.

— Vous nous posez un vrai problème, monsieur Flavent.

Ses yeux très bleus.

— Un sacré problème, même.

232

Elle semblait désorientée. Vexée, aussi. Sa greffière hésitait, devant l'écran lumineux de son gros ordinateur. Elle me regardait avec méfiance, comme si j'étais contagieux.

— Et donc, vous avez aussi décidé de garder le silence à votre procès ?

J'observais les traces de semelles qui rayaient le sol. Les chaussures des interrogés laissaient des marques grises.

— Maître ?

Mon avocate m'a regardé.

— Je crois que c'est effectivement sa décision.

La magistrate a soupiré.

— Connaissant maître Boulfroy, je ne pense pas qu'elle soit à l'origine d'une telle attitude.

J'ai baissé la tête.

— Les jurés vont vous juger sur ce que vous leur direz, monsieur Flavent.

Silence.

— Les circonstances atténuantes, cela vous dit quelque chose ?

Les traces sur le sol.

— Ce n'est pas mon rôle, mais sachez que vous n'aidez pas à votre défense.

Les deux femmes se sont regardées. Elles semblaient bien se connaître. L'une était venue au secours de l'autre, sous le regard étonné de la greffière.

Aude Boulfroy a souri. À peine. Quelque chose de doux sur le visage.

— Je ne suis pas satisfaite, sachez-le, a repris la juge d'instruction.

Je n'osais plus la regarder. Sa voix suffisait à la dureté du regard.

— Vous privez la justice de vos explications. Vous auriez pu nous raconter les choses telles que vous les voyez. Nous permettre de vous comprendre.

Un temps.

— De vous soulager aussi, peut-être?

Elle jouait nerveusement avec la perle grise qui pendait à son cou.

Du bout de ma chaussure, je déplaçais un trombone oublié sur le sol.

— Si vous refusez de répondre à mes questions, je vais être obligée de clore. Mais ce n'est pas de gaieté de cœur, croyez-moi.

Elle a refermé le lourd dossier posé devant elle.

— En fait, monsieur Flavent, je suis en colère contre vous.

Ne pas lever la tête, ni les yeux. Le trombone éraflait le parquet sous ma semelle.

— Même si c'est votre droit, vous ne vous rendez pas service.

Mon avocate allait de la juge à moi. Des regards inquiets et brefs.

— Et je n'ai pas la patience d'un juge pour enfants.

Tournée vers Aude Boulfroy:

— Votre client va-t-il persister dans son silence, maître?

Vague moue de l'avocate. La juge a hoché la tête.

— Quel gâchis.

Elle a refermé la sangle de la chemise cartonnée.

— Je vais ordonner une nouvelle expertise psychiatrique et nous en resterons là.

Ses mains à plat sur le dossier.

— Vous ne me laissez pas le choix, monsieur Flavent.

La greffière a tapé quelques mots sur son clavier.

— En urgence, l'expertise.

J'ai signé le procès-verbal d'interrogatoire.

Puis la juge a lancé un regard au gendarme, resté au fond du bureau.

— Je crois que vous pouvez reconduire ce monsieur.

Elle s'est levée légèrement. Elle a tendu la main à mon avocate, par-dessus son bureau. Pas un mot pour moi, plus un regard.

— Je préfère être à ma place qu'à la vôtre, maître Boulfroy, a-t-elle lancé au moment où je quittais son cabinet.

Elle avait voulu que je l'entende.

Mes menottes. Mon escorte. Mon couloir sous la rue. La maison d'arrêt. Ma cellule.

*

Quelques jours après mon interrogatoire, la presse avait parlé.

«*Il s'invente un frère mort à la catastrophe de Liévin*», titrait *Nord Matin*.

«*Une vie dans l'ombre d'un héros fictif*», racontait *Nord Éclair* sur une pleine page.

235

Un voisin de cellule m'avait proposé les journaux, j'avais refusé de les lire. Alors il m'a parlé du box perquisitionné, de l'accident de mobylette, de moi qui conduisais. En quelques lignes, les journalistes avaient tout saccagé. Leurs mots puaient la vengeance. Après avoir sangloté sur le frère de mineur, ils rouaient de coups celui qui les avait émus. Ils m'en voulaient. Ils en voulaient aux enquêteurs de ne pas avoir fait le lien entre l'accident et moi. Ils en voulaient à Jojo de ne pas être mort à la mine. Ils s'en voulaient d'avoir cru à la belle histoire ouvrière.

— Tu ne veux même pas savoir ce que les psychiatres pensent de toi?

Non. Je ne voulais pas. On m'a dit qu'il y avait aussi des articles dans la presse nationale, avec des spécialistes qui se disaient médecins. Ils se demandaient depuis quand je prétendais Jojo mort dans la mine. Était-ce un mensonge? Une abolition du discernement? Est-ce que je jouais un rôle ou est-ce que je croyais ce que je racontais? Une seule personne avait refusé de répondre aux journaux: mon avocate. Elle disait «réserver sa parole à la cour d'assises». Je lui ai écrit une lettre, pour la remercier. «Pas de quoi», m'a-t-elle répondu.

Après «Flavent la carpe», celui qui refuse de répondre aux flics et aux juges, j'étais devenu «Flavent le dingue». «Milord» était mort. Plus personne ne moquait gentiment «Monsieur le surveillant principal». Un soir, France 3 avait diffusé un reportage sur mon affaire. Des images de 1974, des vues du monument aux morts, du chevalement de Saint-Amé. Ma photo de prisonnier arrivant au palais de justice, des interviews de Mainate, de madame Liénard, ma logeuse. Lorsque Jacky Delgove est apparu à l'écran, j'ai éteint la télévision. Mon patron parlait de «Steve le Camion». Un tumulte est monté des cellules. «Vive Steve McQueen!» a crié un gars. «C'est pour quand la grande évasion, dingo?» a hurlé un autre. Concert de gamelles, de coups sur les tuyauteries. L'œilleton de ma cellule a claqué. Je me suis assis à table, coudes sur le plastique noir et paumes sur les oreilles.

*

Le directeur de la prison est venu me voir en octobre. Il voulait savoir comment j'allais. Mon moral, ma vie en prison. Il m'a dit que certains détenus étaient agréables. Que je n'avais rien à craindre d'eux. Bientôt, je devrais partager une cellule. Même superficie, deux lits. Cela me ferait une compagnie. Parce que cela devait être difficile pour moi de tourner seul en rond depuis sept mois. Ma cellule était fouillée chaque jour. Ils avaient changé ma literie. Mes draps, mes couvertures en toile avaient été remplacés par du papier tissé. Ils craignaient que je me suicide. J'avais mis des semaines à le comprendre. Ce n'est pas un codétenu qu'ils me proposaient, mais un veilleur de nuit. Ils allaient me déménager. Ce n'était pas négociable. Une question d'espace et de sécurité. J'avais protesté, mais le directeur a répondu qu'il fallait laisser la place aux entrants. Nous serions deux. Ni trois, ni quatre, seulement deux entre quatre murs. Mon avocate m'a dit que j'avais de la chance. Mais qu'être deux, c'était vraiment entrer en prison.

Depuis le jeudi 26 décembre 1974, chaque soir mon cœur renonçait. Il faiblissait avec le jour qui meurt et cessait de battre au milieu de la nuit. Enfant à Liévin, adulte à Paris, il ne voulait plus de moi. Endormie la main sur ma poitrine, Cécile me réveillait parfois en disant qu'elle ne l'entendait plus. La nuit, il m'abandonnait. Le jour, il cognait trop fort. Depuis la mort de Jojo, mon cœur me faisait mal. Je n'ai jamais compris pourquoi j'étais vivant. Pourquoi je revenais à l'aube. Tous ces matins pour rien.

16.

Le jour d'avant

(Liévin, jeudi 26 décembre 1974)

Joseph, serré tout contre moi. Lui sur le porte-bagages, jambes écartées par les sacoches comme un cow-boy de rodéo. Moi penché sur le guidon, main droite agaçant la poignée d'accélération. Il était bras en l'air. Il chantait fort. Des chansons à lui, sans paroles ni musique, des mots de travers que la bière lui soufflait.

Les hurlements de notre moteur réveillaient la ville endormie.

— C'est comme ça la vie, a murmuré mon frère.

Jamais je n'avais été aussi fier.

J'ai tourné devant l'église Saint-Amé, l'école de mon enfance, laissant derrière nous les hauts murs, les grilles rouillées, la fosse. Jojo a regardé la porte de fer, le chevalement. Il s'est raidi. Il avait cessé de chanter. Un instant, j'ai pensé qu'il avait peur de redescendre au fond de la terre. Il a frissonné. Il m'a enlacé plus fort, ses mains sous mes aisselles. Il s'est penché, ses lèvres contre mon casque.

— La mine va tous nous tuer, tiot.

Je me suis retourné. Son visage était douloureux.

— Tu m'entends, galibot?

Dans le bruit du moteur, j'ai hoché la tête.

— On va tous y passer, les uns après les autres.

Il s'est penché, ses mains posées sur les miennes. Il a poussé les gaz.

— Elle a faim de nous, cette garce!

Nous étions dans la grande rue. Brusquement, il a tourné le guidon.

— On y retourne!

Ses doigts écrasaient les miens.

— On va à la mine, tiot! On va lui pisser dessus, c'est tout ce qu'elle mérite!

Nous avons heurté le trottoir. Fait demi-tour. D'un geste du bassin, il a rétabli l'équilibre.

— Allez, on attaque les Houillères!

J'étais penché sur le volant, le poids de mon frère dans le dos. Il riait. Il m'écrasait. Il conduisait en faisant de larges embardées, comme s'il évitait des obstacles invisibles. Je ne maîtrisais plus rien. Jojo me protégeait. Je n'avais pas peur. J'ai fermé les yeux. Nous roulions vers la mine. Il chantait faux. Il avait toujours chanté faux. Il prenait la voix rocaille de Raoul de Godewarsvelde, en faisant des vagues avec son corps.

Quand la mer monte,
J'ai honte, j'ai honte
Quand ell' descend
Je l'attends

Il appuyait en rythme sur la sonnette. Il hurlait dans la nuit des ordres de porion. Il criait que deux Quinquins allaient arroser la fosse 3bis pour mouiller la poussière. Une pisse honnête contre le grisou du patron. Il avait posé son menton sur mon casque. Les roues dansaient sur les pavés. Le guidon écrasait mon torse à chaque cahot de la rue. Les mains de mon frère me faisaient mal. Il se servait de mes doigts pour freiner, repartir, freiner. J'étais prisonnier de lui tout entier. Nous avons tourné à droite vers la fosse, glissé sur une plaque de verglas. Il maintenait la manette des gaz à fond.

— Michael Delaney reprend le contrôle! a hurlé mon frère.

Il a enlevé ses grandes mains, abandonnant le guidon glacé aux miennes.

Et il a glissé ses doigts sous mes aisselles.

— Non! Pas de chatouilles!

Je me suis dégagé d'un geste du bras.

— Regarde la route, tiot galibot!

Et puis il a ri. Son beau rire de grand frère.

Et je n'ai pas pu remettre la main sur le guidon. La roue est partie sur la droite. Elle s'est échappée en hurlant. Je n'ai pas pu la redresser. J'ai tout lâché. J'ai heurté le trottoir. Je l'ai frappé de face. Un trottoir haut, qui longeait le mur de la mine. Mon frère est passé par-dessus. Il n'a pas crié, pas protesté, rien.

— La mine va tous nous tuer, tiot.

Je me suis jeté en arrière. Il n'était plus là. J'ai vu ses grands bras qui battaient la nuit comme les ailes d'un oiseau. Je suis retombé sur le côté, tête protégée par le casque. J'ai roulé sur le sol, comme nous dévalions des terrils d'été. *La Gulf* s'est dressée brusquement, presque à la verticale. Un cheval qui vient de désarçonner son cavalier. Elle s'est couchée sur la rue. Moteur emballé, rideau d'étincelles blanches. Et tout s'est embrasé. Huile chaude, gomme brûlée. La mobylette en flammes a raclé le sol, frappé un lampadaire par le milieu. Phare arraché, garde-boue projeté contre la brique. Un dernier morceau de ferraille tourne en rond, comme une toupie qui meurt. Et puis le silence. La lueur du brasier mourant sur les façades désertes. Quelques lumières pâles, allumées une à une derrière les vitres du coron. Je tremblais. J'avais froid. Ma joue posée sur un miroir de glace. J'avais mal nulle part et partout à la fois. Je me suis assis. Mes mains, mes jambes, mes pieds. Je bougeais. J'ai passé mes doigts dans la bouche. Je m'étais mordu la lèvre. Je n'avais pas perdu de dents. J'avais heurté le mur. Je m'y suis adossé. Il y avait du sang sur mon écharpe blanche. Mon nez me faisait mal, mon menton.

— Jojo?

Un type est arrivé en courant. Je connaissais cet homme. Il m'a demandé de ne pas bouger. De ne pas enlever mon casque. De rester comme ça, contre le mur, à attendre les secours.

— Jojo?

Je cherchais mon frère dans la nuit. Il n'était pas sur le trottoir, pas non plus sous la ferraille.

Une voix.

— Attention, il a le crâne ouvert!

D'autres voix.

— Doucement les gars, il est brûlé de partout!

Des ombres.

Ils transportaient mon Jojo.

242

Une femme a posé une couverture sur mes épaules.

— Tu es un Flavent, c'est ça?

J'ai hoché le casque. Dans ma chute, la lampe frontale s'était allumée. Je tremblais. Un mineur au fond après le coup de poussière, accablé, tête brisée, les oreilles douloureuses et les yeux pleins de larmes. Deux policiers sont arrivés. Un homme en blouse, qui m'a relevé.

— Tes parents ont le téléphone?

Un policier a éteint ma lampe de casque. Ma lumière le fouillait.

— Tu vis où, gamin?

Saint-Vaast-les-Mines. Je vis à Saint-Vaast avec Jean mon père et Marie ma mère. Ils sont agriculteurs. J'ai aussi un chien. Un malinois belge qui s'appelle Braf. Demandez à mon frère, Joseph. Il vous dira tout. Il est mineur. Il travaille à la fosse 3bis. Il prend son poste à 4 h 30. Dans quelques heures. Demandez-lui. Il faut qu'il me ramène. Je dors chez lui, en ce moment. À Liévin. J'ai ma chambre. Mais je dois rentrer. Sylwia va s'inquiéter. C'est sa femme, Sylwia. Elle va bientôt lui préparer son briquet et sa gourde. Non, elle ne sait pas que nous sommes sortis. Jojo voulait prendre l'air avant de dormir. Bu? Non. Il n'avait pas bu. Et puis c'était moi qui conduisais. Oui, c'est moi. J'ai seize ans. Où nous allions? Chez nous. On rentrait chez nous. Je crois que c'est une plaque de verglas. Je ne l'ai pas vue. Je n'ai pas vu le trottoir. Il faut nous laisser maintenant. On doit rentrer chez nous.

*

243

Je n'ai pas reconnu Jojo. Avant d'entrer dans la chambre, ma mère m'avait prévenu.

Il y avait deux lits dans la pièce. J'ai hésité. D'un côté, un visage entièrement bandé, un bras levé, prisonnier d'une attelle. De l'autre, une figure gonflée et noire. Je suis resté au milieu, en regardant mon père sans un mot. J'allais ressortir, il m'a pris par le bras. Il m'a conduit à Joseph. Le visage noir, c'était lui.

Son grand corps était plâtré. Je ne voyais rien de sa chair, à part ce visage ravagé. Ses paupières gonflées pendaient sous ses yeux clos, son nez était brisé, ses lèvres fissurées. Des pansements de gaze recouvraient ses joues orange, barbouillées de désinfectant. Sa tête était bandée. Son front, jusqu'aux sourcils. Il avait un tube dans la bouche, un tuyau dans le bras. Son nez, son menton, son cou, ce que je voyais de lui était balafré, criblé d'esquilles noires. Le charbon était incrusté sous ses chairs. Les mineurs avaient tous cette même peau. Ma mère m'a proposé un siège. Pour quoi faire ? Je n'ai pas voulu rester. Au chevet de mon frère, Sylwia me regardait. Tous m'observaient. Je n'ai pas compris ce qu'ils attendaient de moi. C'était comme s'ils me jugeaient. Je me suis dit qu'ils m'en voulaient. D'être debout, de respirer. Ils me reprochaient d'être en vie.

Mon frère est parti sans ouvrir les yeux, le 22 janvier 1975, vingt-six jours après ses 42 camarades.

17.

L'impasse

(Lundi 9 novembre 2015)

Le psychiatre avait lu mes dépositions. C'est même par cela qu'il a commencé.

— J'ai lu les procès-verbaux d'interrogatoires.

Il avait étalé une trentaine de feuilles sur le bureau, devant lui.

Il a relevé la tête.

— Je rencontre beaucoup de gens qui espèrent éviter la prison, mais ce n'est pas votre cas.

Ce n'était pas une question.

Le médecin ne m'avait pas demandé si je dormais bien, si je mangeais normalement. Il ne m'avait montré aucune tache d'encre comme son collègue Debeyzieux. Il ne voulait pas que je lui raconte mes nuits, mes jours. Ni que je termine ses phrases pour débusquer mes mots.

— C'est de votre plein gré que vous vous êtes constitué prisonnier.

Il a pris une feuille. L'a lue.

— C'est vous aussi, qui souhaitez être jugé.

Il s'appelait Adrien Croizet. Il m'avait tendu la main en me donnant son nom.

— Et qui demandez à être condamné, bien sûr.

En entrant dans le bureau, j'avais décidé de garder le silence. De ne répondre à aucune question, mais voilà qu'il n'en posait pas. J'ai frissonné. J'étais nu, pour la première fois depuis mon arrestation. Sans être protégé par ma cuirasse de houille.

— Alors je tiens à vous rassurer tout de suite.

Il avait capturé mon regard.

— Puisque c'est votre volonté, je n'arrêterai pas la marche de la justice.

D'autres feuilles dans ses mains. J'ai reconnu le procès-verbal de police.

— Certains ont assez d'intelligence pour tenter d'éviter le procès, d'autres ont assez de courage pour vouloir l'affronter.

Il a rassemblé les documents dans une chemise violette.

— Votre silence a été constant tout au long des interrogatoires. Et je ne vais pas, à mon tour, vous obliger à cet exercice dégradant.

Et puis il a tiré un cahier noir de son cartable.

— Voulez-vous savoir quelles seront mes conclusions pour madame la Juge?

J'ai détourné la tête. Il a souri.

— Bien sûr, pardon.

Il a claqué l'élastique de son cahier, ouvert la page au signet.

— Tout ce que j'ai lu me laisse penser que vous n'êtes pas atteint d'un trouble psychique ou neuropsychique. Ni en cet instant, ni au moment des faits.

Il lisait, relevait les yeux, cherchait mon regard absent.

— J'estime même que votre silence est une preuve de lucidité.

J'étais au fond d'une impasse de briques, après une terrible course-poursuite, contre le mur, et cette ombre inquiétante qui avançait derrière moi.

— Vous relevez de la justice, non de la psychiatrie.

Alors je me suis retourné. Je n'ai pas décidé de faire face mais de faire front. Je me suis penché, coudes sur la table, mains jointes sur les lèvres, mon regard plongé dans le sien. Cécile réfléchissait toujours ainsi avant de parler.

— Vous n'êtes pas dangereux, vous êtes normal, monsieur Flavent.

— Vous faites ça souvent ?

Le psychiatre a sursauté.

— Quoi donc ?

— De délivrer vos conclusions au sujet que vous examinez.

Il a refermé son cahier.

— Jamais.

— Alors pourquoi moi ?

Son sourire, encore. Ni narquois ni satisfait, un éclat de bienveillance.

— Pour entendre votre voix.

J'ai haussé les épaules.

— Mais encore ?

— Pour vous redonner le droit à la parole.

L'ombre s'approchait de moi. Elle ne me menaçait plus.

— Vous savez que je ne répondrai pas à vos questions.

— Et si je vous demandais de ne répondre qu'à une seule ?

J'ai croisé les bras sur la table. J'ai attendu.

Alors il s'est penché vers moi. Ses yeux dans les miens. Deux êtres en confession.

— Pourquoi avoir, pendant toutes ces années, patiemment, méthodiquement et avec autant de détails, mis tout en œuvre pour être arrêté, jugé et emprisonné?

J'ai murmuré.

— Un criminel ne doit pas échapper à la justice.

Il a penché sa tête sur le côté.

— Un accident de mobylette n'est pas un crime, monsieur Flavent.

— Non! Pas de chatouilles!

Je me suis dégagé d'un geste du bras.

— Regarde la route, tiot galibot!

J'ai repoussé ma chaise d'un mouvement de dos. Je me suis levé. Le médecin me suivait des yeux. Il était resté comme ça, penché sur la table, lèvres ouvertes à demi.

Je ne savais pas quoi faire de moi. Debout dans la pièce, une main posée sur un coin de la table. Je regardais le psychiatre. Je rassemblais tout ce vide dans ma tête, dans mon ventre.

— Vous ne serez pas jugé pour la mort de votre frère.

L'ombre m'entourait, la brique m'empêchait de fuir.

— Elle a déjà fait de votre vie une prison.

J'ai porté la main à mon front. J'avais pris froid. La fièvre, depuis ce matin.

— Vous ne pensez pas avoir déjà assez payé?

Nous avions terminé. J'ai tendu la main le premier.

— C'est la mine qui a tué mon frère.

Le psychiatre a hoché la tête.

— Vous le pensez, en tout cas. C'est mon intime conviction, monsieur Flavent.

18.

Le procès

Cela faisait plusieurs semaines que je n'avais pas eu de nouvelles de mon avocate. Je n'en avais pas demandé. En deux ans, elle m'avait visité de nombreuses fois. Après l'expertise psychiatrique, d'abord. Pour savoir comment je me sentais. Puis lorsque j'avais été changé de cellule. Pour savoir comment je vivais. Après la mort de Claudette Liénard, ma logeuse, emportée par une mauvaise grippe au milieu de son papier peint. Pour savoir ce que je ressentais. Plusieurs fois, elle a essayé de me faire parler de l'affaire. J'ai refusé de répondre. Je l'avais prévenue. Je voulais une présence, pas un interrogatoire. Alors elle a insisté, quand même et malgré tout. Elle disait que je devais l'aider à m'aider. Elle posait des questions, toujours les mêmes. Sur mon enfance, sur Joseph, sur la mort de mon père, sur sa lettre, sur moi. Elle voulait savoir depuis quand j'avais décidé de punir Dravelle. Et depuis combien de temps j'avais préparé mon retour au pays. Au quatrième parloir, elle n'a pas sorti son carnet blanc et son crayon à gomme. Et peu à peu elle a renoncé.

251

— On ne prépare pas un procès en se regardant dans le blanc des yeux, elle a dit.

Elle n'était pas en colère. Seulement embarrassée par mon silence. Et moi, encombré par ses questions. Il y a plusieurs mois, elle avait soufflé :

— Vous vous souvenez du 27 mars 2015, lorsque vous m'aviez demandé combien de temps nous avions pour tout nous dire ?

Je me souvenais.

— J'aurais tellement aimé reprendre cette conversation en confiance.

Nous n'avons plus parlé de Joseph. Jamais. Ni de moi. Ni de rien. Elle venait réconforter son prisonnier, voilà tout. Elle voulait savoir comment se comportait l'administration pénitentiaire. Qui était mon codétenu. Ce que je mangeais. Si je sortais en promenade, si je travaillais. Elle aussi voulait être certaine que je tenais à vivre. Je lui répondais sans la rassurer. Mais nos rencontres étaient devenues mes refuges.

Un jour, je l'ai tutoyée. Un mot de trop, sans prendre garde. Sa jeunesse, ses yeux de Cécile, ma solitude. Elle avait souri. D'accord. Je pouvais lui dire « tu », elle m'appellerait Michel. Mais je savais que rien n'avait été oublié.

Une phrase d'elle me hantait, prononcée alors que je lui racontais le mépris des Houillères.

Elle m'avait dit :

— Je sais exactement de quoi vous voulez parler.

Plusieurs fois, j'ai essayé de comprendre. Que savait-elle, « exactement » ?

Mais elle ne m'avait pas répondu non plus. Je lui disais « tu ». Elle répondait « Michel ». Et c'était bien assez pour affronter mon jugement.

*

Fafiot était au premier rang du public. Libéré six mois plus tôt, il était venu me rendre visite. Costume bleu clair, cravate jaune, chemise rose et gilet gris, il avait repris ses couleurs d'homme libre. Et son masque de vieux voyou, avec ses cheveux blancs lissés en arrière et ses lunettes de notaire retenues par un cordon. Lorsque je suis entré, il s'est incliné légèrement. L'hommage de celui qui est sorti à celui qui vient tout juste d'entrer. Un policier détachait mes menottes, mais c'est lui que je regardais. Je l'avais connu en pantoufles de prisonnier, et je le retrouvais en prince. À côté de lui, une grande Africaine. J'ai souri. Bouffée de tendresse. J'imaginais la jeune femme lestée de dizaines de permis de séjour.

— L'endroit est impressionnant, vous verrez, avait prévenu maître Boulfroy.

Un palais épiscopal, soustrait à l'Église par la Révolution en 1795. L'ancienne salle à manger de l'évêque était devenue le tribunal correctionnel. Et les assises siégeaient dans la chapelle. Abside couverte d'une voûte à caisson, parquet luxueux, marqueterie élégante.

— Bonjour Michel.

Aude Boulfroy m'a tendu la main.

Elle dans son box, moi juste au-dessus, dans le mien.

253

Lucien Dravelle est entré en fauteuil roulant manuel, vieil appareil pliant, tout simple. Un jeune homme le poussait. Et lui respirait bouche ouverte, canules à oxygène dans le nez.

Au premier rang du public, des journalistes. Derrière, des pauvres gens.

J'avais mis un costume gris, chemise blanche, souliers cirés. J'étais habillé pour être jugé.

Sonnette. La cour est entrée. Un président, deux assesseurs. Des hommes, tous. L'avocat général était un homme aussi. Jeune, blond, il m'observait, calé dans son fauteuil.

J'allais m'asseoir.

— Je vous demanderai de rester debout, s'il vous plaît, a dit le président.

Mon avocate était levée aussi, tournée vers moi, son bras sur le rebord de ma tablette.

— Quels sont vos nom, prénoms, âge et profession?

Voilà. C'était ici. C'était maintenant. Mon procès.

J'ai répondu, lèvres contre le micro. Le nom de mon père, le prénom que ma mère avait choisi, mon âge, le métier que la vie avait décidé pour moi.

Et puis j'ai dit:

— La mine a tué Joseph Flavent, mon frère.

Le président m'a jeté un bref regard.

— Nous parlerons de cela plus tard. Asseyez-vous, monsieur Flavent.

Il a plongé la main dans une urne noire.

— Nous allons maintenant procéder au tirage au sort des jurés.

J'ai regardé la salle. Elle était bondée. Au fond, dans les rangs du public, un vieux en bleu de travail, son habit de jeunesse. Il tenait un casque de mineur sur ses genoux.

« *Le procès d'un homme ou celui de la mine ?* » avait titré le journal ce matin.

Lucien Dravelle ne me regardait pas. J'ai baissé la tête. La cour avait arrangé un espace pour son fauteuil, entre son avocat et les pièces à conviction.

Dans le caisson de Plexiglas installé face à la barre des témoins, j'ai reconnu mes vêtements, étiquetés par la justice. Mon bleu de travail, l'écharpe blanche de Michel Delanet. Et les habits de Jojo. Son blouson de toile grise, ses chaussettes blanches. Et son casque aussi, posé sur la chaînette et les crochets du vestiaire. Mes carnets à spirale étaient tenus ensemble par un large élastique. Le manche de la masse dépassait d'un papier marron, mal ficelé d'une grosse corde. Et le singe de Cécile bâillait.

Je ne ressentais rien. J'ai regardé mon policier de droite, puis celui de gauche. Depuis mon arrestation, j'étais habitué à la présence des uniformes.

Mon avocate a renvoyé quatre jurés chez eux.

— Je récuse toujours le premier de la liste, m'avait-elle expliqué.

Pourquoi ? Comme ça. Un problème lors de sa première affaire criminelle. Elle avait perdu son procès à cause du juré nº 1. Elle ne m'en a pas dit plus. Mais c'était devenu une habitude, une superstition. Et une façon de signifier qu'elle ne céderait sur rien.

Elle a rejeté un employé, retraité de la SNCF et responsable local de la Ligue des droits de l'homme. Puis une femme de ménage. Un journaliste agricole et un chef d'entreprise. L'accusation a récusé un seul témoin. Un vieil homme très digne au nom polonais. Il était habillé en dimanche. Il est retourné s'asseoir, comme s'il venait d'être puni. Quatre hommes et deux femmes avaient pour tâche de me juger.

*

— Monsieur Flavent, je vais vous demander toute votre attention. Et je réclame aussi la vôtre, mesdames et messieurs les jurés. En préambule de ce procès, je vais vous faire lecture de l'acte d'accusation. En français, monsieur Flavent, je vais présenter de façon concise les faits qui vous sont reprochés, à charge et à décharge, sans manifester une quelconque opinion sur une éventuelle culpabilité.

Le président a rapproché le micro flexible de ses lèvres. Je me suis tassé.

Ma mère, mon père, mon frère, un sombre défilé. Il les a fait entrer un à un dans la salle. Il les a présentés au public comme un dresseur de chiens. Marie Flavent, Jean Flavent, Joseph Flavent, mes cadavres jetés à la foule. J'ai fermé les yeux. Les mots du magistrat bousculaient mes images. Il énonçait des faits, j'accueillais mon enfance.

La femme d'amour, l'homme de glaise, le fils de charbon. Leurs visages, leurs voix. Notre famille, le soir autour de la table, respectant la parole et le pain. L'odeur de la chicorée dans les tasses. Le cœur battant de la vieille horloge. Le papier peint dans la cuisine. Le lourd buffet flamand, aux têtes d'anges sculptées. Les casseroles de cuivre pendues pour faire beau au-dessus du fourneau lustré. Mon vieux livre d'enfance, ouvert grand et lu à voix haute.

Le président m'a fait entrer à l'école, au collège, au lycée. Il m'a installé au guidon de la mobylette. Il a fait chanter Joseph derrière moi. Il nous a accidentés. Il a allongé Jojo sur un brancard. Il l'a installé sur son lit d'hôpital. Il l'a couché dans son cercueil. Il l'a recouvert de terre. Il lui fallait raconter cette tombe pour gravir mon chemin. Pour comprendre ce qui allait suivre. Il a raconté ma présence à l'enterrement des martyrs de Saint-Amé. Il m'a montré enquêtant sur Lucien Dravelle, découpant sa photo dans les journaux, collectionnant les articles sur la catastrophe de la fosse 3bis. Il m'a fait attendre la mort de Cécile pour claquer notre porte à deux. Vendre tout ce que nous avions. Revenir au pays pour me venger. Il m'a raconté avec Mainate, «Chez Madeleine». Il m'a fait tendre la main au porion. Il a lu mes carnets à spirale. Il m'a vu entourer de rouge la date du 19 mars 2015 dans mon agenda. Il m'a raconté, habillé en mineur, quittant la maison de Saint-Vaast au petit jour.

Il m'a vu sonner chez Pépé Bowette.

Les jurés écoutaient. Leurs visages ne répondaient rien. Certains me jetaient de brefs regards mais évitaient le

257

mien. Ils cherchaient un signe pour que les choses soient dites.

Le président m'a raconté frappant Dravelle. Il a décrit ses chairs lésées, son sang au coin des lèvres. Il a parlé de sa respiration malade. De sa résistance à vivre. De son endurance. Il m'a fait me taire face aux gendarmes et aux policiers. Puis raconter le 27 décembre à ma juge. Il a détaillé l'enquête, ses découvertes, ses surprises. Michel Delanet, l'accident de mobylette. Il a parlé de mon refus de relever la tête, de lever les yeux, d'ouvrir la bouche.

Il a souhaité qu'enfin, je profite de ce procès pour rompre le silence.

*

Le président avait terminé. Il m'a demandé de me lever. Je me suis levé.

J'avais prévenu mon avocate. Elle l'avait annoncé à la cour d'assises. Le ministère public avait été mis dans le secret. Je ne répondrais à aucune question. Ce procès serait sans moi.

— C'est ce que vous direz aux jurés pendant ces trois jours qui importe, le savez-vous?

Silence.

— Savez-vous qu'un procès d'assises est une seconde instruction? La dernière chance pour l'accusé de tout reprendre depuis le début? De s'expliquer et de nous expliquer?

Silence.

— Ce que vous avez sur le cœur, vous pouvez enfin tenter de nous le faire comprendre.

Silence.

— Vous auriez tort d'ignorer la dernière possibilité qui vous est offerte.

Silence.

— Je vous demande de rester debout, monsieur Flavent.

Le président a enlevé ses lunettes. Autre ton.

— Le mutisme ne vous interdit pas la politesse.

Mon avocate s'est levée à son tour.

— Je pense que mon client est fatigué, monsieur le Président.

— Fatigué de mentir...

Le jeune avocat général a parlé.

Il avait dit cela sans regarder personne. Son micro était ouvert. Il a été surpris d'entendre sa voix. Il a sursauté. S'est excusé d'un geste. C'était un homme à la peau hâlée. J'ai pensé aux belles joues des enfants en colonie de vacances. À une publicité pour le soleil.

Le regard du président allait de l'accusation à la défense. Il balayait la salle, aussi. Le public silencieux, les journalistes locaux, ceux venus de Paris. Il a croisé le regard de la dessinatrice d'audience qui le croquait. Il s'est arrêté sur Dravelle et l'avocat de la partie civile, un bel homme à crinière blanche.

J'ai fermé les yeux. Jojo faisait le clown dans la salle. Il imitait le chevalement en riant.

— Mais pourquoi donc avoir inventé toute cette histoire?

— Parce que la vie c'est comme ça, a répondu mon frère au président.

— Et pourquoi vous en prendre à un homme qui ne vous a rien fait?

Aude Boulfroy notait les questions du magistrat. Quatre stylos devant elle. Elle surlignait chaque mot, chaque ligne. Jaune, vert, orange, bleu, la totalité de ses feuilles était colorée.

— Pour donner réalité à une chimère?

Je n'osais pas lever les yeux.

— Pour vous convaincre du bien-fondé de cette illusion?

Je me suis penché vers mon avocate. Elle s'est retournée. Nos regards. Son embarras. Elle avait dit qu'elle essayerait quand même de me poser des questions. J'avais choisi de me taire mais je ne pouvais pas l'obliger au silence.

Le président Charvet continuait.

Il voulait savoir mon enfance, ma famille, la terre de nos ancêtres, la mine de mon frère, la mort de Cécile, mais je n'avais pas le cœur à répondre.

— Et sur la dernière lettre de votre père, vous ne voulez pas vous exprimer non plus?

Je rentrais la manche de ma chemise dans ma veste.

— Parce qu'elle est importante, cette lettre.

J'ai levé les yeux. Le président la tenait entre ses mains, brandie comme une preuve.

— Elle dit tout de vous, cette lettre.

Une jurée a hoché la tête. Une dame rousse qui voulait savoir.

— Ce document a été brièvement abordé dans l'ordonnance de mise en accusation, mais j'aimerais le relire pour la cour, si vous le permettez. Pour que chacun comprenne.

Mon avocate s'est retournée, levée vers moi à demi. Ses yeux de petite fille. Je n'ai pas su si elle m'encourageait à réagir ou si elle me conseillait de ne pas le faire.

Et puis le président a lu. Le désespoir de mon père, violemment offert à des inconnus.

Cette lettre, mon père l'avait laissée dans son pantalon. Un mot pour moi et pour moi seul. L'écriture était belle. Ma mère avait découvert le message et me l'avait tendu sans un mot. Je crois même qu'elle ne m'a pas regardé le prendre. Sa main, la mienne, et cette mort entre nous. Puis elle m'avait tourné le dos.

Ce jour-là, Jojo, à cet instant, Cécile, après avoir lu cette lettre Monsieur le Président, Messieurs de la Cour, Mesdames et Messieurs les jurés, j'ai su que je ne partirais jamais de notre pays. Que cette douleur ne me quitterait plus. J'ai compris que la disparition de mon frère et le sacrifice de mon père feraient de moi un captif. Je m'éloignais du chevalement, mais j'y reviendrais un jour. Plus tard, bien après, quand tous ceux qui avaient à mourir seront morts. Quand tous seront rangés au fond d'un cimetière. Quand vous ne serez plus là, ni les uns ni les autres, ni les amis, ni les ennemis, ni les connaissances, ni personne pour m'aimer, me protéger ou me juger.

— Répondez monsieur Flavent. Rien non plus sur cette lettre ?

Non de la tête.

— J'ai peur que vous ayez épuisé votre capital sympathie, a murmuré le magistrat.

Et cette manche de chemise qui dépassait de ma veste sombre.

La partie civile ne m'a pas interrogé. Ni sur ma personnalité, ni sur les faits. Chaque fois que le président donnait la parole à l'avocat de Dravelle.

— Une question, maître ?

L'homme aux cheveux blancs levait la main, et répondait d'une voix profonde.

— Pas de question, monsieur le Président.

Je n'ai pas non plus croisé le regard de l'avocat général. Il repoussait la parole d'un geste de la main. Il ne cessait d'écrire. Et répondait qu'il parlerait lorsque le temps serait venu.

— Pourquoi refusez-vous de vous exprimer ?

La question d'une jurée, l'après-midi, à la reprise de l'audience.

Elle l'avait écrite sur une feuille de carnet, qu'elle avait fait passer au président.

Le magistrat l'a lue. Il a réfléchi un instant, puis s'est penché au micro.

— Madame souhaite savoir pourquoi vous avez choisi de garder le silence.

Une femme aux cheveux roux, avec un visage tout simple. Depuis le début de l'audience, elle recherchait mon attention.

Le public s'est tourné vers moi. L'avocat général, le président, les assesseurs, les jurés. Des journalistes attendaient, stylo levé. D'autres agaçaient déjà le clavier de leur ordinateur.

Mon filet de voix.

— Je ne suis pas prêt.

J'ai baissé la tête. J'ai fermé les yeux. J'ai cherché le regard de Jojo.

— Pardonnez-moi, madame.

Le journaliste de la télévision a quitté la salle, comme si l'arrêt venait d'être rendu. Dans l'assistance, quelques murmures. Deux voix déçues. Une femme a protesté d'un soupir de théâtre. J'ai regardé l'homme habillé de bleu, son casque sur les genoux. Lui n'a pas bougé. Il n'a rien dit. Il ne s'est pas indigné. Mon avocate me regardait. Elle s'est penchée sur ses dossiers. J'ai observé Pépé Bowette. Il caressait sa paume gauche avec son pouce droit. Son corps lui faisait mal. À l'audience, il a toussé deux fois, visage écrasé dans la saignée du bras. Tellement violemment que le président a été obligé de s'interrompre.

— Souhaitez-vous que nous suspendions ?

Mais Lucien Dravelle avait eu un geste de la tête. Merci, non. Une délicatesse.

*

— Découvrir un homme nu et barbouillé de noir à côté d'un autre qui paraît sans vie, oui, ça n'est pas très commun, monsieur le Président.

263

Les policiers, les gendarmes, venus raconter mon crime à la barre.

Non, l'individu n'avait jamais parlé de son frère ou fait référence à la mine. Jusqu'à ce que ses empreintes le dénoncent, il disait s'appeler Delanet. Très calme, oui. Il se taisait mais il est resté poli. Coopératif, même. Non, les analyses toxicologiques n'ont rien donné. Ni alcool, ni médicament, ni drogue.

Les policiers étaient mal à l'aise. Je les avais vus chez eux, dans leurs bureaux, allant et venant dans les couloirs en maîtres. Mais là, devant la cour, mains agrippées à la barre, ils tanguaient. Écrasés par la voûte, les regards, l'armée des juges.

— Je m'étonne quand même qu'à ce stade, vous n'ayez pas fait le lien entre l'accusé et l'accident de son frère. L'enquête aurait pu être plus rapide, non ?

Le capitaine de police cherchait ses mots.

— Nous étions partis de Delanet et...

— J'entends bien, mais une fois que le nom de Flavent est sorti, cela ne vous a rien dit ?

Le policier ne répondait pas. Il me dévisageait.

— Vous avez un suspect du nom de Flavent, qui a manifestement essayé de tuer un ancien contremaître de Saint-Amé, puis un autre Flavent, qui était mineur dans ce même puits, et tout cela ne vous évoque rien ?

— C'était il y a plus de quarante ans, monsieur le Juge.

Le magistrat, sans relever la tête :

— Monsieur le Président, s'il vous plaît.

Il consultait son dossier.

— Mais cet accident de mobylette avait fait un peu de bruit en ville ?

Le policier me regardait toujours.

— C'est-à-dire qu'il y a eu…

— Adressez-vous à la cour, monsieur.

L'autre a rectifié sa position.

— Excusez-moi. C'est-à-dire qu'il y a eu la catastrophe le lendemain.

Le président a hoché la tête.

— Et le grand drame a effacé le petit, c'est bien ça ?

Aucune question de la partie civile. L'avocat général a renoncé aussi.

— Pour la défense, maître Boulfroy ?

Mon avocate s'est levée.

— Monsieur Flavent peut-il dire à la cour quels ont été les derniers mots de son frère, sur la mobylette ?

Aude n'a pas croisé mon regard. Elle est restée dressée, face aux jurés.

— Ce n'est pas une question au témoin ?

— C'est une question en rapport direct avec l'accident.

Le président a hésité. Il s'est tourné vers moi.

— Monsieur Flavent ?

Je me suis approché du micro. Voix faible.

— Il a dit : « La mine va tous nous tuer. »

Le président a mis sa main en cornet sur son oreille.

— Pardon ?

— La mine va tous nous tuer, c'est ce qu'il a dit.

Aude Boulfroy a repris la parole. Elle s'adressait à la cour.

— C'est la dernière phrase de Joseph Flavent, épuisé par le travail et la peur au ventre d'y retourner. Il a dit à son jeune frère que la mine allait les tuer. Lui et tous les autres.

Protestation de l'avocat général. Geste impatient du président.

— Vous plaiderez mercredi, maître. Une question, pour le témoin?

— Pas de question pour l'instant.

*

— Nous avons lu votre rapport avec intérêt, docteur Croizet. Et nous savons que vous avez la particularité – rare – d'être aussi efficace à l'oral qu'à l'écrit.

À la barre des témoins, le psychiatre s'est incliné.

— Et contrairement à certains de vos collègues, vous souhaitez être compris.

Quelques rires dans la salle.

— Mais dans l'affaire qui nous préoccupe, je vous demanderais de redoubler d'efforts, afin que mesdames et messieurs les jurés entendent bien ce que vous avez à nous dire.

— Je vais faire mon possible, monsieur le Président.

En entrant dans la salle, le médecin avait eu un geste de la tête pour moi. Un salut.

Il a déposé son cartable à ses pieds. Puis jeté un bref regard à un papier plié, avant de le ranger dans sa poche de veste.

— En cas de doute, n'hésitez pas à me reprendre, monsieur le Président.

Le magistrat a souri.

Après sa visite en prison, j'avais donné le nom de Croizet à Aude Boulfroy. Qui était cet homme qui ne posait pas de questions? Elle m'avait expliqué. C'était un habitué des assises. Un expert fin, à l'aise en public, qui ne faisait pas rire la salle, ni bâiller les magistrats.

— Voulez-vous savoir quelles seront mes conclusions? m'avait-il demandé en prison.

Et voilà qu'il les détaillait devant la cour. Sans rien lire, sans s'aider d'aucune note. Les bras le long du corps. Un soldat au rapport. Mon enfance, la mort de Jojo, la catastrophe de Liévin, l'agression contre Dravelle. Le voilà qui reconnaissait ma responsabilité entière. Qui affirmait que j'étais accessible à une sanction pénale. Le voilà qui me disait normal en tout.

Le président, regard sombre.

— J'ai peur de ne pas bien comprendre, docteur. Monsieur Flavent a passé sa vie à prétendre que son frère était mort à cause de la catastrophe de Liévin. Il a abusé sa femme, ses amis, ses proches, ses collègues, tout le monde autour de lui. Il s'est fait appeler Delanet au moment où il a été arrêté et les conclusions que vous en tirez c'est qu'il est normal?

Le médecin a souri.

— Entendons-nous: c'est une personnalité problématique mais normale, au sens où l'examen du sujet ne révèle aucune anomalie.

— Aucune anomalie? a interrogé le président.

— Aucune, non. Ni mentale ni psychique. Et mon confrère, le Dr Debeyzieux qui l'avait examiné avant moi, était arrivé à la même conclusion.

— Mais enfin, construire sa vie sur une légende !

— Ce n'était pas une légende, mais une issue de secours, monsieur le Président.

— Que voulez-vous dire ?

— Il a inscrit son drame personnel dans la mémoire collective.

Le président a observé les jurés. Certains prenaient des notes.

— Et ?

— Et demandé à être jugé pour cela.

Le magistrat s'est calé contre son dossier.

— L'accusé voulait être jugé pour la mort de son frère, c'est ce que vous nous dites ?

Le psychiatre a hoché la tête.

— Ce sont effectivement mes conclusions.

Mes tempes me faisaient mal. J'avais soif. Je voulais que ce type s'en aille.

— Vos conclusions, c'est qu'il a commis un crime pour en payer un autre ?

Oui, encore.

— Et vous trouvez que cela fait de lui un homme normal ?

— Je dirais « border line », mais oui, normal au sens de la responsabilité pénale. Monsieur Dravelle était l'élément clef de son processus de culpabilité. S'attaquer à lui, c'était se faire prendre. Monsieur Flavent l'a frappé pour être démasqué.

Le président mordait son petit doigt. Il paraissait contrarié. Regard à ses assesseurs.

— Mais nous ne sommes pas ici pour juger un accident de mobylette!

Je ne respirais plus. Je me suis levé. Mon avocate s'y attendait. Sa main sur mon bras.

— Michel!

Un policier s'est dressé à mon côté.

— Veuillez vous asseoir monsieur Flavent, a dit le président.

Je me suis approché du micro.

— Je demande à quitter le procès.

Mouvement dans la salle.

— Un peu de silence, s'il vous plaît.

Dravelle a levé les yeux vers moi.

Le président s'est tourné vers ses assesseurs.

— L'audience est suspendue.

*

— Mais vous pensiez que cela se passerait comment, Michel?

Nous étions seuls, mon avocate et moi.

— Vous pouvez vous taire, mais vous ne pouvez pas empêcher les autres de parler.

Je grattais la table en bois de l'ongle de mon pouce.

— Et si je refuse de revenir?

269

— Vous pouvez être jugé en votre absence.

Elle a cherché un mouchoir sous sa robe.

— Ou le président peut vous faire amener devant la cour par la force.

— C'est légal ?

— Il en a le droit, oui.

J'ai secoué la tête.

— Je ne peux plus entendre tout ça.

— Mais vous l'avez voulu ce procès, Michel.

Nous sommes restés comme ça. Nos deux respirations. Les murs sales. Le sol carrelé, le néon blanc. Moi avec mon ongle, elle avec son mouchoir.

— Que voulez-vous faire ?

J'ai inspiré longuement.

— Tu en penses quoi ?

— On y retourne ?

— On y retourne.

*

L'avocat général posait ses questions, mais c'est à la cour que le psychiatre répondait.

— Dans votre éthique, on se garde d'aborder la vérité des faits, n'est-ce pas ?

— Effectivement. Il n'appartient pas à l'expert de se prononcer là-dessus.

Le représentant du ministère public observait les pièces à conviction.

— Rappelez-nous pourquoi un psychiatre est commis par un juge d'instruction.

— C'est-à-dire ?

— Pouvez-vous définir votre rôle exact pour mesdames et messieurs les jurés ?

L'expert a regardé le sol, puis posé les mains sur la barre. Un geste élégant et tranquille.

— Je participe à l'évaluation de la responsabilité subjective et morale d'un accusé.

— En français ?

Sourire du médecin.

— Je suis là pour vous éclairer. Pour vous dire si un individu est malade ou pas. Pas pour juger s'il est coupable ou non.

— Et vous pensez nous avoir éclairés ?

En vieil habitué des prétoires, Adrien Croizet n'avait pas un regard pour l'accusation.

— J'espère l'avoir fait, monsieur le Président.

— En ce qui me concerne, je suis loin d'être convaincu, a repris l'avocat général.

Le psychiatre attendait la suite.

— Pourquoi un homme qui, selon vous, désirait ardemment être jugé, refuse de répondre le jour de son procès ? Où est la logique ?

— Il s'est enfermé dans un piège. En sortir lui prendra du temps.

L'accusateur avait relevé la manche de sa robe. Veste grise et chemise bleue.

— Quel piège ? J'ai du mal à vous suivre, docteur. Il se souvient de l'accident ? Il ne s'en souvient pas ? Comment peut-il à la fois s'estimer coupable d'un fait et en tenir la mine pour responsable ?

Le psychiatre m'a effleuré des yeux.

— Ces deux attitudes ne sont pas incompatibles, monsieur le Président. Il peut admettre les circonstances de la mort de son frère et être persuadé que la mine en est la cause.

L'avocat général, bras croisés.

— Mais enfin, docteur, qui conduisait cette mobylette, la victime ou l'accusé?

L'expert a secoué la tête.

— Ne me faites pas dire ce que je n'ai pas dit.

— Alors dites-nous ce que vous avez à dire!

Le président a eu un mouvement agacé.

— Je pense que le docteur Croizet fait ce qu'il peut.

L'avocat général, une main levée.

— Je demande simplement à comprendre.

Geste du président.

— Nous vous écoutons, docteur.

— À mon sens, depuis la nuit du 26 décembre 1974, la vie de monsieur Flavent est un long calvaire, qui l'a amené du déni pur au besoin impérieux d'être confondu.

— Et ce besoin impérieux lui commandait de martyriser un vieil homme.

Silence du médecin.

L'avocat général au micro.

— Pouvez-vous répondre, docteur?

— Je n'avais pas compris que c'était une question.

Sourire du président. Il m'a regardé.

— Avouez que vous n'êtes pas facile à comprendre, monsieur Flavent.

Il a eu un geste pour le médecin.

— Répondez s'il vous plaît, docteur Croizet.

Le psychiatre, très calme, très droit. Sa voix douce.

— Il avait construit sa vie sur un mensonge devenu vital pour lui. Même si c'est difficilement audible au regard du traumatisme subi par la victime, je dirais que le crime reproché à l'accusé pourrait être le début d'un processus de reconstruction.

L'avocat général, les manches théâtralement relevées au-dessus des coudes.

— Pardon?

— Aller au bout de l'irrationnel oblige parfois à se confronter à la raison.

Le représentant du ministère public a eu un geste las.

— Voilà une bien piètre illustration de la raison, monsieur l'Expert.

Il allait s'asseoir. Il est revenu au micro.

— Et comment arriver à de telles conclusions alors que l'accusé n'a même pas daigné vous répondre?

— La parole est l'un des éléments de compréhension, mais une expertise psychiatrique ne repose pas sur elle seule, monsieur le Président.

L'avocat général est resté debout un instant, face à son micro. Il hochait la tête. Cherchait le médecin des yeux. Il réfléchissait. Et puis il a soupiré, levé les mains comme s'il se rendait, et s'est assis lourdement en secouant la tête.

Lorsque le président de la cour d'assises a donné la parole à mon avocate, je me suis penché vers elle. Non, maître. S'il vous plaît. Rien de plus pour aujourd'hui.

273

Soupir agacé d'un juré. Le magistrat l'a remis en place d'un regard.

Le médecin allait se retirer. Aude a repoussé sa chaise de velours vert.

— Monsieur le Président, deux questions si vous le permettez.

— Maître Boulfroy.

L'expert a reposé sa sacoche. Je me suis tassé sur mon banc.

— Docteur, estimez-vous que mon client présente une quelconque dangerosité ?

Le médecin a observé mon avocate, puis s'est tourné vers la cour.

— Dans mon rapport écrit, j'ai indiqué que l'accusé ne présentait pas d'état dangereux et offrait un bon pronostic pour une réadaptation.

Debout, penchée sur son bureau, Aude notait. Elle a relevé la tête.

— Et pensez-vous que ce procès peut aider monsieur Flavent à accepter la vérité ?

— Je ne peux répondre formellement à cette question, maître.

*

La déposition du psychologue Ricaud a été rapide. En prison, je n'avais pas voulu lui répondre. J'avais déjà été visité par le psychiatre. Un seul examen me suffisait. Alors il s'était fait son idée. Il avait décrit mon silence comme la preuve d'une « hypertrophie narcissique ». Il m'avait aussi trouvé une «propension impulsive au niveau psycho-affectif», estimant que, comme un enfant, j'avais une certaine intolérance à la contradiction et à la frustration. Mais lui aussi estimait que ma «réadaptabilité» était entière.

Aucune question. L'homme vexé a quitté l'audience comme il était reparti de prison.

Tassé dans son fauteuil roulant, tête basse, menton enfoncé dans son écharpe bleu ciel, Dravelle a ensuite écouté les médecins qui l'avaient ramené à la vie. Depuis la Saint-Joseph, il allait mal. Ses jours étaient lacérés. Il dormait peu. Ne mangeait presque plus. Je l'ai regardé. Il avait une béquille posée sur les cuisses. Il jouait avec. La faisait tourner entre ses mains. Un médecin a raconté la trace de mes coups sur son corps de vieil homme. Un autre a parlé de ses poumons de pierre.

Et puis un psychologue s'est avancé à la barre. Il semblait embarrassé. Au lieu de déposer de mémoire, il a tenu à lire ses notes.

— Comme vous l'avez constaté à la lecture de mon rapport, l'attitude de la victime est paradoxale, même si elle répond à un processus d'identification parfaitement connu.

L'expert a expliqué que l'agression avait saccagé la vie de Dravelle mais que celui-ci refusait de m'en vouloir. Il avait de l'empathie pour moi, de la sympathie même. À la fin d'un entretien, il avait affirmé comprendre mon geste.

Mon avocate mordait la gomme de son crayon.

Selon le psychologue, cet étrange comportement s'expliquait par un phénomène de contagion émotionnelle, probablement dû à la fragilisation de la victime.

— Une sorte de syndrome de Stockholm ? a interrogé le président.

— Je dirais plutôt un transfert d'émotion. Une forme de mécanisme de survie.

Lucien Dravelle a protesté d'un geste, en silence. Puis il s'est mis à tousser. Une toux sèche, acide, violente à fracturer les côtes. Il a arraché ses canules à oxygène et craché toute la poussière de Saint-Amé. Il a vomi sa vie de mine. Et puis il s'est calmé. Il a râlé, secoué de spasmes, cherchant l'air bouche ouverte, avec le bruit métallique d'un chevalement.

Le président a levé la séance.

La vieille chapelle s'était refermée sur nous comme un tombeau.

*

Un fourgon m'a ramené en cellule à la nuit. Je grelottais.

— Alors, cette première journée ? m'a demandé mon codétenu.

Javor, un jeune Serbe qui ne prenait pas de place et ne faisait pas de bruit.

Je n'avais pas envie de parler. Je n'avais pas sommeil non plus. L'ombre voûtée de Dravelle boitait devant mes yeux. Les mots du psychologue rampaient sous ma peau.

— Une sorte de syndrome de Stockholm ?

Je savais que les journaux du lendemain seraient pleins de moi. J'avais remarqué les reporters, qui relevaient les mêmes phrases, souriaient des mêmes instants. Pendant les suspensions, carnet en main, ils discutaient avec l'avocat de la partie civile. Avant la sonnette de reprise, j'avais même vu Fafiot raconter ma vie, au fond de la salle, entouré par trois journalistes.

Que savait-il de moi, le petit faussaire ? Et les autres ? Ces spectateurs affamés, entassés derrière des barrières jusque dans la salle des pas perdus, que l'on faisait entrer un par un lorsqu'une place se libérait. Que voulaient-ils de moi, ces jurés ? Ces quatre hommes, ces deux femmes échouées par accident dans la gueule de la justice. Et ces policiers, ces gendarmes, ces experts qui fouillaient mon silence avec leurs mots. Que pensait-il, le président ? Et ses assesseurs ? Après le déjeuner, l'un d'eux somnolait. Sa tête battait en avant, en arrière. Il luttait contre le plat du jour et le pichet de vin du midi. Et l'avocat général, qu'allait-il exiger de ma vie ? Et mon avocate ? Elle était où, Aude Boulfroy ? Pas en cellule avec moi. Ni dans mon ventre, ni dans ma tête, ni dans ma peur. Retournée dans sa belle maison de briques, retrouver son spécialiste en droit immobilier. Ces visages grimaçaient derrière mes paupières closes. Je ne me souvenais plus des cheveux de Jojo, ni de ses yeux, ni de sa voix, ni de son beau rire de grand frère. Depuis qu'il était parti, c'était comme ça, la vie.

— Tu sais que ça se fait, de raconter sa journée à son pote ?

Javor m'observait dans l'obscurité, allongé sur le côté, la tête dans la main.

— Je suis désolé, j'ai répondu.

Il a promené le halo de sa lampe de poche le long du plafond.

— C'était aussi moche que ça ?

277

J'ai hésité longtemps. Et puis je lui ai parlé de Dravelle, penché dans son fauteuil roulant, sans un regard pour moi, pour la cour, pour personne. Des tuyaux qui le maintenaient en vie. Je lui ai raconté la tristesse qui a submergé la salle, lorsque le médecin a décrit son vieux corps blessé. Sa toux de silicose. Cette presque agonie. Le voile noir qui m'a enveloppé comme une pluie de cendre, et qui a peu à peu recouvert les vivants et les morts.

Alors le Serbe a éteint sa lampe, et il s'est retourné sans un mot contre le mur.

19.

Le procès

Deuxième jour
(*Saint-Omer, mardi 21 mars 2017*)

Le patron de « Chez Madeleine » avait mis un costume et mal noué sa cravate.

— C'est bien lui !

Il avait tendu le doigt vers le box, comme si on lui avait demandé de me démasquer.

— Mais nous le savons, monsieur, a souri le président.

Le blond a soupiré.

— C'était drôlement long là-dedans, à attendre votre huissier.

Rires dans la salle.

— Enlevez vos mains de vos poches, s'il vous plaît.

Il a fait une grimace, s'est retourné vers le public. Une femme l'a salué de la main.

— Et votre chewing-gum, s'il vous plaît.

— Hein ?

Le cafetier a fourré les doigts dans sa bouche. Regard navré du président.

— Un peu de silence dans le public, s'il vous plaît !

Même mon avocate avait souri.

— Jurez-vous de parler sans haine et sans crainte…
Le blond a rectifié sa position.
— Et de dire toute la vérité, rien que la vérité?
Il a levé la main droite.
— Je le jure, Votre Honneur.
— Monsieur le Président suffira, si vous le voulez bien.
Le témoin parlait. Il avait agrippé la barre, comme il l'avait vu faire dans les films. Le procès reposait tout entier sur son témoignage. Il en était persuadé. C'est devant son comptoir et en sa présence que l'accusé et sa victime s'étaient rencontrés. Il bougeait le bras, la main, décrivait les scènes, bruitait les situations.
— Tiens, j'aurais été fermé ce jour-là, peut-être qu'il ne se serait jamais rien passé!
Petite grimace du président.
— Personne ne s'en plaindrait, monsieur.
Le patron a bredouillé trois mots.
Pas de question.
— Vous pouvez vous retirer ou rester dans la salle, monsieur.
— Oh non, je reste! a répondu l'autre en riant.

Avant de prêter serment, Mainate a serré la main de Dravelle.
Puis il m'a brièvement regardé.
Ce qu'il savait de moi? Pas grand-chose. Mais il avait lu les journaux.
Ce qu'il pouvait dire de la victime?
— Mainate à l'air pur, Bowette au charbon.
Voilà. C'était tout.

— Non, pas de question, monsieur le Président.

Jacky Delgove était malade et n'avait pas pu se déplacer. Il avait envoyé une lettre à la cour d'assises. Pas un mot sur ce que l'on me reprochait. J'étais un excellent chauffeur, fiable, ponctuel, reconnu et aimé par la profession. La mort de ma femme m'avait beaucoup troublé. Et il était prêt à me reprendre dans son entreprise.

Le président a ouvert un dossier bleu. Il a lu lentement.

— Interrogé par les enquêteurs, monsieur Delgove a affirmé qu'il avait embauché l'accusé parce qu'il venait du pays minier. Sur insistance du lieutenant de police, il a aussi expliqué que les circonstances de la mort du frère de l'accusé, soi-disant victime de la catastrophe de Liévin, avaient été déterminantes dans son choix.

Le président a regardé les jurés, l'avocat général. Il m'a observé.

— Le procès-verbal indique, sans ambiguïté, que l'accusé s'est servi de cet événement dramatique pour obtenir un emploi de chauffeur routier dans l'entreprise Delgove.

J'ai secoué la tête. J'allais protester.

Une nouvelle fois, mon avocate s'était levée. Elle a posé une main sur mon bras.

— La partie civile a-t-elle des questions en rapport avec ce témoignage?

Geste large de l'homme aux cheveux blancs. Voix grave. Pas de question.

— Monsieur l'avocat général?

Mouvement de tête.

— La défense?

Mon avocate s'est levée.

— J'aimerais que soit soulignée l'insistance des enquêteurs à faire admettre au témoin que les circonstances de la mort de Joseph avaient été déterminantes lors de son embauche.

Le magistrat a refermé le maigre dossier.

— L'insistance des enquêteurs a été soulignée, maître Boulfroy.

J'avais du mal à suivre les débats. Au début de l'audience, mon avocate avait glissé un mot sur le rebord de mon box.

— Je ne m'attendais pas à ça, c'est incroyable, avait-elle chuchoté.

Le papier était ouvert devant moi. Une écriture fine, penchée, élégante.

« *Monsieur Dravelle renonce aux dommages et intérêts.* »

J'avais espéré accrocher le regard du chef-porion, mais il continuait d'ignorer mon box.

*

Lorsque l'avocat de la partie civile s'est levé, Aude Boulfroy a nerveusement tapoté son carnet blanc avec la gomme de son crayon. Son confrère avait été le bâtonnier du barreau de Lille. Elle ne l'avait jamais approché ou affronté en procès. En l'observant, j'ai pensé à un vieux lion fourbu. Sombre, trapu, chevelure coiffée en arrière.

Il a repoussé son siège et descendu les deux marches qui le séparaient de son client. Il tournait le dos à la barre, au public. Il a posé la main sur une poignée du fauteuil roulant.

Et puis il a penché la tête sur le côté.

— Monsieur le Président, messieurs de la cour, mesdames et messieurs les jurés, je vais vous faire une confidence.

Une voix grave. Des gestes de théâtre. Au premier rang du public, Mainate et le patron de café étaient bouche ouverte.

— Mon client s'est constitué partie civile pour avoir accès à la procédure. Il désire être entendu, mais renonce à toute demande d'indemnisation. Si l'argent ne guérit pas tout, il entre néanmoins dans la réparation du préjudice. Je le lui ai rappelé, mais il n'a pas changé d'avis.

L'avocat s'est tourné vers moi. Voix forte.

— Oui, monsieur Flavent, la souffrance a un prix !

J'ai baissé les yeux. Une main broyait mon ventre. Mes tempes battaient.

— Cette confidence, la voici donc…

Mouvements dans le public.

— Mon client m'a demandé de ne pas ajouter de mots à ce qu'il avait à vous dire.

L'avocat a posé l'index sur ses lèvres.

— Je ne plaiderai donc pas.

Dans la salle, quelques vagues. Il a réclamé le silence d'un geste.

— Lucien Dravelle va s'adresser directement à vous, monsieur le Président.

L'avocat s'est incliné, à la manière d'un comédien qui se retire.

Puis il a désigné son client d'un grand mouvement de manche.

— Même contraint par lui au silence, je suis fier d'assister cette belle personne.

Le président, embarrassé.

— Vous pouvez rester assis pour vous adresser à la cour, monsieur.

Lucien Dravelle avait voulu se lever. Difficilement, lourdement, appuyé sur ses béquilles, aidé par son ami, il a boitillé jusqu'à la barre, à pas lents et tête haute.

Courbé, en mauvais équilibre. Il a levé la main.

— Vous n'avez pas à prêter serment.

Le magistrat semblait perturbé par le bruit métallique des béquilles.

— Ce serait plus confortable assis, vraiment.

Alors Dravelle a accepté.

Un huissier lui a installé une chaise devant la barre. Il a réglé la hauteur du micro.

— Merci de me donner la parole, monsieur le Président.

La voix abîmée de Pépé Bowette. Ses mots de charbon.

D'un geste lent, il a dénoué son écharpe bleu ciel et enlevé les canules de ses narines.

J'ai revu nos deux solitudes.

— Que reste-t-il de nous, une fois qu'elles sont parties? avait-il dit en parlant de Cécile et Lucie. Les regrets?

Avant de retourner s'asseoir dans la salle, le jeune homme qui l'accompagnait lui a tendu deux feuilles de papier, recouvertes d'une écriture à l'encre violette, fine, serrée.

— Est-ce que cela pose un problème si je lis ce que j'ai à dire, monsieur le Président ?

Le magistrat a souri. Non, aucun.

— Parce que j'ai peur d'oublier quelque chose.

Lucien Dravelle a posé les feuilles sur ses genoux. Ses lèvres près du micro.

— Je peux ?

— Je vous en prie, a répondu le président.

— ... J'ai toujours su que le 27 décembre 1974 me rattraperait. Pendant quarante ans, nuit et jour, j'ai attendu la vengeance des mineurs de Saint-Amé. Mes gars, monsieur le Président.

Il a toussé brièvement, lèvres enfouies dans la saignée du bras. Il a rajusté ses lunettes.

— 42 garçons sont restés au fond par ma faute. J'étais responsable de leur sécurité et je passais mon temps à leur dire : « Si on fait trop de sécurité, on ne fait pas de rendement. » Le rendement, les économies, c'était l'obsession de la Compagnie. Une politique brutale imposée à tous. Au chef de siège, au directeur de la mine, aux ingénieurs, au chef-porion, aux porions, aux surveillants, aux chefs de coupe, au chef de carreau. Au nom du rendement, nous demandions aux hommes de faire plus que ce qu'ils pouvaient. À la fin de leur poste, pour quelques francs supplémentaires, nous les poussions à faire du rabiot, à creuser encore quelques mètres de veine. Au nom du rendement, j'étais devenu une sorte de petit caporal. Je surveillais mes gars comme une bande de tire-au-flanc. Je voulais que les marteaux-piqueurs ne s'arrêtent jamais. J'engueulais celui qui perdait du temps à mettre ses gants de sécurité ou à ajuster des bouchons d'oreilles. Je félicitais celui qui enlevait son masque parce qu'il l'empêchait de respirer : «Tu n'es pas un galibot, toi au moins!» Pour faire des économies en temps et en personnel, les ventilations, les taffanels, les moyens de protection n'avaient pas été convenablement vérifiés.

Brève quinte de toux.

— On m'entend, monsieur le Président ?

— Parfaitement. Poursuivez s'il vous plaît.

— Lorsque les hommes sont redescendus, le 27 décembre après cinq jours de congé, le fond n'avait pas été assez arrosé. L'air était saturé de poussière de charbon. Le grisoumètre n'était pas en activité. Un gazier sur deux avait été supprimé par la direction. Un seul homme restait pour effectuer les relevés manuels et la galerie Six-Sillons n'entrait pas dans son parcours de contrôle. Le matin de l'accident, sa ronde avait même été supprimée. C'est là qu'a eu lieu l'explosion, le 27 décembre 1974, à 6h19. C'est là que 42 personnes ont été tuées par la mine, le rendement et le souci d'économies.

Il a levé les yeux. Repris sa lecture.

— Ce drame n'a rien à voir avec la fatalité. Il aurait pu être évité. De la direction des Charbonnages de France au plus humble des surveillants, nous en sommes tous responsables. Et jamais personne n'a vraiment été jugé pour cela.

Il suivait les lignes du doigt.

— La mine n'a aucune pitié pour l'homme.

Il a relevé la tête.

— C'est comme ça, monsieur le Président.

Tout était immobile. Plus un souffle.

— Au-delà du drame de Saint-Amé, la mine a toujours guetté l'ouvrier. Elle lui a tendu des embuscades. Un jour un madrier s'écroule. Le lendemain un bloc se détache. Une galerie s'affaisse. Un wagonnet s'emballe. Un câble cède. Une lampe explose. Ce ne sont pas des catastrophes, seulement des accidents dont on ne parle pas. C'est lorsque la mine les tue qu'on se souvient qu'il y avait des mineurs. Un boiseur écrasé par sa charge, un haveur broyé par sa machine, un rouleur écrasé par sa berline.

Il respirait mal. Hésitait sur les mots.

— Lorsqu'il remonte au jour, le mineur n'est qu'un survivant. Même s'il s'est décrassé, il rapporte le charbon en surface. Il lui en reste dans les cheveux, dans le nez, au coin des yeux, entre les dents. La mine a pris la place de l'air dans ses poumons. Le mineur n'est pas mort, non. Mais il sait que la mort l'attend.

Lucien Dravelle a tourné une feuille. Il s'est penché vers le micro.

— J'ai cherché des traces de Joseph Flavent dans les registres de présence, les livres de comptes, les rapports des chefs de brigade et les mains courantes. Flavent était abatteur. Il travaillait au front de taille, le pire des métiers. Quatre fois, durant l'année 1974, il avait refusé de prendre son poste pour cause de maladie. Le médecin du travail avait parlé de simulation. C'est comme ça que je me suis souvenu de lui. En octobre 1974, il avait fait partie d'un groupe de mineurs qui avait refusé de descendre à la fosse

Saint-Amé. Ils voulaient être mutés dans un autre quartier. La CGT de Lens en avait même fait un tract.

Dravelle a regardé le président.

— Je ne l'ai pas retrouvé, ce tract, mais je m'en souviens très bien. Le journal l'avait publié. Il disait que l'air de la fosse était irrespirable, que la ventilation était défectueuse et qu'il finirait par y avoir un accident. J'avais noté ça dans mon carnet de jour.

Il a repris sa lecture.

— Oui, monsieur le Président, la mine a martyrisé le frère de l'accusé comme elle a assassiné mes gars, le 27 décembre 1974. Et le fait que Joseph Flavent soit mort la veille de la catastrophe ne change rien. Il était inscrit au poste du matin. Il était prévu qu'il descende comme les autres. Il était écrit qu'il mourrait avec eux. Mais au lieu de partir avec tous, Joseph Flavent a été fauché le premier. J'ai bien entendu les déclarations de l'accusé. «La mine va tous nous tuer», ce sont les dernières paroles de son frère. Il est tombé contre le mur d'enceinte de la fosse 3 bis, près de la grille d'entrée, à quelques mètres du chevalement. Son accident a sonné l'heure de la catastrophe.

Il a raclé sa gorge.

— Je vous le disais, la mine tend des embuscades au mineur. Et cette nuit-là, c'est Joseph Flavent qu'elle attendait. Voilà la vérité, monsieur le Président.

Dravelle a toussé. Il s'est redressé, lèvres ouvertes. Il a longuement regardé les jurés.

— Je sais que tout cela est difficile à comprendre, mesdames et messieurs. Peut-être, même, difficile à admettre pour certains. Mais lorsque vous déciderez de sa peine, sachez que le crime de cet homme m'a délivré.

Il a plié ses feuilles. Mes poings serrés me faisaient mal. Une larme sur ma joue.

— Je me suis toujours senti coupable de ce drame. En frappant à ma porte, le 19 mars 2015, l'accusé a exécuté la sentence que j'espérais.

Il a repris son souffle, lèvres contre le micro. Inspiré un peu d'air avec le bruit du râle.

— Oui je suis une victime, monsieur le Président. Pas la victime de Michel Flavent, mais une autre victime de la mine. Un vieillard silicosé, sans poumons, sans force, en fin de vie. La mine a détruit mon existence. Elle a saccagé Michel Flavent. Et elle a tué son frère. Dans cette salle, il y a 43 fantômes. Et Joseph Flavent en fait partie. C'est à votre cour que je m'adresse, mais c'est à eux tous que je demande pardon.

*

L'avocat général. Bouche mauvaise, sourcils froncés. Lorsque Lucien Dravelle parlait, il gardait les yeux baissés. Il lisait, il écrivait. À aucun moment, il n'a accompagné le vieux mineur du regard. Un instant, il a même eu un geste excédé. Cette victime n'était pas du bois dont on fait les réquisitoires. Elle ne geignait ni ne se plaignait, ni ne réclamait rien.

Après la déclaration de Dravelle, le représentant du ministère public a enlevé ses lunettes. Il prenait de la distance. Il a attendu que le vieil homme soit reconduit à son fauteuil roulant. Il a surpris le bref regard du chef-porion pour moi. Sa façon aimable de saluer Aude d'un geste de la tête. Il a attendu que l'avocat de la partie civile lâche les mains de son client, qu'il secouait pour le féliciter. Il a attendu que le silence revienne dans la salle, sur le banc des journalistes, chez les jurés. Il a attendu l'invitation du président à prendre la parole.

Ancien parquetier à la cour d'appel de Chambéry, le jeune Savoyard était arrivé dans la région un an plus tôt. C'était son premier poste d'avocat général. Et Aude Boulfroy avait déjà bataillé deux fois contre lui.

— C'est un sévère. Attendez-vous à un assassinat, m'avait-elle prévenu gravement.

Il a posé les mains à plat sur son bureau. Et il s'est déplié en grimaçant.

— Depuis deux jours, je suis habité par la colère.

Une voix de nez, aiguë. Le phrasé d'un journaliste radio d'avant-guerre.

Il m'a montré du doigt.

— En colère contre celui-là, d'abord. Qui comparaît ici en tant que criminel et qui, durant toute l'instruction, n'a jamais cessé de se prétendre victime.

Il a désigné Dravelle du menton.

— En colère contre celui-ci, aussi. Qui rejette la société mobilisée pour le défendre.

Il a croisé les bras, penché vers le micro. Il s'est adressé aux jurés.

— Je ne suis pas l'avocat des Charbonnages de France mais l'avocat d'un intérêt général que ces deux hommes méprisent. L'un par son silence, l'autre par son discours. Je ne suis pas là pour porter la parole des Houillères du Nord. Je ne suis pas le représentant des patrons contre les ouvriers, mais l'avocat de la société tout entière. Je suis ici pour défendre l'un de nos concitoyens, monsieur Dravelle. Et je le défendrai contre son gré, s'il le faut. Je suis ici pour requérir l'application de la loi. C'est ma tâche. Une tâche exaltante et supérieure.

Aude Boulfroy était tournée vers moi à demi, bras appuyé contre le dossier de son fauteuil.

— Oui je suis en colère, car que juge-t-on ici ? Qui est dans le box ? Un homme, et un seul. Michel Flavent. Accusé d'avoir, le 19 mars 2015, tenté d'assassiner Lucien Dravelle par strangulation et étouffement. Et qui a échoué dans l'accomplissement de son forfait. Non parce que brusquement revenu à la raison, mais parce que sa victime a miraculeusement survécu à cet assaut criminel.

Il a levé le doigt.

— C'est cela, mesdames et messieurs les jurés, que l'on vous demande de juger aujourd'hui. Et ceux qui essayeront de vous entraîner sur un chemin de traverse vous éloigneront de l'œuvre de justice.

Bref regard à ses notes. Il a tourné une page.

— Oui, je suis en colère, parce que l'accusé ne vous respecte pas. Il se moque de votre rôle et de votre cour. Lui à qui la justice a offert le temps d'un procès pour s'expliquer, pour raconter, pour éclairer, pour regretter, peut-être. Lui dont les experts nous disent qu'il tenait tant à expier une douleur passée. Eh bien, lui se tait ! Il assiste à son procès comme s'il était dans le public. Au spectacle. Il ne répond à aucune des questions posées. Il se soucie peu que vous vous forgiez une intime conviction. Il est bien au-dessus de tout cela, Monsieur Flavent, mesdames, messieurs. Il fait l'Histoire, Monsieur Flavent! Il venge le drame de Liévin, la catastrophe de Courrières, il est le porte-parole des victimes de la mine depuis la nuit des temps. Il vient ici avec son frère en bandoulière. Il le brandit comme un étendard, son frère!

Mon avocate ne me quittait pas des yeux.

— Son frère? Alors parlons-en de son frère! Quelques mots et nous en resterons là, car il n'est ni l'objet des poursuites ni la raison de ce procès. Son frère, Joseph Flavent, mort le 22 janvier 1975 à l'âge de trente ans, dans un accident de mobylette que conduisait celui-ci!

Mon avocate a posé la main sur mon bras. Je n'étais pas en colère, même pas triste. Mon cœur était désert. J'écoutais mais je n'entendais pas.

— Son frère, mort d'une chute sur une plaque de verglas, après avoir heurté un trottoir et un plot de béton, avec 1,7 gramme d'alcool dans le sang. Son frère, grièvement brûlé par l'incendie de sa mobylette. Ce n'est pas de la poussière de charbon qu'on a retrouvée dans ses poumons, mais un mélange de bière, de vin et d'alcool de cerise dans son sang.

Il a eu un geste de la main pour Pépé Bowette.

— Alors s'il vous plaît, monsieur Dravelle, ne convoquez pas *Germinal* pour maquiller un accident de la route. Un gamin qui sait à peine conduire une mobylette, son grand frère ivre qui titube sur le porte-bagages. Malgré le respect que j'ai pour votre carrière et la compassion que je ressens pour votre état, nous parlons ici fait divers et non lutte de classes.

Ses mains croisées dans le dos.

— En vérité, mesdames et messieurs les jurés, oubliez cet accident vieux de quarante ans et revenez au crime qui nous occupe aujourd'hui. Un homme, Michel Flavent, qui en approche un autre par la ruse. Qui l'endort de ses balivernes. Qui le séduit, presque. Fausse identité, fausse vie. Qui se construit une épopée mensongère pour voler l'amitié de l'autre, lui dérober sa confiance et violer son affection avant d'essayer de le tuer.

L'avocat général prend son temps. Il se penche, boit un verre d'eau.

— C'est ce crime que vous avez à juger. Et à replacer dans son terrible contexte.

Geste du bras, manche relevée.

— Depuis deux ans, des barbares font couler le sang dans nos rues et vous, Michel Flavent, avez ajouté la masse d'un honnête mineur aux armes de guerre des assassins. Au prix d'un formidable déni, vous vous êtes rangé dans le camp de ceux qui transforment notre pays en couloir de la mort. Vous avez semé la peur, monsieur Flavent. Et aujourd'hui, vous n'êtes même pas capable de vous en expliquer. Alors oui, je suis aussi en colère pour cela.

Il a joint ses mains contre ses lèvres, fermé les yeux comme s'il priait.

— Mais que vouliez-vous donc nous dire, monsieur Flavent? Quel était votre but en tentant d'assassiner Lucien Dravelle? Nous dire qu'il était une victime de la mine? Que vous-même en étiez persuadé au point de le venger? Vous vouliez donner le change, c'est ça? Venger la mort d'un frère qui buvait trop en lui érigeant un mausolée prolétarien? Expier un accident de la route en le transformant en catastrophe nationale? Mais enfin, monsieur Flavent, à part vous-même et quelques personnes qui vous ont aimé pour ce que vous n'étiez pas, qui pensiez-vous pouvoir berner, et pour combien de temps encore?

J'ai bouché mes oreilles à deux mains.

— Vous vous êtes construit une bien pitoyable légende, monsieur Flavent. Vous avez prétendu vous offrir au jugement des hommes mais ce sont eux qui vous ont rattrapé. Vous ne décidez de rien, vous subissez et c'est justice. Après avoir joué la victime imaginaire, vous voilà devenu criminel pour de bon. Et voyez-vous, monsieur Flavent, la société que je défends a de la compassion pour les victimes, pas pour les criminels.

Un nouveau verre d'eau.

— Vous aviez un mort sur la conscience, vous avez bien failli en avoir deux. Car c'est bien de cela qu'il s'agit, messieurs de la cour, mesdames et messieurs les jurés. Juger un homme qui voulait assassiner un autre homme et qui n'a pas réussi à le faire. Un vieillard usé, sans défense. Un petit caporal, comme il se décrit lui-même. Un innocent, monsieur Flavent. Un innocent!

Le magistrat, tête baissée. Il a ouvert un dossier bleu.

— Oui, je suis en colère parce que l'accusé nous a détournés du chemin de vérité. Par ses déclarations mensongères à la police, à la juge, à cette justice qu'il n'a pas respectée...

Aude m'a souri, rassurante.

— À ceux qui lui ont offert une confiance aveugle, il a donné une triste image en retour. Il s'est construit une mythologie à hauteur de son imposture. Coupé des réalités, isolé du Nord, sans plus aucune attache, nulle part dans le bassin, il a transporté avec lui l'image d'une mythologie ouvrière dont il s'est fait le héros. Monsieur Flavent est devenu le camelot des terrils, le VRP de la douleur. Dans les brasseries parisiennes, à la table des relais routiers, face à une femme admirable qui ne croyait qu'en lui, il a raconté la fable d'une mine flamboyante. Il a colporté la fraternité des corons à la manière d'un enfant qui gribouille la vie à gros traits. Les riches, les pauvres, le frère tellement beau, le porion tellement méchant. Il voulait la mine fraternelle, il l'a simplement ridiculisée et trahie.

Un papier en main.

— Relisez les dépositions faites au juge d'instruction. Allez au bout de ces envolées fantasques. Les mineurs qui se frottent le dos dans les douches. Le pain d'alouette que mangeaient les enfants au retour du père. C'est beau, c'est émouvant, c'était vrai mais tout cela n'a plus aucun sens aujourd'hui. C'est Zola moins le talent. Étienne Lantier moins la souffrance. Toussaint Maheu moins le courage. Bonnemort moins la vérité. Michel Flavent s'est pris pour un justicier. Il s'est cru juge Pascal. Il s'est rêvé comme l'un de ces gauchistes qu'il avait bernés en leur racontant son héros de frère.

J'avais gardé les mains sur les oreilles. Je n'empêchais pas le son, je l'atténuais. Je protégeais mon cœur et ma tête. Les mots de l'accusateur me parvenaient comme une voix sous-marine. Mon avocate était inquiète pour moi. Je voulais me lever, elle le savait. Je voulais courir vers la fenêtre, la rue, les grands champs de Saint-Vaast, la terre de mon père transformée en tout-venant. Je voulais courir vers le chevalement, les terrils, traverser les villages, les villes, m'enfuir du jour, de la surface, quitter le carreau pour le fond de la terre.

— Oui, je suis en colère, parce que j'ai entendu dire ici que la mine obligeait les hommes à produire plus, au mépris de leur vie. Mais qui avait appelé les ouvriers à la révolte par le travail? À œuvrer même le dimanche, à effectuer des heures supplémentaires jusqu'à épuisement pour redresser le pays? Un certain Benoît Frachon, qui n'était pas le patron des Charbonnages de France! Et qui a hurlé: «Produire est la forme la plus achevée du devoir de classe, du devoir des Français»? L'ancien mineur Maurice Thorez, le 21 juillet 1945, à une heure de voiture de cette cour! Alors quoi? Chefs-porions? Patrons sanguinaires? Salauds de riches? non, monsieur Flavent, des dirigeants communistes. Une fois encore, vous vous êtes trompé d'époque et de référence. Alors, voyez-vous, je ne sais pas si vous aviez décidé de vous servir de cette cour d'assises comme d'une tribune pour faire le procès du capitalisme triomphant, mais c'est raté. Au contraire, votre attitude, vos supercheries, cette posture silencieuse et indigne sont l'illustration pitoyable de votre contribution à la douloureuse disparition d'un monde ouvrier. La fable surannée que vous aviez décidé de nous servir vous a desservi. Les Houillères n'existent plus. Les fosses sont comblées. Le chevalement est devenu une attraction touristique.

Silence.

Il a observé la salle. Le président, les assesseurs, tous étaient pétrifiés. Les jurés ne notaient plus, ils écoutaient. Dans le public, nombreux hochaient la tête. Fafiot, le vieil escroc, était revenu, sans son Africaine. J'ai cherché son regard. Il a évité le mien. Il ne savait plus quoi faire de mes certitudes.

— Mais peu importe. Ce n'est pas ce passé éteint que nous jugeons aujourd'hui, seulement votre présent de criminel. Et justement, monsieur Flavent, je vais faire quelque chose. Voyez-vous, et aussi étonnant que cela puisse paraître, je vais tenter de vous croire quelques instants. Je vais adhérer à ce que vous prétendez. Je vais prendre pour science exacte ce que psychiatres et psychologues ont cru de vous, alors que vous n'avez jamais été sincère avec eux. Tant pis! Je vais aller dans leur sens et dans le vôtre.

Il a ouvert les bras en grand.

— Alors oui, monsieur Flavent, admettons-le: Joseph Flavent est mort des suites de ses blessures, à cause de la catastrophe de Liévin. Oui, il en est la 43ᵉ victime. Bien qu'il m'en coûte, m'excusant auprès des vraies victimes, des veuves privées de mari et des fils orphelins de père, je vous l'accorde: Lucien Dravelle, responsable de la sécurité à la fosse Saint-Amé, vous a enlevé votre frère.

Ses poings sur les hanches.

— Et alors? Et quoi, monsieur Flavent? Et quand bien même tout cela serait vrai, pourquoi tuer un homme? Au nom de quelle justice? En vertu de quel droit? Qui ici, pour vous confier une telle tâche? Qui êtes-vous, monsieur Flavent? Un ange exterminateur? Qui vous envoie? Quel Dieu? Quel Diable? Qui vous a donné le pouvoir de décider d'une vie humaine?»

Il s'est penché une nouvelle fois. Il a extrait une feuille d'une pochette transparente. L'a brandie au-dessus de sa tête.

— Ah mais oui, je sais! Suis-je bête! La lettre de votre père, bien sûr. J'avais failli l'oublier, celle-là! Cette mission sacrée qu'il vous a infligée : venger son fils, votre frère.

Il a consulté un dossier.

— À la cote D 875 nous pouvons ainsi lire une étrange version de cette dernière lettre, telle que vous l'aviez rapportée, lors de fausses confidences faites à la juge d'instruction : «*Michel, venge-nous de la mine.*»

L'avocat général m'a regardé. J'ai baissé les yeux.

— «*Michel, venge-nous de la mine!*»

Geste d'importance du magistrat. Il a hoché la tête, mains ouvertes.

— La dernière volonté d'un père mort à son fils. Un ordre! Une promesse désespérée! Cette phrase, telle que vous l'aviez rapportée lors de l'instruction, a donné un sens à votre vie entière. Elle a fait pleurer Cécile, votre femme. Elle vous a fait embaucher par Jacky Delgove, le camionneur. Elle a été votre ordre de mission, votre talisman partout autour de vous.

Silence. Il a observé les jurés.

— Et pourtant, elle n'est pas exacte, cette phrase, monsieur Flavent. Jamais votre malheureux père n'a écrit cela. Sa vraie lettre, retrouvée par les enquêteurs, vous vous êtes empressé de l'oublier. Parce qu'elle vous était insupportable, la vraie lettre. Elle ne correspondait pas à votre système de défense. Alors que c'est un document fondamental. On ne voit que lui, dans le dossier d'instruction. Il éclaire toute cette affaire d'une lumière terrible et crue. Et je comprends que l'accusé ait refusé de s'en expliquer devant vous.

L'avocat général, mains posées sur son pupitre.

— Oui, messieurs de la cour, mesdames et messieurs les jurés, tout est faux dans cette affaire. Fausse identité, fausse motivation, fausse victime, fausse lettre. Pour juger en connaissance, vous devez avoir en tête le seul élément qui éclaire ce brouet indigeste. Je dis bien : le seul ! Et pour cela, il faut que vous entendiez encore et encore les derniers mots du pauvre Jean Flavent, avant qu'il ne mette fin à ses jours.

Le magistrat a posé une main au creux de ses reins. De l'autre, il tenait la feuille jaunie.

« J'avais deux fils. L'un a tué l'autre.
J'ai choisi de ne plus vivre. »

— La voilà, la vérité, monsieur Flavent. Un père qui se suicide de tristesse par la faute de ses fils. Un paysan sans rapport avec la mine. Un mineur sans lien avec la catastrophe. Un camionneur sans raison de se venger de rien, sinon de lui-même. C'est au nom de cette lettre imaginaire que vous avez passé votre existence à tromper la confiance des autres. C'est pour elle que vous avez recherché votre victime parmi les vieux contremaîtres survivants de Saint-Amé. Que vous avez prémédité votre crime de la façon

299

la plus élaborée qui soit. Que vous avez approché Lucien Dravelle. Que vous l'avez séduit. Que vous l'avez attaqué nuitamment, habillé en mineur de carnaval, une masse d'arme à la main. Enivré de votre appel à la vengeance, vous avez frappé cet homme faible. Une fois, deux fois, trois fois. Vous avez tuméfié ses chairs, chez lui, sous son toit. Vous l'avez jeté sur le sol comme un sac de charbon. Vous avez tenté de l'étrangler à deux mains, comme ça. Sans pitié. Comme une brute, comme un monstre. C'est au nom de ce mensonge que vous avez voulu l'étouffer. L'étouffer lui! Le vrai mineur. Lui, le silicosé! Vous avez disputé à sa maladie mortelle le peu d'air que ses pauvres poumons lui offraient encore. Et vous l'avez laissé pour mort comme un chien.

Depuis quelques instants, l'avocat général était tête baissée. Il ne regardait plus rien, ni personne. Et puis il s'est brusquement redressé. Il a repris son souffle.

— Et que dire de la suite? Que penser de ce rituel qui vous a fait vous dénuder et vous couvrir le corps de suie votre forfait accompli?

Son visage était creusé, blême.

— Que vouliez-vous dire par ce strip-tease misérable? Que vous incarniez la fragilité? Que vous étiez la victime? L'innocent, l'agneau christique, l'enfant qui vient de naître? Quelle leçon pensiez-vous que nous retirerions de ce dénuement? Vous vous pensiez fragile, vous n'étiez que grotesque. À la mesure du panthéon désaxé que vous aviez élevé à la gloire d'hommes que je ne vous autorise même pas à célébrer.

Le magistrat a repris la lettre. Il l'a brandie, puis posée sur son cœur.

— Ce document terrible aurait pu être la clef de vos aveux, monsieur Flavent. Mais vous avez maquillé les mots de votre père, remplaçant son désespoir par votre mensonge. Et c'est terrible, car cette lettre était votre sauf-conduit. Nous aurions pu entendre, comprendre même, que survivre à une telle épitaphe n'était pas possible. Ces trois phrases avaient transformé votre vie en tombe. Aucun être au monde, ni vous ni moi, ni personne ici n'aurait pu continuer son chemin lesté d'un tel drame. C'est de cela dont nous aurions dû parler avec vous. C'est cela que nous aurions pu entendre, comprendre et juger. Partant de ce drame, nous aurions pu construire le terrain propice à réconcilier un citoyen et la société qui l'accuse. Et comprenez-moi bien. Je ne parle pas de la culture de l'aveu, de cette expression du repentir chrétien qui imprègne trop souvent notre système judiciaire. Je parle d'un justiciable qui se présente devant la société et lui demande de l'aider à retrouver son chemin d'homme.

L'avocat général a brusquement refermé ses dossiers. Il m'a regardé. Il a observé les jurés.

— Mais vous ne l'avez pas fait, monsieur Flavent. Vous n'êtes pas venu ici pour payer votre acte mais pour narguer la vérité. Alors oui, je suis en colère!

Il a tiré son fauteuil.

— Contre vous, qui avez essayé de tuer un être afin d'assouvir un mensonge d'orgueil sans jamais manifester le moindre regret, je requiers une peine de dix ans de réclusion criminelle.

Il s'est assis. Sans plus se préoccuper de moi. Pas un regard. Rien. Il n'a même pas contemplé l'effet de son réquisitoire dans mes yeux chavirés. Il avait fait son office. Il refermait la porte. En quittant cette salle, je quitterai sa vie.

Aude Boulfroy s'est approchée.
— Ça va Michel?
Je n'avais pas de réponse.
La séance a été suspendue jusqu'au lendemain. J'ai tendu les poignets aux policiers de mon escorte. Je me laissais faire. Il ne me restait ni volonté, ni colère, ni espoir. J'allais être entraîné de ce box à ma cage. Avant d'être reconduit, j'ai regardé Dravelle. Le jeune accompagnateur poussait ma victime vers la sortie. Je ne sentais plus le bout de mes doigts. J'avais froid. J'ai quitté mon avocate sans lui dire un mot. L'avocat général m'avait fusillé. Il avait joué la petite musique qui me hantait depuis toujours. Je l'avais fredonnée ma vie entière. Une mélodie secrète, honteuse, une ballade que ma tête murmurait et que mon ventre vomissait, une litanie que mon cœur redoutait. De cette peur d'enfance, il avait fait une symphonie. Comme lui, je ne tolérais plus rien de moi. Ni mon crime ni mon silence. «Assouvir un mensonge d'orgueil», ce mot m'avait mordu la nuque. Un frisson, de la base du cou jusqu'aux pieds. Ce soir, je serai seul en cellule, détenu particulièrement surveillé le temps de mon procès. J'avais cessé de m'alimenter depuis la veille. Le directeur de la maison d'arrêt ne m'aimait pas. Et moi je détestais l'accusé qui

s'engouffrait dans le fourgon de police sous les flashes des journalistes. Cet homme avait cessé de me ressembler. Plus les heures passaient, plus il me faisait honte et horreur. L'avocat général avait raison. Ce n'était pas mon procès. Je n'étais pas cet homme prostré dans le box, qui faisait semblant de ne pas écouter ce qu'on disait de lui. Je détestais ma façon de ne pas répondre. Toute mon histoire, je la détestais. Je détestais ce que j'avais fait subir à ma mère, à ma femme. Ce casque de mineur, porté une vie entière pour attirer les larmes. Ce brassard noir, resté des années à mon bras pour m'enivrer de deuil. Je détestais la mine, l'effroyable piège dans lequel elle m'avait enfermé. Je me détestais. C'était moi, et moi seul, qui avais forgé les chaînes de mes menottes. Je voulais rejoindre Cécile. Je voulais qu'elle ouvre les yeux. Qu'elle revienne du royaume des morts. Je la voulais vivante, encore un peu. Je voulais lui chuchoter la vérité. Les mains noires de mon Jojo remonté de la mine, son front sanglant la veille de ne pas y mourir. Je voulais enfin la regarder en face. Je voulais que sa beauté répare ma laideur. Je voulais demander pardon, à elle, à Lucien Dravelle, à tous ceux que j'avais entraînés au milieu des cercueils alignés. Je voulais respirer un ciel sans charbon, un horizon sans terril. Je voulais que cessent les bruits du jour d'avant. Le hurlement de la mobylette emballée, cette accélération mortelle qui me broyait le cœur. Cette ruade de cheval sauvage. Je voulais étouffer ce rideau d'étincelles blanches. L'ombre tragique de mon frère au-dessus de moi, ses bras affolés qui battaient la nuit comme les ailes d'un oiseau. Je voulais oublier cette odeur d'huile chaude, de gomme, d'essence répandue, ce poison qui avait écœuré ma vie. Oublier ce bruit d'éternité, ce dernier morceau de ferraille qui tourne en rond, comme une toupie qui meurt. Et puis le silence. Ce plus rien qui annonce les immenses douleurs. La lueur du brasier mourant sur les façades désertes.

Je voulais que le procès se termine. J'allais demander à mon avocate de ne pas plaider. Trop de mots avaient été dits pour en salir d'autres. Je voulais rentrer en cellule. Je voulais serrer la main d'Aude Boulfroy comme on prend congé au seuil du tombeau. Je voulais qu'on en finisse. Que la cour se retire. Que justice soit rendue. Que les journalistes s'en aillent. Que les lumières s'éteignent. Tout cela ne changerait plus rien à ma vie.

J'étais un prisonnier et je le resterais.

20.

Le procès

Dernier jour
(Saint-Omer, mercredi 22 mars 2017)

— Savez-vous en quoi consiste mon rôle de défenseur, Michel ?

Aude Boulfroy s'était levée. Je venais de lui demander de ne pas plaider.

— Répondez au moins à cette phrase : le savez-vous ?

Elle était blême.

— Mon rôle est de rendre audible et admissible le fait que l'on ne comprenne pas tout.

Je la regardais. Elle boutonnait le rabat de sa robe noire.

— Cela fait deux jours que nous nous taisons, deux jours, Michel !

Elle a rassemblé ses dossiers.

— Et au bout du compte, ils ont quoi pour vous juger, les jurés ? Vous le savez ?

J'ai haussé les épaules.

— Ils ont le terrible réquisitoire de l'avocat général. C'est tout ce qu'ils ont !

Elle glissait sa trousse dans son cartable.

— Et tu vas leur dire quoi, aux jurés ?

Elle me tournait le dos.

— Pardon ?

— Aux jurés, tu vas leur dire quoi ? Tu vas leur expliquer quoi ? Tu vas leur demander quoi ? De me libérer ? Je dois être condamné, tu le sais. Alors à quoi ça sert de continuer ?

Aude s'est penchée sur la table, les mains écrasées sur le bois.

— Je suis avocate. Il y a deux ans, vous m'avez confié la tâche de vous défendre. Je ne peux pas me taire au dernier moment.

J'ai souri.

— Je te prive de ta grande plaidoirie, c'est ça ?

— Vous vous privez de défense.

Je l'avais blessée. Je m'en suis voulu.

— Je suis fatigué, Aude. Je veux que tout soit fini. Je n'ai pas le courage que tu reparles de Dravelle, de la mine, de mon frère, de l'accident. Je n'ai pas la force de tout recommencer depuis le début. Je ne veux pas entendre ça une fois de plus.

Elle s'est assise lourdement.

— Et alors, je fais quoi, moi ?

— Rien. Tu dis que ton client te retire la parole.

Elle a hoché la tête. Vilaine grimace. Cécile contrariée.

— Quel gâchis.

Je me suis levé.

— Tout a été dit, maître. Tu n'as plus rien à ajouter.

— Bien sûr que si ! Votre défense n'a pas été entendue, à aucun moment !

— Mais qui te dit que je veux me défendre ?

Elle a levé les mains.

— Alors pourquoi je suis là, hein ? Pourquoi m'avoir appelée ?

Elle avait crié. C'était la première fois.

— Pour m'aider à affronter tout ça, pas pour y échapper.

Aude Boulfroy a eu un geste las. Elle m'a observé. Puis elle s'est relevée.

— Alors c'est gagné. Vous n'y échapperez pas.

*

Tous étaient là, comme au premier jour du procès. L'ancien mineur, assis dans le public sans habit de travail ni casque de fond. Mainate et le patron de café, tassés l'un contre l'autre avec l'air important de ceux qui savaient. Fafiot, en fond de salle, avec une jeune Asiatique. Jacky Delgove, mon patron, remis de sa maladie, qui a osé un signe amical lorsque j'ai frôlé son regard. Le jeune lieutenant qui m'avait lu mes droits à l'hôtel de police. Le vieux gendarme d'escorte, fils du piqueur à la fosse n° 11 de Béthune. Le psychiatre Croizet, le psychologue Ricaud.

— Ils refusent du public, a souri mon avocate.

Plus une place de libre. Des barrières avaient été installées dans la salle des pas perdus. Sur les bancs de la presse, des visages nouveaux. Un reporter connu, habitué du journal télévisé. Debout le long de murs, quelques lycéens et leur professeur.

Lorsque je suis entré, l'avocat général a levé les yeux. Ni dossier devant lui, ni stylo à la main. Calé contre le dossier de son fauteuil, il attendait l'assaut.

307

*

— Maître Boulfroy, vous avez la parole.

Aude était assise devant moi, son crayon à gomme entre les doigts. À l'invitation du président, elle s'est retournée.

— Laissez-moi faire, Michel. Ne vous inquiétez pas.

J'ai voulu protester. Elle m'a souri. Et puis elle s'est levée. Elle a repoussé son fauteuil. Elle a descendu les marches qui menaient au prétoire. Elle l'a fait simplement, sans effet, son carnet blanc à la main. Elle s'est déplacée dans la salle, jusqu'à la barre des témoins. Elle a longé le banc de presse. Elle a regardé le public. Elle est revenue vers les pièces à conviction, main posée sur le Plexiglas. Elle a observé mon bleu de travail comme si elle le découvrait. L'écharpe blanche de Michel Delanet, les habits de Jojo, son casque, mélangés à la chaînette et aux crochets du vestiaire, mes carnets à spirale, tenus ensemble par un large élastique. Et le manche de la masse, qui dépassait du papier marron, mal ficelé par une grosse corde.

Mon avocate prenait possession des lieux. Elle dessinait son territoire. Pas à pas, visage fermé, elle rappelait aux jurés, au greffier, au parquet, aux journalistes et au public qu'un avocat était ici chez lui.

— Personne n'est propriétaire d'une cour d'assises, m'avait-elle dit un jour.

Le président la suivait des yeux. Il souriait derrière ses mains jointes.

— Monsieur le Président, messieurs les conseillers, mesdames et messieurs les jurés, Michel Flavent m'a demandé de ne pas le défendre.

Sa voix sans micro, poussée comme au théâtre. Elle s'est adossée à son box.

— Il m'a demandé de ne pas plaider devant vous. C'est sa volonté, et je la respecte.

Murmures dans la salle. Le président s'est tassé.

— Je ne répondrai donc pas à monsieur l'Avocat général.

Elle s'est tournée vers le magistrat.

— Je ne lui dirai pas qu'on peut défendre la société des hommes sans humilier deux d'entre eux, Michel Flavent et Lucien Dravelle.

Elle a ouvert son carnet blanc.

— Je ne lui dirai pas non plus qu'arrivé récemment de Savoie, il ne semble pas avoir encore pris toute la mesure de notre pays et de notre histoire.

Pâle sourire du magistrat. Elle lui a tourné le dos. S'est adressée aux jurés.

— Monsieur l'Avocat général nous vient d'une terre de montagnes, pas d'un monde de crassiers. D'un côté, les alpages. De l'autre, les terrils. Deux univers.

Regard vers le public.

— Que sait-il de nous, celui qui accuse aujourd'hui?

Elle a ouvert les bras, un geste d'évidence.

— Rien. Ou pas grand-chose. D'où sa surprise, devant la position de monsieur Dravelle. D'où son incompréhension, face à la douleur qui unit ici un accusé et sa victime. Les pâturages, les forêts, l'aigle royal, les anémones de printemps, rien de tout cela ne vous est étranger, monsieur l'Avocat général. Mais tout ici vous est inconnu.

Aude s'est remise en marche à travers le prétoire, main gauche fermée dans son dos, l'index droit en crochet sur ses lèvres.

— Comme je ne peux plaider pour Michel Flavent, c'est la mémoire d'un autre homme que je défendrai ici, si vous le permettez. Un ouvrier aujourd'hui disparu.

Elle a traversé la salle. Elle est retournée à son banc. Debout, très droite.

— Cet ouvrier était abatteur à la fosse n° 5 de Bruay.

Je la regardais. Elle était belle.

— En quarante ans de fond, jamais une minute de retard, pas un jour de maladie. Il partait à pied, à l'aube, sa musette sur le dos. Il rentrait pour manger, dormir, prendre des forces pour le matin d'après. Jamais un mot plus haut que l'autre. Ni protestation, ni plainte. Il s'est tenu une vie entière à l'écart des revendications, des mouvements de grève. Il avait peur pour sa famille. Peur des remontrances, de la faute, de la mise à pied, du licenciement, du chômage. Peur d'être chassé de son coron par les Charbonnages, peur de perdre son toit, son petit jardin de poussière, son pigeonnier. Peur de voir ses enfants chassés de l'école de la mine, de la colonie de vacances de la mine, peur de ne plus pouvoir acheter leurs vêtements à la coopérative de la mine, peur de n'être plus rien dans ce pays où le charbon est tout.

Silence. Elle a regardé dehors, tout ce gris derrière la fenêtre.

— Je me souviens de sa fierté.

Elle s'est tournée vers l'avocat général.

— Alors, lorsque Michel Flavent m'a appelée, je n'ai pas hésité un instant. Je n'ai pas hésité non plus à poursuivre sa défense, lorsque nous avons appris que sa vérité n'était pas la nôtre. J'ai pensé à ce vieux travailleur. C'est en son nom que j'ai continué.

Je pinçais ma main entre pouce et index. Je griffais ma peau. Elle m'a regardé.

— Je ne parlerai pas de mon client, mais du mineur de Bruay.

De sa poche, elle a sorti un jeton de métal. Elle l'a levé à hauteur de ses yeux, à deux mains, comme le prêtre présente une hostie.

— Voici l'autre identité de cet homme admirable, son matricule. Le numéro 9823.

Elle a montré la pièce d'aluminium aux jurés, au public.

— Cela s'appelle une taillette, mesdames et messieurs. On vous la rendait contre votre lampe, à la fin du service. Rapporter la taillette à la maison, c'était être remonté au jour. Et reprendre des forces pour retourner au fond.

Elle tenait le jeton au-dessus de sa tête.

— Ici on ne parle plus d'hommes, mais de numéros.

Elle a fait quelques pas, en direction du fauteuil de Lucien Dravelle.

— Le propriétaire de la taillette 9823 ne s'est jamais rebellé, contre rien ni personne. Jamais les Houillères du Nord ne se sont plaintes non plus de cet ouvrier exemplaire. Cette ombre silencieuse et docile, qui a travaillé pour les Charbonnages jusqu'au bout de ses forces.

Aude examinait la rondelle de métal, protégée par sa paume de main.

— La femme de ce mineur s'appelait Marthe. Elle a lavé son linge noir sa vie durant. Et lorsqu'il a eu droit à la retraite, elle a nettoyé le sang de ses mouchoirs. Il a survécu deux ans à sa pension, l'ouvrier magnifique. Deux ans, le mari aimant. Deux ans privé d'air, le mineur courageux. S'arrêtant dans la rue, une main contre le mur et l'autre sur sa canne, pour recracher tout ce que le charbon avait fait de lui. Deux ans il a tenu, celui qui n'avait jamais levé ni la voix ni le poing. Deux ans d'agonie, cerné par la douleur et la brique, tellement loin des torrents de montagne et des gentianes pourpres, monsieur l'Avocat général.

Mon avocate était émue. Sa voix tremblait.

— Ce héros du travail est mort de silicose le 4 novembre 1960. Mort de fidélité. Mort de loyauté. Est-il mort à la mine ? Mais oui, bien sûr ! Évidemment ! Même s'il a fermé les yeux au fond de son lit, c'est au fond du trou qu'il a rendu l'âme. Ce n'est pas parce qu'un mineur remonte qu'il est encore vivant. Lorsqu'il a déposé sa taillette de lampe pour la dernière fois, le matricule 9823 était déjà mourant. Il le savait. Sa famille le devinait. Et il est passé d'une fosse à l'autre, comme ça, dans l'indifférence générale. Pas un officiel devant sa pauvre tombe. Pas une écharpe tricolore. Pas un visiteur de Paris. Ni discours, ni promesse, ni fleurs de la Nation. Rien. La fin d'un homme n'est pas une catastrophe. Cette même année, deux mineurs mouraient de silicose chaque jour dans le Nord-Pas-de-Calais, et on comptait un accident fatal tous les deux jours dans la région.

Maître Boulfroy s'est avancée vers la cour. Elle a longé la longue table en marqueterie. Un à un, elle a observé les jurés. Elle souriait. Certains soutenaient son regard, d'autres baissaient les yeux. La dame rousse lui offrait une larme. Je ne respirais plus. J'ai vu Aude en fillette, bras écartés dans le crépuscule, en équilibre sur un trottoir menant aux chevalements. Son mineur était rentré de la mine. Il s'était invité à nos côtés. Une fierté, une mémoire, une douleur de plus. Un cœur noble pour protéger le mien.

Elle s'est inclinée devant Pépé Bowette.

— Alors, au nom de tous ces martyrs sans nom, j'ai l'honneur de vous présenter Lucien Dravelle, victime de la mine.

Elle a montré les pièces à conviction.

— J'ai l'honneur de vous présenter Joseph Flavent, victime de la mine.

Elle m'a désigné de la main.

— J'ai l'honneur de vous présenter Michel Flavent, victime de la mine.

Elle a levé la taillette au-dessus de sa tête.

— J'ai l'honneur de vous présenter Charles Boulfroy, mon grand-père, victime de la mine.

— Je crois que nous partageons une histoire commune, m'avait dit mon avocate.

Mon ventre a protesté, ma tête. Une douleur le long du bras. J'étais bouche ouverte.

Elle s'est tournée vers moi. Je ne m'y attendais pas. Elle a posé les mains sur le rebord de mon box. Elle avait le regard de Cécile, ses cheveux, son visage fatigué. Je voulais me lever, je n'ai pas pu. Je la regardais, elle d'un côté, moi de l'autre. Elle tenait la taillette serrée dans son poing.

— Monsieur Flavent...

Elle s'est reprise.

— Michel, avant que la cour ne se retire pour délibérer, avant que le silence ne retombe, avant que chacun sorte de cette salle pour retrouver sa vie, j'aimerais savoir si vous avez quelque chose à dire à Lucien Dravelle. Si vous avez quelque chose à confier aux jurés, à la cour, aux femmes et aux hommes qui ont assisté à votre procès.

Elle s'est rapprochée de mon micro. Elle ne parlait plus, elle chuchotait.

— Michel, qu'auriez-vous aimé dire à Cécile, votre femme, avant qu'elle ferme les yeux?

Et puis elle s'est assise, sans quitter mon regard.

J'avais mal à la nuque et au dos. De la main gauche, j'ai calmé mon bras droit qui tremblait. Le président a enlevé ses lunettes.

— Monsieur Michel Flavent, voulez-vous ajouter quelque chose avant que la cour ne se retire pour délibérer?

J'ai regardé mon avocate, les yeux fatigués de Dravelle, et puis les jurés, et puis la salle, tous ces inconnus qui savaient tout de moi. J'ai regardé l'avocat général, les jurés, mes mains. Puis le plafond, le lustre, le bois plaqué de mon box, mes mains encore. Je me suis levé comme on sort de sa tombe. Un policier a réglé la hauteur de mon micro. J'ai mis mes bras derrière mon dos, puis devant, puis le long de mon corps. Je ne savais plus quoi faire de moi. J'avais la bouche sèche. La gorge douloureuse. Les yeux brûlants. Je me suis penché. Mon corps protestait. Ma tête, mes oreilles. Je chavirais. J'ai inspiré lentement.

Ma voix. Quelques mots de métal.

— Mon frère Joseph Flavent a été blessé le 26 décembre 1974, dans un accident de mobylette. C'est moi qui conduisais. Il aurait dû prendre son poste le lendemain, à la fosse Saint-Amé. À l'heure de l'explosion, qui a tué 42 de ses camarades mineurs, mon frère était à l'hôpital. Il est mort le 22 janvier 1975, sans avoir repris connaissance.

Je me suis tourné vers Lucien Dravelle.

— Pardon pour le mal que je vous ai fait.

Son menton tremblait. Il a hoché la tête. Un signe de bienvenue.

— Mon frère disait que vous étiez un mineur et un homme bien.

Je l'ai regardé en face.

— Vous êtes un homme bien, monsieur Dravelle.

21.

Prison de Béthune

(mercredi 22 mars 2017)

J'ai retrouvé mes menottes, le regard silencieux des policiers, un éclat de ciel à travers les meurtrières du fourgon. Je ne ressentais rien. La route était morne, l'horizon noir de gris. De lourds nuages pleuraient à l'horizon. Le jour attendait que je ferme les yeux, pour passer à une autre nuit.

J'étais un condamné.

Le temps ne serait plus le même. Jamais.

Et les années ne feraient qu'attendre.

Pour ma première nuit, j'étais seul. Javor le Serbe avait été transféré. Ses vêtements, ses photos collées sur le mur de notre cellule, plus rien de lui. Il était trop tard pour dîner. Avant le verdict, on m'avait apporté un sandwich au thon.

Des détenus pensaient que je serais transféré à la prison de haute sécurité de Vendin-le-Vieil, d'autres sur l'île de Ré. Tous juraient, personne ne savait.

Je me suis d'abord assis à table, les mains sur les genoux. Puis couché sur la couverture de lit, habillé et avec mes chaussures. Je dormirais mal, mon avocate m'avait prévenu.

Au moment du silence ce serait le tumulte. L'accident, mon crime, le procès. Ma vie entière, avant la vie d'après.

— Qu'auriez-vous aimé dire à Cécile, votre femme, avant qu'elle ferme les yeux ?

La question d'Aude me brûlait le cœur. Ce que j'avais avoué au micro de la cour d'assises ne suffisait pas. Jurés, président, avocat général, public, journalistes, je leur avais parlé. Ils m'avaient entendu. Tous étaient repartis chez eux avec ma confession en poche.

Mais Cécile, qu'aurait-elle pu savoir de tout cela ?

Le plafonnier de la cellule était éteint. Une lueur orangée me venait du dehors. Les lumières de la ville, les projecteurs du mur d'enceinte. La prison se refermait. Le bruit des portes, des pennes électriques, des clefs tournées dans les serrures.

J'ai entendu le claquement d'un verrou métallique. Le même que celui de mon box parisien. Mon musée des honneurs, ma bataille perdue.

Alors je ferme les yeux. Voilà. Je quitte cette cellule, ces hauts murs, je reviens sur mes pas, sur ma vie, je retourne à Paris, je fais claquer le verrou de mon mausolée. Pendant ce temps, Cécile marche dans la ville. Elle chantonne, je la vois. Elle rentre de l'école, ses dessins d'enfants sous le bras. Moi, j'ai acheté des sacs-poubelle. Des noirs, solides, pour embarquer mes gravats. En entrant dans le local, je frissonne. Je regarde les murs de briques, les livres alignés, les images, je lève les yeux vers le vestiaire de Jojo.

— Mon Dieu, qu'est-ce que c'est ? avait gémi ma femme en le découvrant.

Je ramène le pendu comme on baisse pavillon. Je laisse glisser la chaînette entre mes paumes. Les vêtements de mon frère. Son blouson de toile grise et tout ce qu'il portait le jour de l'accident. Et aussi son casque de mineur, son savon, son éclat de miroir. J'ouvre un sac. Je ne plie rien. J'enfouis comme on enterre. Je vide les bibliothèques. Je jette les livres en vrac, j'arrache par poignées les pages de mes carnets à spirale. Je déplie la lettre de mon père, dissimulée dans le cahier du délégué des mines. Son écriture fine. Je lis une dernière fois.

« J'avais deux fils. L'un a tué l'autre.
J'ai choisi de ne plus vivre. »

Je dépose un baiser sur le papier jauni. Je déchire la feuille. En deux, en quatre, en huit, lentement, avec respect. Je jette les photos de Lucien Dravelle, les articles de presse, les tracts, les dossiers à chemises noires qui parlent du grisou. J'entasse les journaux dans un deuxième sac. J'enlève les images des murs. L'entrée de la fosse Saint-Amé, les terrils jumeaux de Loos, les gueules noires, la gravure de Sainte-Barbe aux côtés de sa tour. Je les déchire aussi, pour que rien ne subsiste.

Je vide les étagères. Les vieilles lampes de fosse en laiton, les barrettes de cuir bouilli, les casques blancs. Je plie en deux le panneau métallique recommandant aux hommes d'attacher les berlines sur les plans inclinés. Dans un carton, je range les outils d'abattage, la rivelaine, la masse, la hache. Je jette les œillères du cheval mort d'épuisement. La gourde de galibot. La cage du canari détecteur de grisou. Je noue les taillettes de Lens et de Bruay dans le foulard gris de la trieuse de cailloux. Je garde celle de mon frère au cou. Je laisse la roue de berline debout dans son coin d'ombre, avec le lit de camp et le bureau. Je dévisse les ampoules de lampes, je débranche la prise du chauffage électrique.

En sortant, j'allume le couloir. Ne reste au mur que l'affiche de cinéma. *Le Mans*, Steve McQueen, son casque à la main. Michel Delanet a mes yeux, Jojo avait raison. J'hésite. J'abandonne son regard à l'obscurité.

*

Et je demande à Cécile de m'accompagner sur les terres de mon enfance. C'est une folie. Et un cadeau pour moi. Qu'on roule vers le nord, tous les deux. Que je lui présente enfin le pays d'où je viens. Je lui ai tellement parlé des terrils, de la brique, de la mine, de mon frère. De la grande catastrophe qui me hante. J'ai encore tellement d'enfance en moi. Tellement de peurs enfouies, tellement de chagrin. Tellement de choses à lui avouer. Je lui dis que ma force vient de ce sol. Et je veux la partager. Qu'elle voie ce qui reste de notre ferme, de nos champs, nos sillons labourés à perte de vue. Qu'elle pose la main sur l'acier du dernier chevalement. Qu'elle entre « Chez Madeleine ». Je veux qu'elle entende partout cet étrange accent que je n'ai pas perdu. Je veux lui offrir mon ciel d'enfance, ma pluie, mes pavés mouillés. Je veux pour elle le clocher de Saint-Vaast. Je veux qu'elle remonte les ruelles d'un coron.

Qu'elle referme mes blessures du bout des lèvres.

Alors Cécile m'accompagne.

Elle observe le chevalement, mains croisées sur son ventre.

— C'est comme tu me l'avais dit, murmure ma femme.

Je la conduis au pied du beffroi d'acier, devant la plaque de marbre gris qui rend hommage aux 42 victimes du 27 décembre 1974.

Des enfants jouent au ballon sur le trottoir. Un camion passe dans la rue. Un scooter. Un homme parle au téléphone, entraîné par son chien. Il ne reste rien de mon enfance.

— Raconte-moi, me demande Cécile.

Je me penche vers elle.

— Aujourd'hui, personne ne peut comprendre comment c'était.

Elle lève les yeux.

— Justement, Michel. Raconte-moi hier.

Elle est assise sur le socle du monument gris, hommage de la population à toutes les victimes des Houillères. J'étais accroupi. Je me redresse.

D'un geste de la main, je chasse les enfants, leurs rires, l'homme et son chien, le ballon bleu. Je renvoie le camion au garage, le scooter, les voitures qui tournent autour de la place. Je détruis les hangars tristes, les entrepôts, la ville tout autour. J'arrache les lampadaires, les paraboles des toits. Je décolle les publicités colorées. Je déracine les plots de fonte du monument aux morts. Je détache les chaînes qui cernent l'emplacement du puits. Je retire le gravier blanc.

Et puis, brique à brique, je reconstruis les bâtiments de la fosse 3 bis. J'élève le haut mur qui les a toujours protégés. Je pave la rue étroite qui mène aux grilles. J'érige le deuxième chevalement, la tour de ciment gris. Je redresse les cheminées comme on élève un obélisque. Je replante les arbres qui longeaient la percée vers la fosse. Je dessine le grand printemps d'hier, le soleil de misère. Et la terre de mon père qui inonde le ciel.

Je ferme les yeux.

De ma gorge monte une plainte de métal, un cri de gorge, un grincement de dents.

Je remets en marche les grandes roues des chevalements. Lentement d'abord, puis à la vitesse de travail. Leur souffle rassurant se répand à nouveau sur la ville.

— C'est magnifique, frissonne Cécile.

Je me lève. Je tourne sur moi-même.

— Attends! Regarde.

J'ouvre les bras face à l'horizon gris. Comme un chef d'orchestre, je convoque les gars pour l'embauche. Et voilà qu'ils arrivent de partout. À pied, à vélo, en mobylette. Des corons de Liévin aux cités minières de Lens, de Bruay, de Bully, de Vendin, de Grenay. Des centaines et des milliers de gueules noires. Des cohortes de braves, une armée de charbon. Je mélange les vivants et les morts, les métiers, les saisons, les époques et les peuples. Voici les Français, les Polonais, les Belges, les Italiens, les Espagnols, les Marocains. Certains sont en chemise d'été, d'autres portent la canadienne et le béret enfoncé jusqu'aux yeux. Ils défilent devant le chevalement comme un régiment rend hommage à son officier. Ils marchent au pas, frappent le pavé en cadence. Les galibots sans âge, les piqueurs, les boiseurs, les boutefeux. Les infirmiers mêlés aux lampistes, les ouvriers aux porions. Arrivent les contremaîtres, les ingénieurs, les surveillants. Puis, dans le rang, le directeur de la mine et le chef de siège. Les écharpes crasseuses côtoient les nœuds papillon noirs. Les cols cassés, les costumes étriqués des chefs de service, les pipes ouvrières, les maillots déchirés. Chacun s'incline devant le chevalement avant de continuer son chemin vers la fosse, à pas lourds.

— Et celui-là, qui est-ce? me demande Cécile, doigt tendu.

Je m'accroupis à sa hauteur, pour voir l'homme qu'elle me désigne.

C'est un forgeron, avec son képi à visière et son marteau sur l'épaule. Il est d'un autre temps. Comme les métallurgistes qui le suivent, les plombiers qui le précèdent, les terrassiers, les abatteurs, les zingueurs, les mécaniciens, les géomètres. J'ai réuni les barrettes de cuir et les casques modernes, les masques de protection et les linges remontés sur les bouches. Les vêtements de travail sont en lin blanc d'avant-hier, en coutil bleu d'hier. Les lampes modernes et les lampes à huile accrochées à l'épaule des gars. Accourent les enfants à calot, les moulineurs, les rouleurs, les gaziers, les bineuses, les talons des unes au milieu de manœuvres en brodequins cloutés.

— Et elles, qu'est-ce qu'elles font là?

Cécile, main tendue vers l'armée des caffuts.

— Ce sont les trieuses. Les plus misérables de tous.

Un foulard noué sur la tête, un autre passé autour du cou, chemisiers couverts de suie, jupes larges, tabliers de toile, sabots. Elles n'allaient pas au fond mais à la chaîne. Elles épierraient les charbons sur le tapis roulant et remplissaient leurs paniers d'osier pour nourrir les terrils.

Je siffle les chevaux de la mine. Les galériens du fond. Des dizaines de bêtes aux yeux bandés, heurtant le sol d'un même sabot. Je commande à tous les palefreniers, à tous les panseurs du pays de conduire leurs bêtes à la fosse. Je fais courir des enfants entre les animaux, qui agacent leurs naseaux de betteraves ou de brassées de paille.

Je demande aux colombophiles d'ouvrir leurs pigeonniers. De libérer leurs oiseaux. De venger tous les mineurs du monde en s'emparant du ciel.

Je rassemble les 42 à la porte de l'église. S'en fout, la mort. Regarde ailleurs. Georges, Émile, Jacques, tous sont là, vivants. Et beaux, et fiers. En silence, comme tous les autres, ils se mettent en chemin vers la fosse Saint-Amé, entourés par une garde d'honneur, avec Lucien Dravelle à leur tête. Un jeune porion qui noue une cravate sous son bleu mais qui ne trompe personne. C'est un ouvrier. Et un homme bien.

Cécile sourit. Elle se lève. Elle veut rejoindre le cortège. Et puis Joseph arrive. Sur le porte-bagages de la mobylette bleue, jambes écartées par les sacoches comme un cow-boy de rodéo. Il est bras en l'air. Il chante fort. Des chansons à lui, sans paroles ni musique, des mots de travers que la bière lui souffle. Et ce gamin penché sur le guidon, main droite qui agace la poignée d'accélération, une lampe de mineur plantée sur le casque et une écharpe blanche remontée jusqu'aux yeux.

— Cécile, il faut que je te parle de la mort de Jojo.
Je m'agenouille sur le gravier.
Elle baisse les yeux. Elle pose un doigt sur mes lèvres.
— Je sais, murmure ma femme.
Autour de nous, tout a disparu. Les roues ne soufflent plus. Le scooter remonte la rue. L'homme rappelle son chien. Les voitures tournent comme des papillons dans la lumière. Le ballon bleu heurte un mur avec un bruit mat. Les fantômes ont regagné leur tombeau. C'est un jour sans plus rien que nous.
Je cesse de respirer.
— Qu'est-ce que tu sais ?
Elle hausse faiblement les épaules. Son sourire.
— Je sais, c'est tout.
Je cherche ses doigts fins.
— Tu ne peux pas savoir.
Elle rit.
Je me rapproche. Je cherche ses yeux, mes mains dans les siennes. Je suis perdu.
— C'est impossible que tu saches.
Encore, elle rit. Son beau rire de Cécile, son visage de marbre blanc. Cette façon de froncer les sourcils et de chercher ses mots. Je porte ses mains à mes lèvres.
— Je t'en supplie, dis-moi ce que tu sais.
Elle pointe sa langue en coin, une rougeur à ses joues.

325

— Ton frère n'est pas mort dans la catastrophe.

Je lui tourne le dos. Je me laisse tomber sur le gravier, jambes mortes, dos plaqué contre ses genoux, tête abandonnée. Je lève les yeux vers le chevalement repeint en gris. Vers les toits de tuiles grasses. Vers tout ce ciel qui nous attend.

Cécile passe doucement sa main dans mes cheveux.

Je ferme les yeux.

— C'est moi qui conduisais la mobylette.

— Je sais.

— C'était un accident.

Elle répète doucement.

— C'était un accident, je sais.

Je me retourne.

La même, si belle. Un cristal sans peur, sans colère, sans tristesse.

Je l'entends.

— Je suis fière de toi, Michel.

Ma voix seule. Dans l'obscurité.

En hommage à Alphonse Baran, Roger Bernard, Pierre Bertinchamps, Klébert Blanchart, Louis Brasseur, Jean Delplanque, Émile Delvaux, Jean-Michel Devaux, Raymond Dheilly, Edouard Dupuy, Gilbert Fasseau, Henri Fayeule, Pierre Godard, André Grandin, Raymond Guilbert, Jean-Marie Jolie, Edmond Kaczmarek, Julien Krzych, Jean Kubiak, François Lefrère, Jules Legrand, Roland Lenfant, Émilien Lhermitte, Jean Lorensen, Roger Martiny, Victor Matuszewski, Georges Michel, Joseph Nagy, Henri Obert, Ahmed Ouchlih, Paul Pilch, André Piton, Adrien Pruvost, Daniel Ramez, Alfred Sereuse, Czeslaw Szymanski, Jacques Thery, Paul Vandenabeele, Edouard Walawender, Georges Warin, Joseph Zavodski et Joseph Zielewsky, morts à la fosse Saint-Amé de Liévin, le 27 décembre 1974.

*Merci à Aude Catala,
qui a secrètement défendu Michel.
Et à Marion Fontaine,
qui a rendu grâce à un monde ouvrier.*

TABLE

Composition MAURY-IMPRIMEUR
45330 Malesherbes

Cet ouvrage a été imprimé par
CPI BRODARD ET TAUPIN
pour le compte des Éditions Grasset
en août 2017

Grasset s'engage pour
l'environnement en réduisant
l'empreinte carbone de ses livres.
Celle de cet exemplaire est de :
800 g Éq. CO$_2$
Rendez-vous sur
www.grasset-durable.fr

PAPIER À BASE DE
FIBRES CERTIFIÉES

N° d'édition : 19975 – N° d'impression : 3023603
Dépôt légal : août 2017
Imprimé en France